荒海の槍騎兵４

試練の機動部隊

横山信義
Nobuyoshi Yokoyama

C★NOVELS

扉　画　高荷義之
地図・図版　安達裕章
編集協力　らいとすたっふ

目次

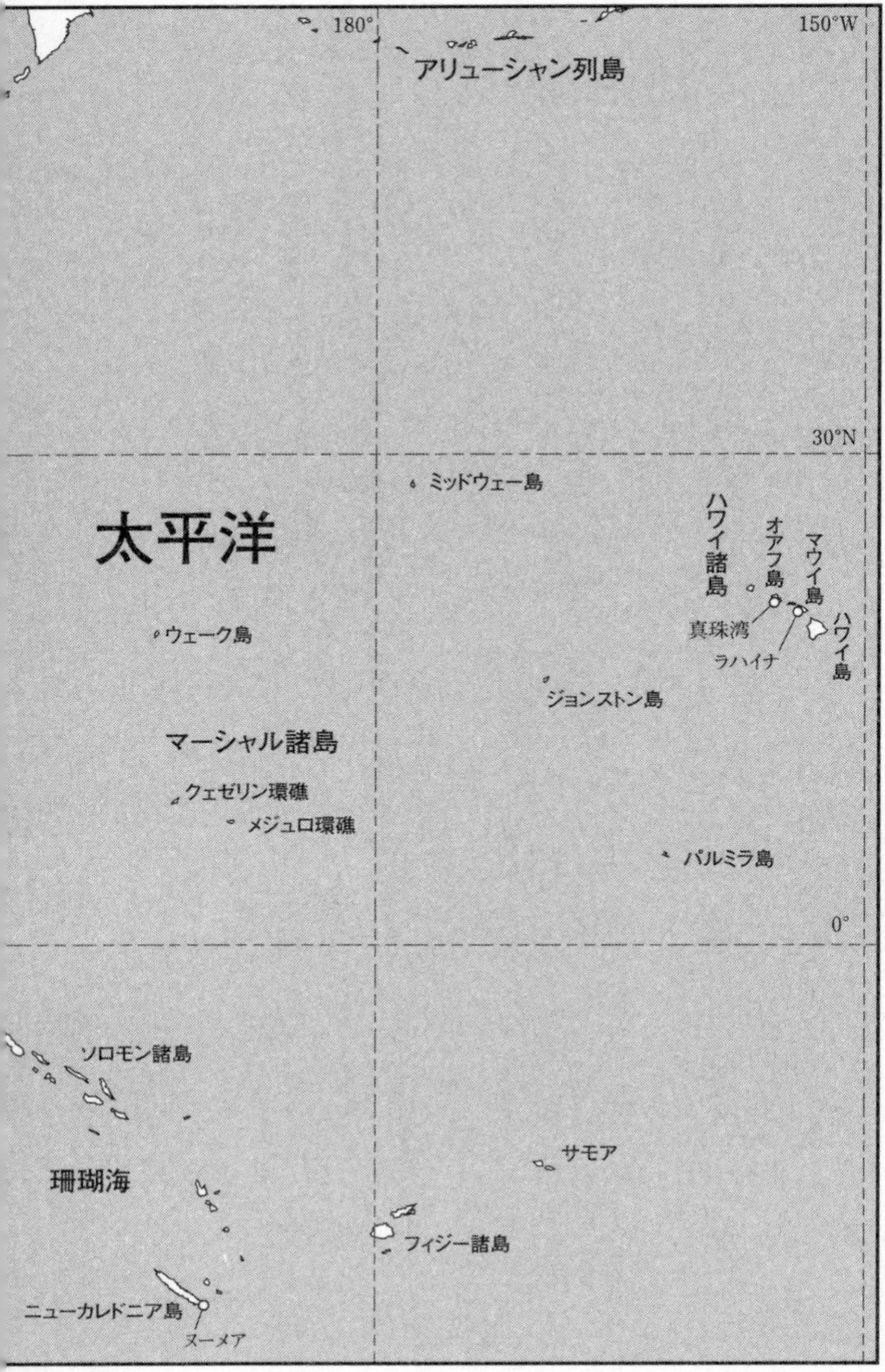
180°
150°W
アリューシャン列島
30°N
ミッドウェー島
太平洋
ハワイ諸島
オアフ島
マウイ島
真珠湾
ハワイ島
ラハイナ
ウェーク島
ジョンストン島
マーシャル諸島
クェゼリン環礁
メジュロ環礁
パルミラ島
0°
ソロモン諸島
サモア
珊瑚海
フィジー諸島
ニューカレドニア島
ヌーメア

西太平洋要図

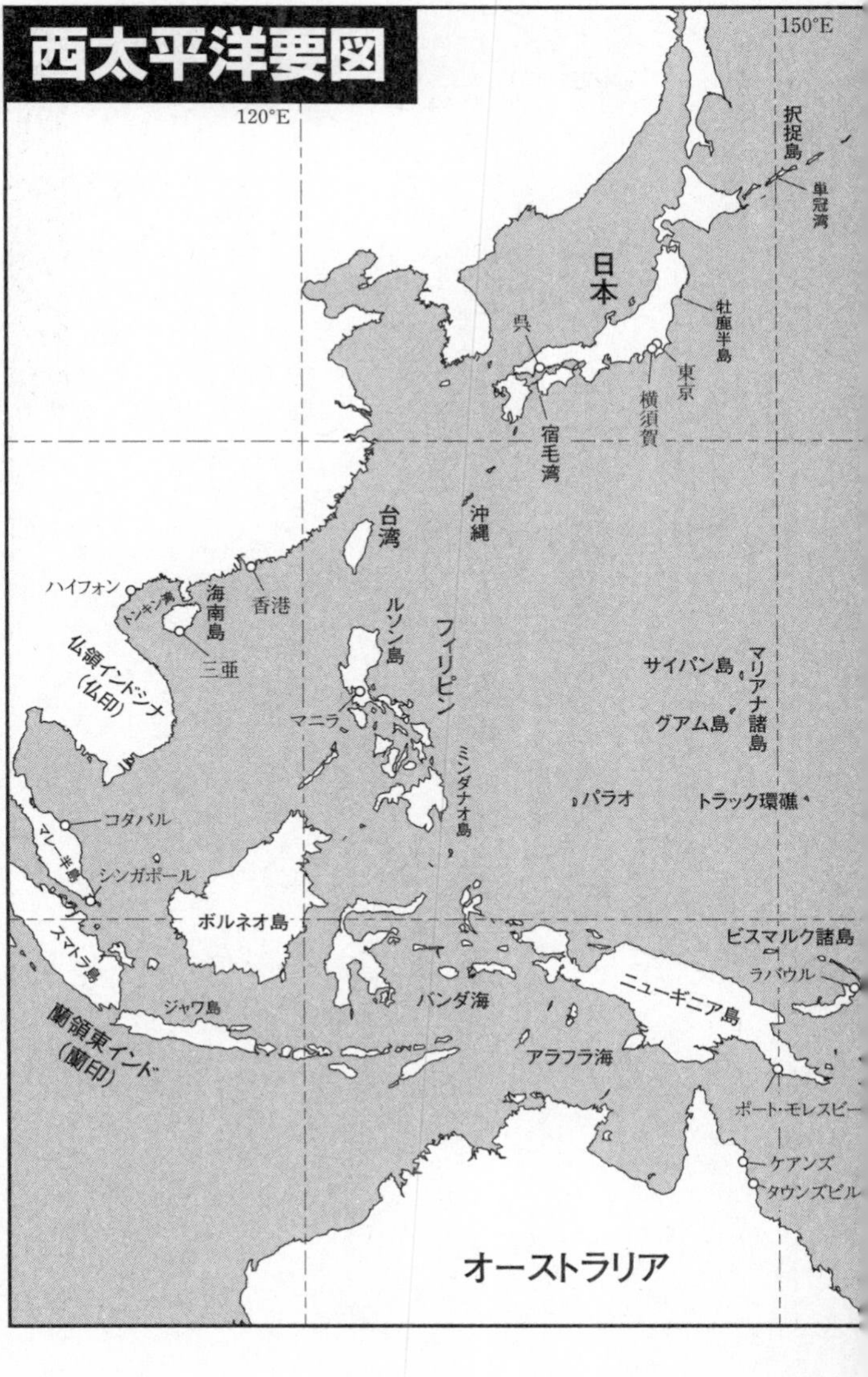

120°E
150°E
択捉島
単冠湾
日本
牡鹿半島
呉
東京
横須賀
宿毛湾
沖縄
台湾
ハイフォン
トンキン湾
海南島
香港
三亜
仏領インドシナ
（仏印）
ルソン島
フィリピン
マニラ
サイパン島
マリアナ諸島
グアム島
ミンダナオ島
パラオ
トラック環礁
コタバル
マレー半島
シンガポール
ボルネオ島
スマトラ島
ビスマルク諸島
ラバウル
ニューギニア島
ジャワ島
バンダ海
蘭領東インド
（蘭印）
アラフラ海
ポート・モレスビー
ケアンズ
タウンズビル
オーストラリア

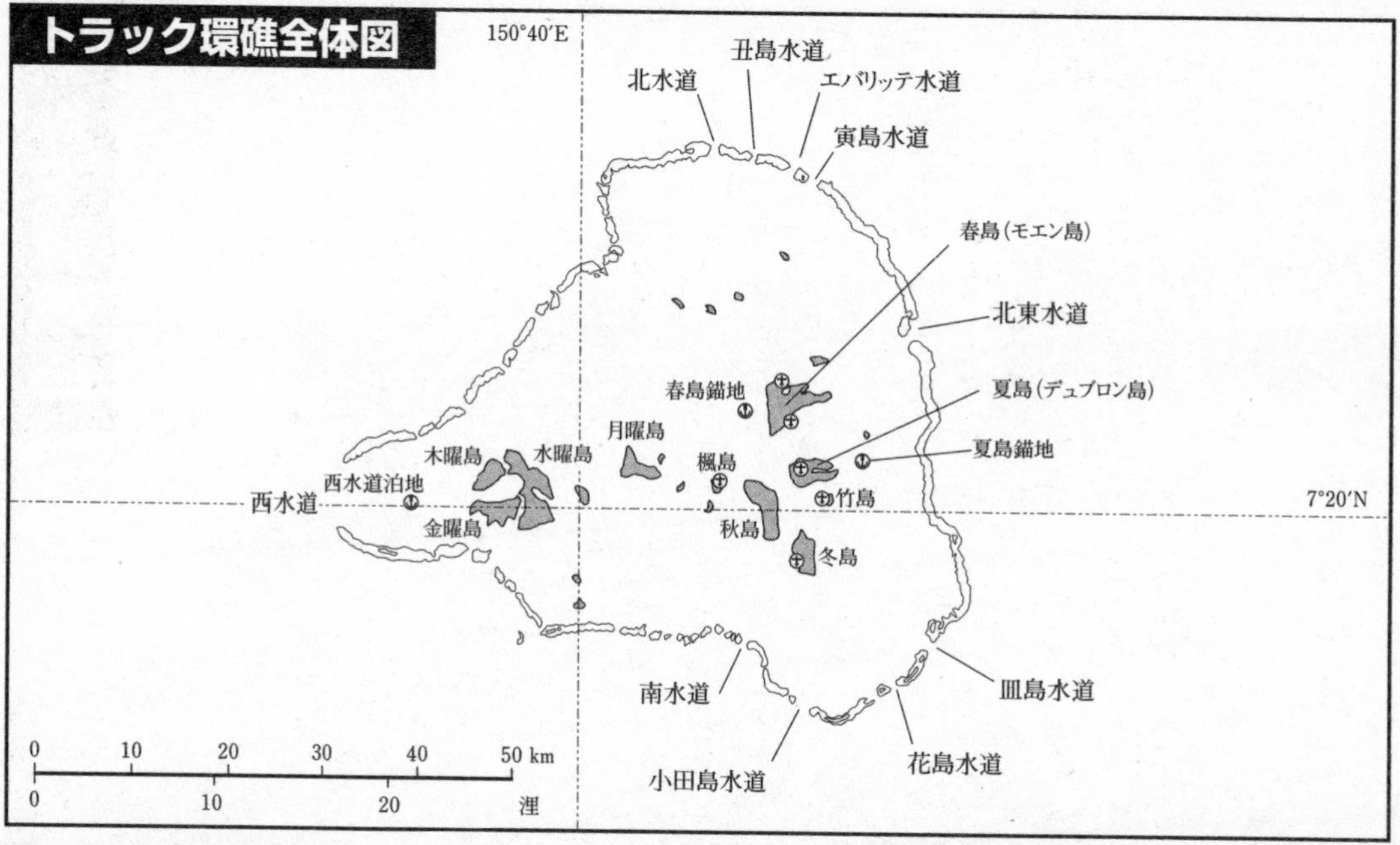
トラック環礁全体図
150°40′E
丑島水道
北水道
エバリッテ水道
寅島水道
春島（モエン島）
北東水道
春島錨地
夏島（デュブロン島）
月曜島
夏島錨地
木曜島
水曜島
楓島
西水道泊地
竹島
西水道
7°20′N
金曜島
秋島
冬島
皿島水道
南水道
花島水道
小田島水道
0
10
20
30
40
50 km
0
10
20
浬

荒海の槍騎兵 試練の機動部隊 4

第一章　巡洋戦艦「大雪《だいせつ》」

1

「奇妙なものだな」

海軍大佐沢正雄《さわまさお》の声は、内火艇《ないかてい》の後部キャビンに乗っている全員の耳に届いた。

「外観だけなら、どう見ても日本の軍艦ではない。艦橋《かんきょう》を始めとする上部構造物の形も、主砲も、我が海軍にはないものだ。そのような艦でも、艦首に菊《きく》の御紋《ごもん》を付け、旭日旗《きょくじつき》を掲《かか》げると、ちゃんと帝国海軍の軍艦に見える」

「はあ、まことに」

沢と並んでデッキに立つ海軍中佐桂木光《かつらぎひかる》は、前方に横たわる艦を眺《なが》めながら、あまり芸《げい》のない答を返した。

横須賀《よこすか》海軍工廠《こうしょう》の艤装桟橋《ぎそうさんばし》に、巨大な軍艦が停泊している。

沢が言った通り、帝国海軍の軍艦とは大きく異なる形状だ。

中央部には、一番煙突《えんとつ》とほぼ一体化した艦橋があり、その上に三脚檣《さんきゃくしょう》が乗っている。

一番煙突の後ろには、やや小振りな二番煙突が設けられ、その後方には揚収機《ようしゅうき》と射出機《しゃしゅつき》、飛行甲板を挟《はさ》んで、後部指揮所が設置されている。

主砲塔は、連装三基。

口径は三八センチであり、帝国海軍のどの軍艦とも互換《ごかん》性を持たない。

特筆《とくひつ》すべきは、対空火器の数だ。

左右両舷《りょうげん》とも、四〇口径一二・七センチ連装高角砲七基ずつが設けられている他、二五ミリ単装機銃が所狭《ところせま》しと並んでいる。

主砲塔の天蓋《てんがい》にまで、機銃座が設けられている有様《ありさま》だ。

鋼鉄製のハリネズミとも呼ぶべき外観であり、敵艦との撃ち合いよりも、対空火器で敵機を撃墜することに重点が置かれていることがはっきり分かる。

日本海軍 防空巡洋戦艦「大雪」

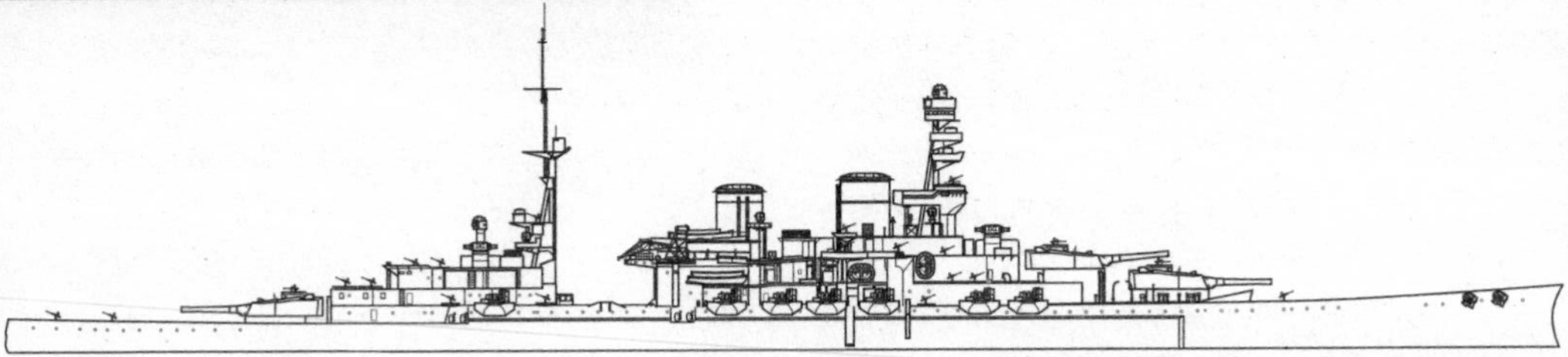

全長	242.1m
最大幅	27.4m
基準排水量	32,000トン
主機	蒸気タービン 4基／4軸
出力	112,000馬力
速力	28.3ノット
兵装	38cm 42口径 連装砲 3基 6門
	12.7cm 40口径 連装高角砲 14基 28門
	25mm 3連装機銃 6基
	25mm 単装機銃 80丁
航空兵装	水上偵察機 2機／射出機 1基
乗員数	1,320名
同型艦	なし

もともとは、イギリス海軍の巡洋戦艦リナウン級二番艦「リパルス」である。昭和16年12月10日の「海南島沖海戦」で、米太平洋艦隊とともに日本海軍南方部隊と交戦し、左舷後部に被雷した。

英国艦隊を指揮するフィリップス大将は、リパルスをシンガポールに帰還させたが、セレター軍港で修理を待つ間にマレー半島に日本軍が上陸。シンガポールを護る英国極東陸軍は昭和17年３月２日に降伏し、リパルスは入渠したまま鹵獲された。

リパルスは横須賀に回航され、日本よりも進んだ技術をもって開発された電探や通信機器、対空装備など、今後の兵器開発に貴重な資料をもたらしている。

その後、12.7センチ連装高角砲、25ミリ機銃などを満載した「防空巡洋戦艦」として改装され、艦名も「大雪」と改められた。

真横から見た艦体は、非常に大きい。

艦政本部から伝えられた諸元《しょげん》によれば、全長は二四二・一メートル。

大和《やまと》型戦艦《せんかん》には及ばないものの、長門《ながと》型戦艦を二〇メートル近くも上回っている。

巡洋《じゅんよう》戦艦「大雪《だいせつ》」。

昨年――昭和一七年三月までは「リパルス」の名で呼ばれ、大英帝国海軍の軍籍《ぐんせき》を有していたが、今年一〇月一四日、改装完了と同時に、日本帝国海軍に編入された巨艦だ。

沢は同艦の艦長に、桂木は砲術長に、それぞれ任《にん》ぜられることが、既に決まっていた。

「しかし、珍《めずら》しいですな」

「大雪」の副長となる木戸武蔵《きどたけぞう》中佐が言った。

江田島《えたじま》卒業後、内務《ないむ》科一筋《ひとすじ》の道を歩み、多くの軍艦で内務長を務めたという、異色《いしょく》の経歴の持ち主だ。

海軍では傍流《ぼうりゅう》とされる道を歩んで来たため、中央での勤務には縁《えん》がなく、昇進も遅く、「大雪」の幹部乗組員の中では最年長となる。

「鹵獲《ろかく》した軍艦を自軍に編入するのは、別に珍しいことではないと考えますが」

航海長の坂本篤夫《さかもとあつお》中佐が言った。

鹵獲軍艦の自軍への編入は、昔から行われていたことだ。今回の戦争では事例《じれい》が少ないが、日露戦役《にちろせんえき》では、旅順《りょじゅん》港や日本海海戦で鹵獲された旧ロシア帝国の軍艦が、日本海軍に編入されている。

「私が言っているのは、本艦の艦名です。北海道《ほっかいどう》の地名が付けられるのは珍しい、と思いましてね」

木戸は、自分より若い士官に丁寧《ていねい》な口調《くちょう》で応《こた》えた。

「副長の言われる通りですね」

桂木が賛同した。

日本海軍では、巡洋戦艦と重巡洋艦には山の名、軽巡洋艦には川の名が付けられる。

巡洋戦艦として建造された金剛《こんごう》型や、海南島《かいなんとう》沖海戦で沈んだ重巡「愛宕《あたご》」「高雄《たかお》」などは、この基準に則《のっと》っている。

最上《もがみ》型、利根《とね》型のように、川の名が付けられている重巡もあるが、これらは当初《とうしょ》、一五・五センチ砲装備の軽巡として建造が始まったためだ。

それらの中にあって、北海道の地名を付けた艦は少ない。

現役の軍艦では、軽巡洋艦「夕張《ゆうばり》」ぐらいのものだが、北海道中央にそびえる大雪山《だいせつざん》の名が旧「リパルス」に採用されたことで、久しぶりに北海道の地名を冠《かん》した軍艦が登場したのだ。

その意味では、木戸副長の言葉通りだった。

「『大雪』という艦名は、本艦に合っているように思いますね」

木戸は目を細めて、近づいて来る巨艦を見つめた。

「大雪山は、標高では日本アルプスの山々に及びませんが、幾《いく》つもの峰《みね》が連《つら》なった大きな山ですから。『大雪』の名は、本艦の大きな艦体をそのまま表しているように思えます」

「確かに大きな艦ですが、上層部は、本艦を艦隊戦ではなく、機動部隊用の直衛艦《ちょくえい》として使うつもりだそうですが」

一昨年一二月の、ルソン島沖海戦のような活躍を期待すれば、失望するかもしれない——その意《い》を込め、桂木は言った。

昨年三月、『リパルス』鹵獲」の報告が伝えられたとき、海軍中央は快挙《かいきょ》に大喜びしたものの、艦の処遇《しょぐう》については、すぐには決まらなかった。

英国製の電波探信儀《たんしんぎ》、通信機、対空火器等の装備は、横須賀回航後に取り外され、海軍技術研究所に送られたが、艦そのものの用途については議論が百出《しゃくしゅつ》した。

「主砲を三六センチ砲に換装《かんそう》し、海南島沖で沈んだ『金剛』『榛名《はるな》』の代艦《だいかん》としてはどうか」

「今後の戦争を考えれば、空母《くうぼ》に改装すべきだ」

「いっそ解体し、資材を新造艦の建造に利用してはどうか」

艦政本部《かんせい》では、連合艦隊や軍令部《ぐんれいぶ》の参謀も交えて、活発な討議が行われたようだ。

　最終的には、

「主砲塔は、全て残す。対空火器を国産のものに換装し、機動部隊用の直衛艦として使用する」

　と決定し、横須賀工廠で改装が行われた。

　今は戦時であり、改装に時間と予算はかけられない。海軍中央は、最小限の改装によって「リパルス」を戦力化する道を選んだのだ。

「時代の趨勢《すうせい》や、我が国の国力を考えれば、防空艦とするのが最も現実的でしょう。海戦の主役は、空母と航空機に移っていますからな」

　悟《さと》ったような口調で言った木戸に、桂木は応えた。

「艦隊戦の機会がないとも限りません。昨年九月の、ウェーク沖海戦のようなことも起こり得ます。空母が敵の水上艦艇に襲われたとき、本艦の主砲は、威力を発揮するはずです」

「空母が水上砲戦に巻き込まれるなど、あってはならないことだ。『大雪』の役割は、対空火器による空母の護衛《ごえい》であり、主砲は万一の事態への備えだと、私は認識している。私や貴官が『大雪』の艦長、砲術長に任じられたのも、それが理由だろう」

　沢が言った。

　沢は防空巡洋艦「衣笠《きぬがさ》」の艦長から、桂木は同じく「古鷹《ふるたか》」の砲術長から、「大雪」への異動を命じられた身だ。

「衣笠」「古鷹」は開戦以来、第六戦隊の第二小隊として行動を共にすることが多く、南シナ海海戦を皮切《かわき》りに、戦果を上げてきた。

　主砲の代わりに、高い射撃精度と毎分一五発の速射性能を誇《ほこ》る六五口径一〇センチ連装高角砲、通称「長《ちょう》一〇センチ砲」六基一二門を装備し、多数の敵機を撃墜して、空母を守って来たのだ。

　水上砲戦では、もっぱら駆逐艦《くちくかん》を標的とし、多数の敵艦を屠《ほふ》った実績を持つ。

　第六戦隊の僚艦《りょうかん》「青葉《あおば》」「加古《かこ》」と共に、「駆逐艦殺し」の異名《いみょう》を持つほどだ。

「大雪」は、対空火器多数の装備により、「防空巡洋戦艦」とも呼ぶべき艦に生まれ変わっている。

沢や桂木が「大雪」への異動を命じられたのは、六戦隊での実績を評価されたためであろう。

（念願叶《かな》ったと思いたいところだが、よりにもよって『リパルス』とはな）

腹の底で、桂木は苦笑している。

江田島卒業後、迷わず砲術を専門に選んだのは、戦艦の砲術長となり、艦隊決戦の立役者《たてやくしゃ》となる目標があったからだ。

ところが、開戦時のポジションは防空巡洋艦「古鷹」の砲術長であり、主な敵は空母を狙《ねら》って来る急降下爆撃機や雷撃機だった。

桂木は失望を覚えながらも、「古鷹」砲術長の任務に邁進《まいしん》した。

「防巡は通過点。目標は、戦艦の砲術長だ」

そのように考えてはいたが、防巡砲術長の任務を全うしなければ、戦艦乗り組みなど望むべくもない。

戦艦の砲術長に任ぜられても、海軍の主力は空母と航空機に移りつつあるのが現状だ。対空戦闘の研《けん》鑽《さん》を積んでおけば、将来必ず役に立つ。

その思惑《おもわく》もあって、「古鷹」の射撃指揮所で、対空戦闘や水上砲戦の指揮を執《と》り続けた。

「古鷹」砲術長から「大雪」砲術長への異動は、その実績が人事局に認められてのことであったろう。

表面上は、望みが叶ったように見える。

「大雪」の主砲は、三八センチ砲六門だ。門数は少ないが、一発当たりの破壊力は、金剛型や伊勢《いせ》型の三五・六センチ主砲を上回る。

だが、日本では三八センチ砲弾を製造していない。シンガポールで鹵獲したとき、弾薬庫に残っていた砲弾を撃ち尽くせば、巡洋戦艦としての役目は終わる。

また「大雪」は、機動部隊の直衛艦として戦力化された艦だ。

所狭しと装備した高角砲、機銃で敵機を撃墜し、空母を守ることが「大雪」の役目なのだ。

防巡から異動しても、任務は変わらない。

いや、対空砲の性能は、「古鷹」の主兵装である二〇センチ砲の方が、「大雪」の装備である一二・七センチ砲よりも優れているから、むしろ後退したとさえ言える。

一見《いっけん》、栄転《えいてん》に見える「大雪」への異動だが、手放しで喜ぶ気にはなれなかった。

「俺は、防空艦の砲術長から逃《のが》れられない運命なのかもしれん」

近づいて来る「大雪」の巨体と、艦橋や煙突の脇に林立《りんりつ》する高角砲、機銃を見つめながら、桂木は口中で呟《つぶや》いた。

「古鷹」の砲術長に任じられた時点で、海軍における自分の役割と運命は、定まったのかもしれない。

いずれにせよ、決まった以上は是非《ぜひ》もない。

帝国海軍の新戦力となった、かつての英国巡戦に、持てる力を発揮させることが自分の仕事だ。

実績を上げれば、次こそ戦艦の砲術長に任ぜられるかもしれないのだから。

2

呉《くれ》軍港の柱島泊地《はしらじまはくち》に停泊している第六戦隊旗艦《きかん》「青葉」も、新たな指揮官を迎えていた。

細面《ほそおもて》の、整った容貌《ようぼう》の持ち主だ。ベタ金に桜一個の、少将の徽章《きしょう》を付けている。

高間《たかま》完《たもつ》少将。

開戦時は戦艦「榛名」艦長の職にあり、海南島沖海戦では、圧倒的に優勢な米英艦隊を相手に一歩も退《ひ》くことなく戦い抜いた指揮官だ。

乗艦の「榛名」は同海戦で失われたが、海南島南東岸の浅瀬《あさせ》に着底《ちゃくてい》したため、生き残った乗員は艦から脱出した後、陸地に泳ぎ着いている。

高間は最後まで「榛名」に残って全乗員の退艦を見届《みとど》けたことが幸いしたのだろう、艦の喪失について咎《とが》めはなく、昨年五月に少将に昇進し、第四水雷戦隊の司令官を経て、第六戦隊司令官に任じられたのだ。

「前任の五藤《ごとう》さん（五藤存知《ありとも》少将。前第六戦隊司令官）から、あらましは聞いている。五藤さんも私と同じ水雷屋で、対空戦闘にはあまり心得《こころえ》がなかったそうだが、優秀な幕僚《ばくりょう》の補佐を得て、空母護衛の任を全《まっと》うしたとおっしゃっていた」

「青葉」の作戦室で、幕僚たちと顔を合わせるなり、高間は言った。

値踏《ねぶ》みをするように、三人の幕僚——首席参謀桃《もも》園幹夫《そのみきお》中佐、砲術参謀穴水豊《あなみゆたか》少佐、通信参謀市川《いちかわ》春之《はるゆき》少佐の顔を見た。

桃園の顔を、一番長く見つめていた。

「首席参謀は、五藤さんの下《もと》で砲術参謀を務め、独自の訓練計画によって、六戦隊各艦の射撃精度を著《いちじる》しく向上させたそうだな？」

「五藤司令官は自由にやらせて下さいましたので、私も思い切ったことができました」

桃園は、異動前の第六戦隊司令部を思い出しながら答えた。

開戦時の第六戦隊司令官五藤存知少将も、首席参謀貴島掬徳《きじまきくのり》中佐も、航空関連の職を経験したことはなく、対空戦闘についても充分な知見《ちけん》を有しているとは言い難《がた》かった。

帝国海軍で砲術と言えば、水上砲戦のことを指すのが常識であり、対空戦闘などは余技《よぎ》と考えられていたのだ。

六戦隊に所属する防空巡洋艦四隻の砲術長も、水上砲戦を中心に学び、研鑽を積んで来た者ばかりであり、防巡への配属を「左遷《させん》された」「出世コースから外された」と考える者までいるほどだった。

一方桃園は、「海軍の主力が空母と航空機になるのであれば、対空射撃も重要性を増す」と考え、砲術学校で、対空戦闘について研究を進めていた。

砲術学校で「変わり者」と評価されていた桃園に

対し、五藤は当初、よそよそしい態度を取った。

江田島卒業後、艦船勤務一筋の海軍生活を送って来た五藤の目には、砲術学校での研究生活が長かった桃園は、「机上《きじょう》だけの軍人」と映っていたのかもしれない。

だが五藤は、頑《かたく》なな人物ではなかった。

何度も打ち合わせを重ねる内に、「餅《もち》は餅屋」と考えるようになったのか、対空戦闘の訓練計画について、桃園の考えを全面的に受《う》け容《い》れたのだ。

結果、防巡四隻の乗員は、開戦までに対空射撃の技術を錬磨《れんま》し、命中率を大幅に向上させた。

その実力は、南シナ海、ウェーク沖の二大海空戦で発揮され、空母の喪失をゼロに抑えている。

一連の戦闘における実績から、第六戦隊は海軍中央から「功績抜群」との評価を受け、主だった幕僚や各艦の艦長は、栄転という形で異動していった。

司令官の五藤は、海軍水雷学校長に任じられ、首席参謀の貴島は艦政本部に迎えられた。

桃園はウェーク沖海戦終了後、中佐に昇進し、砲術学校の教官に任ぜられたが、同校にいる時間はあまりなかった。

各地の鎮守府《ちんじゅふ》を回って、主だった艦の砲術長、分隊長、各艦隊や戦隊司令部の砲術参謀といった人々に、対空戦闘の要領《ようりょう》を教えて回ったのだ。

「第六戦隊の防巡四隻は、対空戦闘のみならず、水上砲戦でも抜群の命中率を誇っている。全艦が六戦隊に倣《なら》えば、帝国海軍は今まで以上に強くなる」

軍令部次長の伊藤整一《いとうせいいち》中将、第一部長の福留繁《ふくとめしげる》少将といった人々はそのように考え、第六戦隊の対空戦闘要領を海軍全体の共有財産とすべく、桃園に教官役を命じたのだ。

鎮守府回りが一通《ひととお》り終わった後、桃園は首席参謀として、第六戦隊司令部に戻ることとなった。

首席参謀となれば、砲術参謀よりも権限が大きい代わりに、責任も重くなる。

状況によっては司令官の代行を務めねばならない

し、砲術参謀や通信参謀を指導する立場でもある。

砲術参謀以上に、桃園の知識と経験を活かせる反面、重圧を感じる役割でもあった。

「六戦隊の指揮については、五藤さんの方針を踏襲《とうしゅう》するつもりだ。専門家の知識と経験を活かして、任に当たりたいと考えている」

高間はあらたまった口調で言い、三人の幕僚の顔を等分《とうぶん》に見渡した。

「微力《びりょく》ではありますが、本分《ほんぶん》を尽くす所存《しょぞん》です」

桃園が、幕僚たちを代表する形で言った。

「今後について、首席参謀の考えを聞いておきたいが」

「米軍の物量に、いかに対抗するか。これが鍵《かぎ》になると考えます」

試すような高間の問いに、桃園は考えていた答を返した。

昨年――昭和一七年九月一一日のウェーク沖海戦以降、大規模な海戦は生起《せいき》していない。


日米戦は、もっぱらラバウルとその周辺における航空戦、及び潜水艦《せんすいかん》戦によって推移《すいい》している。

このため連合艦隊の主だった艦艇、特に現代の海戦に不可欠の存在である空母を温存することができ、新型艦上機の配備や搭乗員の養成も、概《おおむ》ね順調に進めることができた。

ただし、これは米国の側にも、戦力を回復する時間を与えたことになる。

対米情報を担当する軍令部第五課が調べたところでは、米軍は昨年の末から、帝国海軍の翔鶴《しょうかく》型を凌駕《りょうが》する新型空母や、機動部隊の補助戦力となる小型空母を多数建造しているという。

昭和一八年一〇月現在、正規空母は四隻乃至《ないし》五隻、小型空母は六隻乃至七隻が竣工《しゅんこう》したとのことだ。

これらの艦は、来年――昭和一九年の春頃には、乗員の訓練を終え、前線に姿を現すと予想される。

南シナ海海戦、ウェーク沖海戦では、日本側が空母と艦上機の数で米軍よりも優位に立っていたため、敵に先手《せんて》を打たれたにも関わらず、勝利を収めることができた。

だが、来年以降の戦いは、これまでとは大きく異なったものになる。

米軍は、日本軍よりも大きな航空兵力を揃《そろ》えて、決戦を挑んで来るはずだ。

第六戦隊の防巡が相手取る敵機は、従来の二倍、いや三倍以上に達すると予想される。

今後の訓練計画も、作戦も、その前提で考えなくてはならない。

「三倍以上の敵機、か」

高間は一語一語の意味を確認するように、殊更《ことさら》ゆっくりと桃園の言葉を繰り返した。

顔色が、幾分《いくぶん》か青ざめている。

米軍が巨大な物量を投入して来ることは覚悟《かくご》していたが、対空戦闘の専門家の口からはっきり聞かされると、動揺《どうよう》せずにはいられないようだ。

桃園の隣に座る穴水砲術参謀、市川通信参謀は、高間が着任して来る前に既《すで》に話をしていたため、驚いた様子を見せなかった。

桃園は言葉を続けた。

「空襲《くうしゅう》に際しては、複数の艦が同時に敵機の攻撃を受ける可能性が想定されます。注目したいのは、ウェーク沖海戦の戦訓《せんくん》です。この海戦では、空母と共に、六戦隊の防空艦が敵機に狙われました。敵も、青葉型、古鷹型を強敵と認めたと考えられます」

「空母を守るだけではなく、自艦を守ることも重要になる、と？」

「それだけではありません。米軍の巨大な物量を考えた場合、防空艦と空母への同時攻撃といった事態も起こり得ます。敵には、それを可能とするだけの戦力がありますから」

「最悪の場合、我が身を犠牲《ぎせい》にして空母を守るか、自艦の守りを優先するかの二者択一《にしゃたくいつ》を迫られるというのが貴官の主張か？」

「最悪の場合ではなく、そのような事態は確実に生じると考えるべきでしょう」

高間は、しばし沈黙《ちんもく》した。数秒間、黙《だま》って桃園の顔を見つめ、再び口を開いた。

「随分《ずいぶん》と悲観的な予想をするのだな、貴官は」

「もともとこの戦争自体、楽観できるものではありませんでした。戦争が長引けば、米国の巨大な生産力が物を言い、戦力面で我が方が劣勢《れっせい》に立たされることは、事前《じぜん》に予想されていたことです」

「海軍内部の知米派は、皆、口を揃えて米国の恐ろしさを主張していた。開戦後、二年近くを経た今、誰もが恐れていたことが現実になろうとしているわけだ。山本長官（山本五十六《やまもといそろく》大将。開戦時の連合艦隊司令長官）も、それを恐れていたからこそ、米国との早期講和《こうわ》を望まれていたのだが」

高間は、深々《ふかぶか》とため息をついた。

南シナ海を巡る一連の海戦で、米太平洋艦隊に壊滅《かいめつ》的な損害を与えた時点で、米国は講和の申し入れに応じると思っていたのだが――そんなことを、思っている様子だった。

「講和の成立を前提として動くわけには参りません。最悪の事態を想定しておくことは、軍人の責務です。私が、砲術の中では傍流と考えられて来た対空戦闘を専門に選び、研究を重ねて来たのは、航空機が艦船にとって脅威《きょうい》になると見越《みこ》したからです。我が帝国海軍には、攻撃ばかりが偏重《へんちょう》され、防御については二《に》の次《つぎ》と考える傾向がありますから」

「我が方が常に先手を取れればいいが、現実にはなかなかうまく行かぬからな。海南島沖で南方部隊が壊滅の危機にさらされたのも、敵に先手を取られた結果だった」

二年近く前の戦いを思い出したのか、高間は小さく笑って、そっと首筋《くびすじ》をなでた。

「よろしいでしょうか？」

黙って、高間と桃園のやり取りを聞いていた穴水砲術参謀が発言許可を求めた。

「仮に首席参謀が言われたように、空母と自艦、どちらか一方しか守れないという状況に直面した場合、どちらを取るべきだとお考えですか?」

「状況によって対応を変えるべきだと、私は考えている」

桃園は答えた。

機動部隊が空襲を受けるときは、大きく分けて二つの状況が考えられる。

第一に、空母が誘爆《ゆうばく》・大火災を起こす危険がある場合。第二に、その危険が少ない場合だ。

前者は、敵に先手を取られ、攻撃隊の出撃準備中に空襲を受けたときに生じる可能性が高い。

燃料タンクを満タンにし、胴体下に爆弾や魚雷を抱えた艦爆、艦攻が飛行甲板上に並んでいるときに直撃弾を受けたら、空母にとっては致命的だ。

ガソリンの引火爆発や爆弾の誘爆で、艦はたちまち火だるまと変わる。火の手が弾火薬庫に及び、誘爆、轟沈《ごうちん》という事態すら想定される。

このような状況に直面した場合、防空艦は自艦を犠牲にしても、空母を守らなければならない。

後者は、日本側が先手を取り、攻撃隊を出撃させた後で空襲を受けたときに生じる可能性がある。

この場合は、自艦の守りを優先すべきだ。

空母が飛行甲板に被弾《ひだん》しても、誘爆・大火災が起こらなければ、沈没に至ることはない。

空母一、二隻が戦列外に去ったとしても、防空艦が健在であれば、残存する空母の護衛は可能なのだ。

「意外だな」

桃園が一通り話し終わると、高間が言った。

「防空艦の任務は空母の護衛。状況の如何《いかん》に関わらず、自艦を身代《みが》わりにしても空母を守らねばならない。そのような回答を想像していたが」

「六戦隊の幕僚として恐れるのは、防空艦が戦闘不能となり、空母を守れなくなることです。空母の護衛は最優先ですが、戦闘力を保持し続け、最後まで敵機にとって脅威であり続けることも、防空艦の重要な役目ですから」

桃園は一旦《いったん》言葉を切り、少し考えてから続けた。

「付け加えて申し上げるなら、各地の鎮守府を回っていたとき、空母の砲術長、分隊長には、念入《ねんい》りに対空戦闘の要領を伝えたつもりです。各空母の砲術長が、充分自艦を守れるだけの技量を部下に身に付けさせることを、私は信じております」

桃園が対空戦闘の要領を講義したとき、戦艦や重巡の砲術長よりも、空母の砲術長、分隊長の方が熱心で、突っ込んだ質問をして来る傾向があった。

敵機の阻止《そし》に失敗し、投弾、投雷を許すようなことになれば、自分や部下の死に直結するからだ。

あの熱心さをもって、高角砲員や機銃員を鍛《きた》えれば、母艦を守り切ることができるはずだ、と桃園は期待していた。

「防空艦は空母の状況を常時把握《はあく》しつつ、対空戦闘の優先順位を判断しなければならない、ということですね？」

「その通り」

確認を求めた穴水に、桃園はそう返答し、次いで市川通信参謀に顔を向けた。

「そのためには、通信参謀と各艦の通信長の役割が重要になる。防空艦の艦橋から空母の動きを観察しているだけでは、全体の戦況は把握できない。艦隊司令部の命令電や、索敵機、攻撃隊の報告電を、可《か》及的速《きゅうてきすみ》やかに、司令部や艦長に届けて貰《もら》わねば」

「心《こころ》しておきます」

市川が表情を引き締め、大きく頷《うなず》いた。

「首席参謀の考えは理解した。貴官の意見を尊重しつつ、来たるべき米軍の反攻に備えよう」

高間が全員の顔を見渡し、きっぱりとした口調で言った。期待以上の答が得られた、と思っている様子だった。

「各艦の艦長や先任将校も、かなり入れ替わっている。早急に各艦の幹部を集め、司令部の方針や訓練計画について、打ち合わせなければなるまい」

3

昭和一八年一二月八日、「帝国海軍の三顕職《けんしょく》」と呼ばれる人々が、東京《とうきょう》・霞ヶ関《かすみがせき》の海軍省に参集し、大臣室で顔を合わせていた。

嶋田繁太郎《しまだしげたろう》大将に代わり、海軍大臣に就任《しゅうにん》した山本五十六大将。

永野修身《ながのおさみ》大将の後任として、軍令部総長に就任した吉田善吾《よしだぜんご》大将。

そして、山本の後任として連合艦隊司令長官に親補《しんぽ》された古賀峯一《こがみねいち》大将だ。

山本はこの年の三月、病気療養を理由に連合艦隊司令長官職から退《しりぞ》き、一一月に新たな海軍大臣に就任した。

吉田は、山本の前任の連合艦隊司令長官であり、近衛文麿《このえふみまろ》内閣では海軍大臣を務めた経験を持つ。

近衛内閣の解散後は、軍事参議官を務めていたが、山本の海軍大臣就任と時を同じくして、軍令部総長の職に就《つ》いた。

古賀は、軍令部の参謀や次長、第二艦隊司令長官を務めた経験を持ち、軍令部が構想してきた対米作戦については知悉《ちしつ》していた。

「どうだ、米英との交渉は？」

長椅子に腰を下ろすなり、吉田は山本に聞いた。

公式の場ではあるが、山本とは江田島の同期生であること、古賀は江田島の二期後輩であることから、同期生に対する口調になっている。

「駄目《だめ》だ」

山本は表情を歪《ゆが》め、ゆっくりとかぶりを振った。

「中立国の公使を通じての接触、中立国による和平の仲介、ローマ法王《ほうおう》による和平工作と、全てを試したが、米英両国共に、単独講和に応じる意志はないと、外相より知らされた」

「勝ち逃げは許さぬとのことか」

「俺も、考えが甘かった」

自嘲《じちょう》的な口調で、山本は言った。

「緒戦《しょせん》で米軍、特に太平洋艦隊を徹底的に叩き、壊滅状態に陥《おとしい》れれば、米国は戦意を喪失し、我が国との講和に応じると考えていたのだからな。しかし、現実にはこのていたらくだ」

「緒戦で太平洋艦隊を徹底的に叩く」という目標は、達成されたと言ってよい。

米太平洋艦隊のフィリピン回航という想定外の動きによって、山本が推進していた真珠湾《しんじゅわん》攻撃は中止を余儀《よぎ》なくされたものの、連合艦隊は南シナ海における三度の戦闘——海南島沖海戦、南シナ海海戦、ルソン島沖海戦に最終的な勝利を収めた。

米太平洋艦隊は、全戦艦と全空母を失い、這々《ほうほう》の体《てい》で退却していったのだ。

米軍はその後、ウェーク島奪回を試み、昨年九月にウェーク沖海戦が生起したが、日本軍はこの戦いでも勝利を収め、空母二隻撃沈の戦果を上げた。

米海軍の主力艦艇のうち、新しい海軍の主力となる空母は、太平洋と大西洋を合わせて僅《わず》かに二隻というところまで追い込んだのだ。

この時点で帝国海軍は、正規空母と小型空母を合わせ、一一隻を擁《よう》していた。

通算五度目の海戦が行われれば、今度こそ米海軍を殲滅《せんめつ》し、米国に決定的な打撃を与えられるはずだった。

山本は、当時の海軍大臣だった嶋田を通じて、米英との講和を推進するよう、政府に働きかけた。

「我が国が勝利を収めるには、短期決戦以外に道はない。米国が巨大な生産力に物を言わせて巻き返しに出て来る前に、講和を実現すべきだ」

と、強く主張した。

「米海軍に壊滅的な損害を与えた今こそ、ハワイを攻略すべきだ。必要に応じて、米本土への上陸も考えねばならぬ」

「講和をするなら、最低でも開戦後に占領《せんりょう》した地域は全て日本領、もしくは日本の勢力圏として、米英に認めさせねば納得できない」

等と主張する強硬派は、陸軍と海軍を問わず存在していたが、政府はそれらの声を尻目《しりめ》に、水面下で米英の代表と接触し、和平の可能性を探った。

だが、米英は頑なだった。

「一九四四年中には、日本軍を圧倒できるだけの戦力を整えられる。時が来れば勝つと分かっていて、その機会を放棄《ほうき》するほど、合衆国は愚《おろ》かではない」

米国の公使はそのように言い放ち、英国の公使は、

「単独講和には応じられぬ。アメリカが貴国との講和に応じるなら、考えてもよい」

と伝えて来た。

「米太平洋艦隊を壊滅させることにより、米国民の戦意を喪失させ、戦争を短期間で決着させる」

という山本の戦略構想は、画餅《がべい》でしかなかったことが明らかとなったのだ。

山本が嶋田の後任として、海軍大臣に就任したのは、戦争の幕引《まくひ》きを図るためだが、講和の道筋《みちすじ》を見《み》出《いだ》すことはできないのが現状だった。

「外交にせよ、戦争にせよ、相手があることだ。貴様《きさま》が海相《かいしょう》になったからといって、すぐにこちらの思い通りにことが運ぶわけでもあるまい」

慰《なぐさ》めるような口調で、吉田は言った。焦《あせ》るな、と言いたげだった。

「短期決戦の構想が瓦解《がかい》した今、我が軍が採《と》り得《う》る戦略はただ一つ、粘《ねば》り勝ちを狙うことだ。敵の侵攻を少しでも遅らせて時を稼《かせ》ぎ、潮目《しおめ》が変わるのを待つ以外にない。軍令部の責任者としては、この基本方針に基づいて、今後の戦策《せんさく》を考えたい」

「同意する」

山本は頷いた。

開戦前、短期決戦を構想していた頃であれば、吉田の主張に反発したであろうが、戦争の長期化が避けられなくなった今は、「粘り勝ちを狙う」との方針を認めざるを得ない。

山本は、一言付け加えた。

「陸軍はドイツの勝利をあてにしていたようだが、今となってはそれも望めぬからな」

一年前までのドイツの勢いは、今はない。

ソ連に進攻したドイツ軍は、ボルガ河畔《かはん》の要衝《ようしょう》スターリングラードを巡る戦いに敗北して以来、後退を続けており、北アフリカ戦線はこの五月、独伊軍の全面降伏《こうふく》で幕を閉じた。

八月には、戦意を喪失したイタリアが降伏し、枢《すう》軸《じく》軍の一角《いっかく》が崩《くず》れた。

ドイツ本土は、連日のように連合軍の爆撃を受けており、ベルリンを始めとする諸都市が大きな被害を受けている。

陸海軍の親独派も、現在の欧州戦線を見れば、ドイツの勝利をあてにしようなどとは思わなくなるはずだ。

日本は独自に、講和の道を探らなければならない。

特に、ドイツのような本土空襲の惨禍《さんか》を、日本国民に味わわせてはならない、と山本は考えていた。


吉田は、古賀に聞いた。

「連合艦隊《GF》長官の考えはどうか？」

「軍令部の方針に同意します」

「粘り勝ちは可能かね？」

「大臣がGF長官を務めておられたとき、温存《おんぞん》策を採って下さったおかげで、戦力面では非常に充実しております」

古賀はちらと山本を見やり、二人の前に、連合艦隊の編成図を置いた。

海軍の主力となる空母は、一二隻を擁している。

今年に入ってから、小型空母の「龍驤《りゅうじょう》」「祥鳳《しょうほう》」が、航空機の輸送任務中、敵潜水艦に撃沈されるという不幸な出来事があったものの、南シナ海海戦で勝利の立役者となった正規空母六隻と、商船からの改装ながら正規空母に準じる性能を持つ中型空母二隻、小型空母四隻が第一線にある。

来年三月には、新鋭空母の「大鳳《たいほう》」が戦列に加わる予定だ。

艦上機隊は母艦毎《ごと》の編成を止め、内地《ないち》の航空基地に所属する航空隊を、必要に応じて空母に配属する方式に改めた。

戦艦は、世界最大最強を謳《うた》われる「大和」「武蔵《むさし》」の他、四〇センチ砲戦艦の「長門」「陸奥《むつ》」、三六センチ砲戦艦の「伊勢」「日向《ひゅうが》」「比叡《ひえい》」「霧島《きりしま》」が出番を待っている。

対空戦闘の要《かなめ》となる防空巡洋艦は、第六戦隊の四隻の他、新たに四隻が戦列に加わった。

他に、重巡洋艦一〇隻、軽巡洋艦九隻、駆逐艦七六隻が健在だ。

連合艦隊司令部では、これらの艦を、空母を中心とした大規模な機動部隊として編成し、米太平洋艦隊を迎え撃つつもりです——と、古賀は説明した。

「軍令部が研究を進めてきた、中部太平洋における対米決戦だな。主力は、空母と航空機に置き換わっているが」

吉田が、感心したように言った。

軍令系統の職歴を重ねて来ただけに、大艦隊を繰り出しての決戦となれば、血が騒《さわ》ぐようだ。できることなら、自分が長官に返り咲いて指揮を執りたい、と考えている様子だった。

「成算《せいさん》はあるのかね？」

山本が古賀に聞いた。

「緒戦における南シナ海の戦闘で、我が方が勝利を得られたのは、空母戦力で優位に立っていたからだ。空母の数は、我が方の六隻に対して敵方は三隻。この戦力差が決定的な要素となり、我が方が勝利を収めた」

「南シナ海における三大海戦につきましては、私も戦闘詳報《しょうほう》を熟読《じゅくどく》すると共に、作戦に参加した指揮官から話を聞き、全容を把握しております」

「米軍も、南シナ海における敗北から戦訓を汲《く》み取ったはずだ。反攻に際しては、我が方よりも多数の空母と艦上機を用意して来ると想定される。航空機材にしても、零戦を凌駕する新鋭戦闘機の配備を進めているとの情報がある」

自分が連合艦隊の指揮を執っていたとき、機動部隊戦では常に優位に立つことができたが、今後は、そのような戦いは望めなくなる。

山本は、その意を言葉に込めた。

「航空戦につきましては、機動部隊と基地航空隊の連携《れんけい》によって、不利を補《おぎな》いたいと考えております」

古賀は応えた。

現在、連合艦隊の指揮下には、ラバウルの守りを固めている第一一航空艦隊、トラックに展開する第一二航空艦隊、内地で練成《れんせい》中の第一航空艦隊がある。

一一航艦は、ソロモン、ニューギニア方面から来襲する敵機に対抗して、戦線を支えているため、ラバウルから動かすことはできないが、一二航艦と一航艦の一部は、敵機動部隊の邀撃《ようげき》に投入できる。

機動部隊と基地航空隊が全力を挙げれば、勝算はあります――と、古賀は強調した。

「……分かった」

山本は、大きく頷いた。

海相の役割は軍政《ぐんせい》だが、思いがけず軍令関連の話ばかりをすることになってしまった。

だが、山本は政府の一員として、米英との講和を推進しなければならない立場だ。

米国の反攻に勝利を収め得るか否《いな》かで、政府に対する働きかけも違って来る。

海相としては、吉田の作戦指導と古賀の采配《さいはい》を信じ、全てを任せる以外にない。

あらたまった口調で、山本は言った。

「私も、力を尽くすと約束しよう。少しでもよい条件で、米英と講和するためにな」

第二章　マーシャル席巻《せっけん》

1

「また、この海に来たな」

　空母「サラトガ」爆撃機隊《VB12》長マーチン・ベルナップ少佐は、夜が明けようとしている海面を見つめ、感慨《かんがい》を込めて呟いた。

「サラトガ」は、一昨年――一九四二年末から配備が始まった新鋭空母エセックス級の一艦だ。

一九四一年一二月一八日のサン・フェルナンド沖海戦（ルソン島沖海戦の米側公称）で沈んだ、レキシントン級空母「サラトガ」の名を継いでいる。先代《せんだい》の「サラトガ」と区別するときは、「サラトガ（Ⅱ）」と呼ばれる。

　基準排水量は先代の「サラトガ」より九〇〇〇トン小さいが、飛行甲板は広々《ひろびろ》としている。艦上機の運用能力でも、先代より勝《まさ》っている。

　先代の「サラトガ」が竣工した一九二七年から、「サラトガ（Ⅱ）」が竣工した一九四三年に至るまでの技術の進歩を、その性能が物語っていた。

　新しい「サラトガ」は、現在――一九四四年四月二四日、マーシャル諸島クェゼリン環礁《かんしょう》の東方海上に位置している。

　環礁北端に位置するルオット島よりの方位九〇度、一二〇浬《カイリ》の海面だ。

「サラトガ」の右舷《うげん》側海面には、姉妹艦の「エセックス」――新鋭空母のトップバッターとなったエセックス級のネームシップが位置し、後方には、インデペンデンス級軽空母「カボット」「ラングレイ」がいる。

　周囲を守る巡洋艦、駆逐艦は、いずれも一九四二年以降に竣工した新型艦だ。

　他に、エセックス級空母二隻、インデペンデンス級軽空母一隻を中心とする機動部隊が、クェゼリン本島の東方海上に展開している。

　マーク・ミッチャー少将が率《ひき》いる第五八任務部隊《TF58》

アメリカ海軍 エセックス級航空母艦「サラトガ(Ⅱ)」

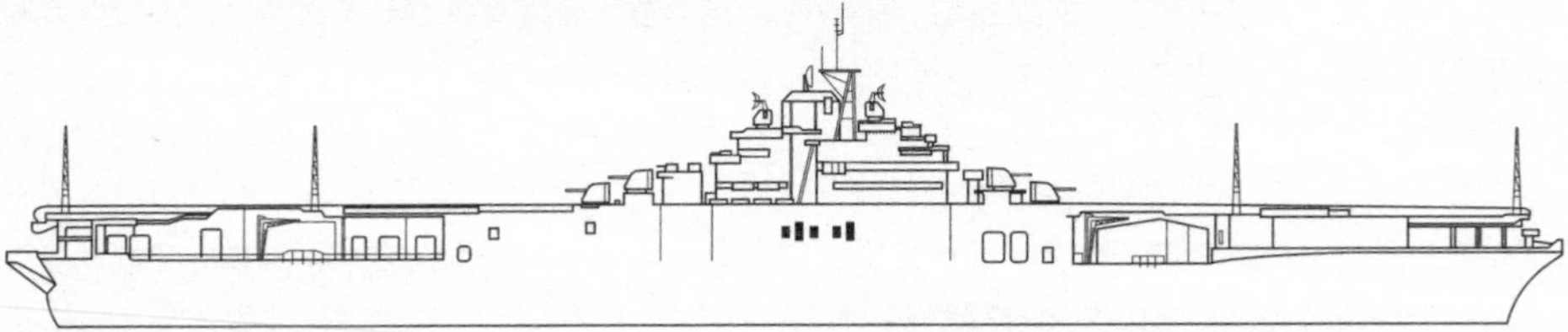

全長	265.2m
最大幅	45.0m
基準排水量	27,100トン
主機	ギヤードタービン 4基/4軸
出力	150,000馬力
速力	33.0ノット
兵装	12.7cm 38口径 連装両用砲 4基 8門 12.7cm 38口径 単装両用砲 8門 40mm 4連装機銃 8基 20mm 単装機銃 44丁
航空兵装	最大110機
乗員数	3,040名
同型艦	エセックス、エンタープライズ(Ⅱ)、イントレピッド、フランクリン、タイコンデロガ、ヨークタウン(Ⅱ)、レキシントン(Ⅱ)、バンカー・ヒル、ワスプ(Ⅱ)

アメリカ海軍の最新鋭空母。1942年末に一番艦エセックスが竣工し、以後、続々と同型艦が建造されている。

海軍軍縮条約が失効したのちに設計が開始されたため、排水量の制限を受けることなく理想的な空母を追求することが出来た。海軍からの要求は72機以上の航空機運用能力のほか、水中防御の強化、航空燃料搭載量の増量、機関出力の増大など多岐に亘り、結果的に現時点での最高の性能をもつ空母として完成している。

航空機は最大で110機を運用できるとされるが、これはレキシントン級、ヨークタウン級を上回る。また、戦訓にのっとって対空兵装も強化されており、12.7センチ両用砲16門のほか、40ミリ機関銃、20ミリ機関銃が多数搭載されている。

1944年4月現在、同型艦は10隻が竣工しており、対日反攻作戦の主力としての活躍が期待されている。

隷下《れいか》の任務群――アルフレッド・モントゴメリー少将の第五八・二《TG58・2》任務群とフレデリック・シャーマン少将の第五八・三《TG58・3》任務群が、クェゼリン環礁の二つの島に、攻撃隊を放とうとしていた。

現地時間の六時五〇分、旗艦「エセックス」のモントゴメリー司令官より「行け《ゴー》!」の命令が下った。

暖機《だんき》運転音がフル・スロットルの爆音に代わり、直衛に当たる戦闘機が、弾《はじ》かれたように発進した。

南シナ海海戦、ウェーク沖海戦時の主力艦戦グラマンF4F〝ワイルドキャット〟と似た形状を持つが、全長、全幅とも一回り大きく、逞《たくま》しさを増した機体だ。エンジン出力も大幅に向上しており、豪快な音を轟《とどろ》かせている。

グラマンF6F〝ヘルキャット〟。F4Fに代わり、合衆国海軍の新たな主力となった艦上戦闘機だ。機動部隊よりも一足先に、ソロモン諸島の海兵隊《かいへいたい》航空部隊に配備され、零戦《ジーク》と銃火《じゅうか》を交えている。

「サラトガ」戦闘機隊《VF12》に所属する二四機は、ごく短時間のうちに発進を終え、ベルナップが率いるVB12に順番が回って来た。

最後尾に位置していたF6Fの着陸脚が飛行甲板から離れるなり、

「行くぞ!」

ベルナップは、後席の相棒《あいぼう》ジェシー・オーエンス大尉に一声かけ、エンジン・スロットルを開いた。

F6Fのそれに劣《おと》らぬ爆音が轟き、機体が加速された。シートにヘッドレストがなければ、頭を後ろに持って行かれそうなほどの勢いだった。

整備員や甲板員が口笛《くちぶえ》を吹き鳴らし、右手の拳《こぶし》を突き上げながら声援を送る中、ベルナップ機は瞬く間に飛行甲板上を駆け抜けた。

着陸脚が前縁を蹴《け》った直後、一旦機体が沈み込むが、すぐにF6Fを追って上昇を開始する。

「二番機以降、続けて発艦します」

後席のオーエンスが、インカムを通じて報告を送って来る。

夜が明けてから間もないためだろう、東から差し込む曙光《しょこう》が、先に発艦したF6Fを、背後《はいご》から照らし出している。

戦闘機であるだけに、上昇性能は高い。ベルナップ機との距離がみるみる開き、機影が小さくなって行く。

ベルナップは六分近くをかけて、高度一万フィートまで機体を上昇させた。

二番機以降の機体が、周囲に集まって来る。

南シナ海海戦、ウェーク沖海戦時に搭乗していたダグラスSBD〝ドーントレス〟とは、大きさ、形状共に異なる機体だ。

全長、全幅はドーントレスより大きく、尾部は演技中の体操選手のように反《そ》り上《あ》がっている。コクピットは前後に長く、操縦員席と偵察員席は完全に分離されている。

カーチスSB2C〝ヘルダイバー〟。ドーントレスの後継機として、合衆国海軍の主力艦上爆撃機に採用された機体だ。

エンジン出力がドーントレスより大きく向上し、最大時速、上昇力共に、ドーントレスを上回る。

爆弾の搭載量は変わらないが、自衛用の火器が、二〇ミリ固定機銃二丁、七・七ミリ旋回機銃二丁に強化され、防御装甲《そうこう》も厚い。

ジークの攻撃や敵艦の対空砲火から、生き延びられる確率が高いとの触れ込みだ。

F6F同様、海兵隊航空部隊に配備され、ソロモンの航空戦にも参加しているが、機数が少ないため、実力を充分に発揮するに至っていない。

急降下爆撃機隊の任務は、クェゼリンの敵飛行場と在泊艦船に対する攻撃だが、それらと合わせて、ヘルダイバーの実戦における実力の証明《コンバット・プルーヴン》も求められていた。

ほどなく一万フィートの高度に、攻撃隊が揃った。

「エセックス」「サラトガ」よりF6F、ヘルダイバーが二四機ずつ、合計九六機。「カボット」「ラングレイ」からはF6Fとドーントレス一二機ずつ、合計四八機だ。

ヘルダイバーは正規空母への配備が優先されているため、インデペンデンス級には、まだドーントレス装備の部隊が多い。

各母艦毎に編隊を組み、進撃が始まる。

後方から陽光を受け、クェゼリンへ——一年七ヶ月前、「ヨークタウン」以下三隻の正規空母を以《もっ》て攻撃した、日本軍の前線根拠地《こんきょち》へと向かう。

一二〇浬は、機動部隊の交戦距離としてはかなり短い。

巡航速度が最も遅いドーントレスに合わせても、一時間程度で到達する。

「いよいよ始まったか」

「待った甲斐《かい》がありましたね」

ベルナップの呟きに、オーエンスがインカムを通じて応答した。

常に慎重であり、猪突《ちょとつ》しがちなベルナップのブレーキ役を務めて来たオーエンスも、興奮を抑えきれないようだ。

「一年半以上、待ったんだ。鬱憤《うっぷん》は、まとめて晴らさせて貰うさ」

ベルナップは、唇《くちびる》の両端を吊り上げた。

一昨年九月のウェーク沖海戦以降、太平洋艦隊は大規模な作戦を実施せず、日本軍に対しては、潜水艦戦とラバウルに対する航空攻撃を仕掛《しか》けるだけに留めた。

南シナ海における三度の海戦で、太平洋艦隊に配備されていた戦艦と空母全てを失い、ウェーク沖海戦でも空母二隻を失った太平洋艦隊には、大規模な作戦を実施する力はなく、戦力の回復に努める以外になかったのだ。

「日本軍が、ハワイに侵攻して来るのではないか?」

「ラバウルを足がかりにして、オーストラリアに侵攻するのではないか?」

アメリカ海軍 インデペンデンス級軽空母「カボット」

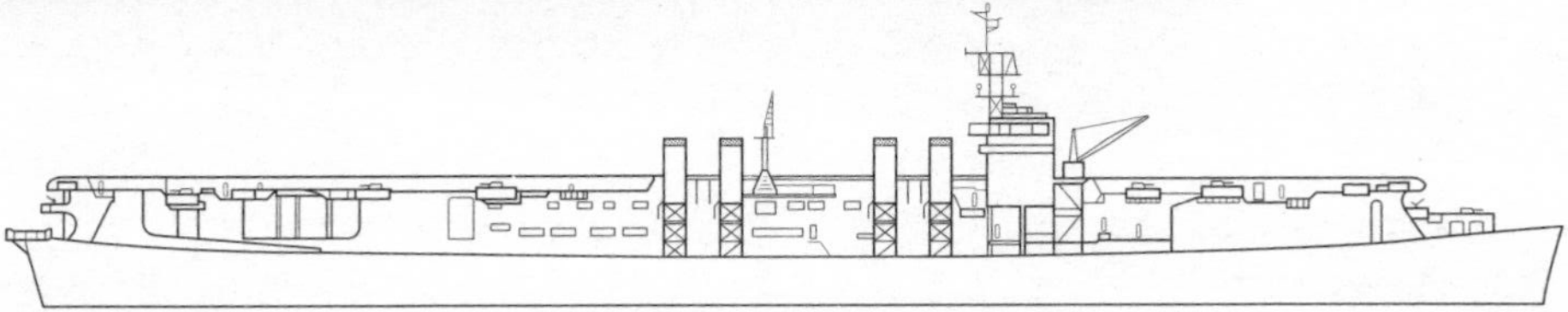

全長	190.0m
最大幅	33.3m
基準排水量	11,000トン
主機	蒸気タービン 4基／4軸
出力	100,000馬力
速力	31.6ノット
兵装	40mm 単装機銃 26門 20mm 単装機銃 22丁
航空兵装	33機〜45機
乗員数	1,569名
同型艦	インディペンデンス、プリンストン、ベロー・ウッド、カウペンス、モンテレー、ラングレー(II)、バターン、サン・ジャシント

1941年８月、日本との開戦が不可避と考えたルーズベルト大統領は、空母の建艦計画に関心を寄せ、建造途中だった巡洋艦を空母に変更するよう指示を出した。海軍は当初、巡洋艦改装空母は船体も小さく防御力も弱いことから難色を示したが、1941年12月のサン・フェルナンド沖海戦に至る一連の戦闘で「エンタープライズ」「レキシントン」「サラトガ」を喪ったことで、空母戦力の再建が最重要課題となった。海軍はエセックス級空母の建造を急がせるとともに、クリーブランド級軽巡洋艦の船体を流用した軽空母の建造を決定。一番艦のインデペンデンスは1942年５月に竣工した。

巡洋艦の船体を用いた小型空母のため、収容できる艦載機数も少ないうえ、飛行甲板は短く発着艦の事故率も高いが、壊滅的打撃を被った太平洋艦隊においては貴重な戦力であり、今後の対日反攻作戦での活躍も期待されている。

そのような事態を危惧《きぐ》する声もあったが、日本軍に占領地拡大の動きは見られなかった。

双方共に攻勢をかけることなく、戦力の増強に努めた結果、太平洋艦隊は著しく強化された。

一九四四年四月時点では、エセックス級空母六隻、インデペンデンス級空母七隻が、太平洋艦隊に配備されている。

他に新鋭戦艦六隻、巡洋艦一七隻、駆逐艦一二〇隻が戦列に加わった。

質、量共に、開戦前の太平洋艦隊を大幅に上回る戦力であり、日本海軍の連合艦隊《コンバインド・フリート》を圧倒し得ることは間違いない。

新鋭艦の竣工に伴い、ベルナップの立場も変わった。

先代の「サラトガ」、ヨークタウン級の「ホーネット」では爆撃機隊の小隊長を務めた身だが、昨年春に少佐に昇進し、「サラトガ」の竣工と同時に、VB12の隊長に任ぜられた。相棒のオーエンスも大尉に昇進し、ベルナップと共に、「サラトガ」に乗り組んでいる。

緒戦を「サラトガ」で戦い、乗艦沈没の地獄《じごく》を経験した身が、「サラトガ」の名を継いだ艦で、爆撃機隊の指揮官を務めることになったのだ。

VB12に配属されて以来、部下たちと共に訓練に励《はげ》んで来たが、いよいよ本物の戦いが始まる。

合衆国は本格的な対日反攻に踏み切り、太平洋艦隊の主力が、中部太平洋に出撃したのだ。

手始めにマーシャルを陥《お》とし、その後はトラック、マリアナ、小笠原《オガサワラ》と進む。

今日は、クェゼリンの飛行場と在泊艦船が相手だ。

一昨年九月、ウェーク沖海戦に先立ってクェゼリンを叩《たた》いたとき、同地には水上機しかおらず、攻撃隊はほとんど迎撃《げいげき》を受けることなく終わった。

日本軍もマーシャルの守りが手薄《てうす》だと気づいたのだろう、現在はジークが二個飛行隊、五〇機ほど展開しているという。

迎撃は必至《ひっし》だが、勝算は充分あるはずだ。

「『ジョード1』より全機へ。目標視認《ターゲット・インサイト》。左前方」

現地時間の八時丁度《ちょうど》、「エセックス」爆撃機隊《VB9》隊長ウィルソン・ウッドロウ中佐の声がレシーバーに響いた。

ベルナップは、左前方を見た。

褐色《かっしょく》の長大なベルトのようなものが、真っ青な海面の中に横たわっている。ベルナップやオーエンスにとっては、二度目の見参《けんざん》だ。

クェゼリン環礁。マーシャル諸島の行政の中心地にして、この方面における日本軍最大の根拠地が、眼の前にある。

「当隊に落伍《らくご》機なし。全機、我《われ》に続行中」

後席のオーエンスが報《しら》せて来た。

ヘルダイバーは、速力、兵装等、多くの性能でドーントレスを上回る機体だが、直進時の安定性が悪いという泣き所がある。

ベテランの中にも「悍馬《ブロンコ》」と呼ぶ者がおり、経験の浅い操縦員には扱いづらい機体だ。

編隊飛行に付いて来られず、落伍した者がいたのではないかと危惧したが、どうやらその心配はなかったようだ。

「『ジョード1』より『チーム・スタインベック』。我に続け」

「『レニー1』より全機へ。ジーク、正面!」

ウッドロウの命令に、「エセックス」戦闘機隊《VF9》隊長マイク・ゴールディング少佐の声が重なった。

正面に、蜂《はち》の群れを思わせる多数の機影が見える。既に攻撃隊を視認しているのだろう、急速に距離を詰めて来る。

F6Fが、いち早く動いた。

ヘルダイバーの近くから離れ、エンジン・スロットルを開いて、ジーク群の正面から突っ込んだ。

F4Fや陸軍のカーチスP40〝ウォーホーク〟であれば、ジークに背後を取られ、射弾を浴びていたかもしれない。

だがジークの相手は、Ｆ４Ｆ、Ｐ40といった開戦直後の主力機ではなかった。

猛速で、一気にジークとの距離を詰めたＦ６Ｆが、両翼から射弾を放つ。

火箭《かせん》などというものではない。青白い無数の曳痕《えいこん》をぶちまけると言った方が正確だ。

空中の三箇所で火焔《かえん》が躍《おど》り、三機のジークが姿を消した。

一機は強烈な閃光《せんこう》と共に吹き飛び、二機は機首から煙を噴いて、真《ま》っ逆《さか》さまに墜落する。

他のジークも、Ｆ６Ｆに食らいつかれ、ヘルダイバーに機首を向けるどころではない。

急降下による離脱を図ったジークに、Ｆ６Ｆが食い下がる。

Ｆ６Ｆ一機の背後に回り込み、旋回格闘戦に引き込もうとしたジークに、別のＦ６Ｆが、横合《よこあ》いから一連射を叩き込む。

旋回しつつ降下するジークに、二機のＦ６Ｆが背後から食らいつき、低空へと追い詰めてゆく。

草食獣の群れに乱入し、牙《きば》と爪《つめ》を立ててゆく肉食獣さながらだ。

Ｆ６Ｆが数で勝ることもあるが、それだけではない。速度性能でも、上昇性能でも、ジークを上回っている。

Ｆ６Ｆは、性能面での優位を活かし、ジークを圧倒しているのだ。

公報によれば、Ｆ６Ｆのエンジン出力は最大二〇〇〇馬力。最大時速は六〇五キロに達する。

全備重量は、Ｆ４Ｆに比べて二トン以上も重くなっているが、その多くは防弾装備に充《あ》てられ、パイロットを守るようになっている。

兵装は一二・七ミリ機銃六丁と、Ｆ４Ｆより二丁多い。

この性能が、合衆国軍用機の天敵《てんてき》とまで思われていたジークを圧倒し、追い散らしている。

「ジークに、こっちを攻撃する余裕はなさそうだな」

「油断は禁物《きんもつ》です。ジークを侮《あなど》って、墜とされたクルーは少なくありません」

オーエンスは、ベルナップの楽観を戒《いまし》めるように言った。

「『ジェイク1』より『チーム・ヘミングウェイ』、ジークの動きに注意しろ」

ベルナップは部下の具申《ぐしん》を容れ、麾下《きか》のヘルダイバー・クルーに注意を与えた。

「チーム・ヘミングウェイ」は、VB12のコード名だ。各小隊の呼び出し符丁《ふちょう》には、合衆国の作家アーネスト・ヘミングウェイの小説に登場する人物の名を使っている。

先行するVB9のヘルダイバー二四機は、右に旋回し、環礁の北端に機首を向けている。

日本軍の航空基地があるルオット島を目指しているのだ。

「『ヘミングウェイ』全機、我に続け！」

ベルナップも部下に命じ、操縦桿《そうじゅうかん》を右に倒した。

ヘルダイバーが右に傾《かたむ》き、入り乱れるF6Fとジークの姿が左に流れた。

環礁北端のルオット島が正面に来る。

翼を広げたコウモリのような形の島だ。西側に、日本軍の飛行場がある。

事前の打ち合わせでは、「エセックス」「カボット」の爆撃機隊が飛行場を、「サラトガ」「ラングレイ」の爆撃機隊が在泊艦船を、それぞれ攻撃することになっていた。

「『ジェイク3』より『ヘミングウェイ』。敵艦、左前方！」

三番機の機長を務めるアーリー・ビクセン中尉が報告した。

ベルナップは、礁湖《しょうこ》の湖面を見やった。

複数の航跡が、ルオット島から遠ざかりつつある。

ルオット島に在泊していた艦船が、脱出を図っているのだ。

「敵は輸送船らしき中型艦六隻、護衛艦艇三隻」

後席のオーエンスが、敵の艦種を伝えて来る。

護衛艦艇は駆逐艦か、あるいは駆潜艇《くせんてい》、哨戒艇《しょうかいてい》といった、泊地警備を主任務とする艦か。

いずれにしても、合衆国の急降下爆撃機から逃れられるものではない。

「『ジェイク1』より『ヘミングウェイ』。『ジェイク』『ブレット』『ペドロ』目標、護衛艦艇。『キャサリン』『フレデリック』『リナルディ』目標、輸送船」

ベルナップは指示を送った。

護衛艦艇は小さく、動きが機敏《きびん》なため、輸送船よりも仕留《しと》め難《にく》い。

ベテランが多い小隊で護衛艦艇を叩き、他の部隊を輸送船に割り当てるのだ。

ベルナップは、護衛艦艇の一隻に狙いを定めた。

急降下爆撃の教範《きょうはん》通り、左主翼の前縁に目標を重ね、操縦桿を左に倒した。

ヘルダイバーが左に横転し、空や雲が回転する。

一瞬後には、礁湖の湖面が正面に見え、照準器《しょうじゅんき》の白い環《わ》が、目標とした護衛艦艇を捉《とら》えている。

敵の艦上に、発射炎が閃《ひらめ》いた。

護衛艦艇は前部と後部から、輸送船は後部から、それぞれ断続的に射弾を放っている。

降下するヘルダイバーの右に、左に、黒い爆煙が湧《わ》き出すが、すぐに死角へと消える。

射撃精度は、お世辞《せじ》にも良好とは言えない。発射弾数も、多くはない。

それでも、高度が六〇〇〇フィートを切ったところで、一発が至近距離で炸裂《さくれつ》した。

機体が横殴《よこなぐ》りの爆風を浴び、飛び散る弾片《だんぺん》が主翼や胴体を叩く。照準器の環の中から目標が外れ、ベルナップは操縦桿を操《あやつ》って、機体を投弾コースに戻す。

「大丈夫ですか、隊長⁉」

「問題ない。ちっぽけな護衛艦艇と、命を引き換えにはできん」

オーエンスの問いに、ベルナップは即答した。

今回の戦いは、ウォーミングアップのようなものだ。ウォーミングアップで死んだり、傷ついたりするのは馬鹿《ばか》げている。

青葉型《アオバ・タイプ》か古鷹型《フルタカ・タイプ》、そのどちらか一隻でも自分の手で沈めぬうちは、何があっても死ぬわけにはいかない。

「四五〇〇（フィート）！　四〇〇〇！　三五〇〇！」

オーエンスが、高度計を読み上げる。

高度三〇〇〇フィートで、爆弾槽の扉《とびら》を開く。

ドーントレスでは、爆弾は胴体下に懸吊《けんちょう》していたが、ヘルダイバーはグラマンTBF〝アベンジャー〟と同じく、胴体内に爆弾を収容する方式を採用しているのだ。

ヘルダイバーは、なお降下を続ける。

眼下《がんか》の敵艦や周囲の湖面が近づき、拡大する。

艦橋や備砲だけではない。湖面に立つ波や、風に砕かれる白い波頭《なみがしら》までもが、はっきり見える。

「一五〇〇！」

「OK！　投下《ドロップ》！」

ベルナップは投下レバーを引いた。

足下から動作音が伝わり、操縦桿の動きが軽くなった。

胴体内に抱えて来た一〇〇〇ポンド爆弾が、機体から離れ、落下を始めたのだ。

ベルナップは爆弾槽の扉を閉じると同時に、操縦桿を手前に引いた。

「いつものやつ」が襲って来た。

引き起こし時にかかる下向きの遠心力が、体重を数倍に増加させ、全身を締め上げるのだ。

ともすれば意識が飛びそうになるが、操縦桿を握りしめ、手前に引き続けているのは、猛訓練のたまものだ。肉体に繰り返し覚え込ませた動作によって、ヘルダイバーの機体は、ベルナップの身体の一部となっている。

身体が軽くなったとき、礁湖の湖面が、目の前に見えた。ベルナップのヘルダイバーは、湖面すれすれまで降下したのだ。

機首を上向け、上昇に転じた。

一〇分後、ベルナップは、高度一万フィート上空から礁湖を見下ろしていた。

湖面からは、六条の黒煙が立ち上っている。

輸送船四隻、護衛艦艇二隻が、ヘルダイバーとドーントレスの戦果だ。

「サラトガ」と「ラングレイ」、合計三六機の急降下爆撃機をもってしても、全艦の撃沈とはいかなかったようだ。

一方、ルオット島からは、大量の黒煙が噴き上げ、天を焦《こ》がしている。地上には火災煙が立ちこめ、様子を見ることはできない。

「エセックス」「カボット」の攻撃隊は、敵飛行場の壊滅という作戦目的を、十二分《じゅうにぶん》に達成したのだ。

ベルナップは、麾下全機に呼びかけた。

「『ジェイク1』より『チーム・ヘミングウェイ』、帰投《きとう》する」

2

「現在位置、ルオット島よりの方位二六五度、一四〇浬」

第七五二航空隊の一式陸上攻撃機三二機を束《たば》ねる須藤丈治《すどうじょうじ》少佐の耳に、指揮官機の主偵察員遠藤俊《えんどうしゅん》太郎《たろう》上等飛行兵曹の声が届いた。

現在の時刻は一三時五二分（現地時間一六時五二分）。

クェゼリン到達は一四時四〇分前後。

その東方一二〇浬に展開する敵艦隊を捕捉できるのは、一五時三〇分前後と見積《みつ》もられる。

トラック環礁夏島《なつしま》の飛行場から飛び立つ前、クェゼリンにおける日没は、一六時前後（現地時間一九時前後）と知らされているから、日没の約三〇分前に攻撃を仕掛けることになる。

「目論《もくろ》み通りに行きますかね？」

「敵の目的がクェゼリン攻略なら、敵機動部隊は、まだ近海にいるはずだ」

指揮官機の主操縦員を務める国見慎吾《くにみしんご》大尉の問いに、須藤は答えた。

クェゼリンの警備に当たっている第六根拠地隊から、トラックの第四艦隊に宛て、

「『クェゼリン』空襲サル」

の第一報が入ったのは、この日の五時一九分（現地時間八時一九分）だ。

電文はその後、六根司令部の他、同根拠地隊の指揮下にある第六一警備隊、第一六掃海隊、第二一航空隊等の各隊から、断片的に入電した。

第四艦隊司令部は少なからず混乱したが、七時を過ぎる頃には、空襲被害の全貌《ぜんぼう》が明らかになった。

クェゼリンに来襲した敵機は、クェゼリン本島とルオット島に約一三〇機ずつと見積もられる。

ルオット島に展開していた第二八一航空隊の零戦四六機が迎撃したが、五倍以上の敵機には抗《こう》しきれず、半数以上の二六機を失って敗退した。

クェゼリン本島とルオット島の飛行場は、共に爆弾三〇発以上を叩きつけられ、被害甚大《じんだい》。特にルオット島の飛行場は完全に使用不能となり、生き残った零戦は、クェゼリン本島の飛行場に着陸した。

在泊艦船は、ルオット沖で輸送船四隻、駆潜艇、掃海艇各一隻が、クェゼリン本島沖で輸送船五隻、掃海艇二隻が、それぞれ撃沈された。

一昨年九月のクェゼリン空襲に比べ、来襲した機数が遥《はる》かに多く、被害も大きい。

第四艦隊司令部は、内地の連合艦隊司令部に報告を送ると共に、トラックに展開している第一二航空艦隊に出撃を要請した。

空中に避退《ひたい》していた二式艦上偵察機が、帰還する敵機を尾行し、ルオット島の東方一二〇浬の海面に、空母四隻を擁する機動部隊を発見したのだ。

問題は、トラックからルオットまでの距離が八七〇浬に達することだ。

一式陸攻であれば、トラックからルオット東方の敵艦隊を叩くことも可能だが、零戦の護衛は付けられない。護衛なしの攻撃隊では、敵の直衛機に阻止され、攻撃失敗の可能性が高い。

そこで選択されたのが、薄暮《はくぼ》攻撃だ。

ルオットの日没は一六時前後。

その三〇分前であれば、戦闘機の空中哨戒も終わり、守りは手薄になっていると判断したのだ。

敵艦隊の捜索《そうさく》に手間《てま》取り、攻撃が夜間になった場合に備え、吊光弾《ちょうこうだん》の搭載機も用意された。

敵艦隊攻撃の命令を受け、九時三〇分に夏島の飛行場を発進した七五二空の一式陸攻三一機は、四時間余りの飛行を経て、ルオットの手前一四〇浬に到達したのだ。

陸攻隊はこの後、ルオット上空で九〇度に変針し、敵機動部隊に向かう。

「敵は、既に上陸を始めているってことはないでしょうね？」

「それなら、司令部から緊急信が来るはずだ」

不安そうな口調で聞いた国見に、須藤は答えた。

米軍の意図《いと》は不明だが、四艦隊と一二航艦では、

「クェゼリン上陸の可能性あり」

と睨《にら》んでいる。

（上陸部隊を乗せた船団が、ルオットやクェゼリン本島に接近中、ということはあるかもしれん）

腹の底で、須藤は呟いた。

その場合は、機動部隊ではなく船団を叩くと決めている。

多数の巡洋艦や駆逐艦に守られ、自身も多数の対空火器を装備している空母よりも、輸送船の方が仕留めやすい。

何よりも、上陸部隊を輸送船ごと沈めてしまえば、クェゼリンを守ることができる。

空母や戦艦には、クェゼリンの飛行場や在泊艦船

を叩くことはできても、占領はできないからだ。

（遭遇《そうぐう》するのは、空母か、輸送船団か。いずれにしても、ルオット上空を通過してからが勝負だ）

須藤は正面の空を見据えた。

日没までは二時間余り。太陽は西に大きく傾き、陽光は編隊の後方から射し込んで来る。

周囲の空は、まだ明るく、かなりの遠方までを見通せるが、雲量《うんりょう》がやや多く、ところどころに綿雲《わたぐも》が浮かんでいる。

「ルオットまでこの天候が続いているようなら、手前で高度を下げた方がいいかもしれんな」

須藤が呟いたとき、唐突《とうとつ》にそれは起きた。

雲の中から湧き出すようにして、複数の機影が出現したのだ。

「隊長、敵機です！　グラマン一〇機以上！」

国見が叫ぶと同時に、右旋回をかけたのだろう、陸攻が右に大きく傾いた。

僅かに遅れて、青白い曳痕が殺到《さっとう》し、左の翼端をかすめた。

「全機に打電。『近寄レ、近寄レ』」

「トラックに打電。『我、敵機ノ攻撃ヲ受ク。位置、〈ルオット〉ヨリノ方位二六五度、一四〇浬』！」

須藤が、主電信員の三木本春男《みきもとはるお》上等飛行兵曹に命じている間にも、敵機――グラマンF６F〝ヘルキャット〟は、次々と須藤機に突進して来る。

同じグラマン社のF４F〝ワイルドキャット〟の形状を受け継いだような、太くごつい機体が、両翼一杯に発射炎を閃かせ、一連射を浴びせる。

正面から射弾を浴びせたF６Fは、速力を落とすことなく後方へと抜ける。

「三番機被弾！　二小隊長機被弾！」

副操縦員の横溝良太《よこみぞりょうた》一等飛行兵曹が、悲痛な声で報告を上げる。

良好な運動性能を誇る一式陸攻だが、「双発の中型爆撃機としては」だ。戦闘機に襲われたのでは、到底《とうてい》勝ち目はない。

しかも、相手は零戦さえ苦戦を強《し》いられるF6Fなのだ。

「三小隊長機被弾！」

横溝が、新たな被害を報せて来る。

F6Fと遭遇してから、一分足らずの間に、三機もの陸攻を失った。

しかも、指揮官機から確認できる範囲だけで、だ。

須藤が把握している三機以外にも、被撃墜機が出ているかもしれない。

不意《ふい》に、ブザーが鳴り響いた。

尾部銃座を守る高杉渉《たかすぎわたる》一等飛行兵曹の警報だ。

「敵機、左後方」の知らせだ。

須藤機が左に旋回し、滑《すべ》るように降下する。

一瞬遅れて、右の翼端を火箭がかすめる。

機体の後部から、連射音が伝わって来る。

胴体上部の二〇ミリ旋回機銃座を受け持つ吉崎次郎《よしざきじろう》上等飛行兵曹が、須藤機を追い抜こうとしたF6Fに射弾を浴びせたのだ。

F6Fは、風を捲《ま》いて須藤機を追い抜く。被弾した様子は全くない。

命中すれば、大きな破壊力を発揮する二〇ミリ機銃だが、全弾が空振《からぶ》りに終わっている。

F6Fが、一旦須藤機と距離を取る。

急角度の左旋回をかけ、正面から向かって来る。

その両翼に発射炎が閃く寸前、陸攻の機首がお辞儀《じぎ》をするように大きく下がった。

青白い無数の曳痕が、奔流《ほんりゅう》のようにコクピットの真上を通過する。

須藤機は、雲の下に潜《もぐ》り込むように降下する。

「今井《いまい》機、川崎《かわさき》機、後続します！」

横溝が、後方を見て報告する。

第一小隊の二、三番機、今井篤《あつし》中尉と川崎芳生《よしお》上等飛行兵曹の機体だ。須藤機同様、F6Fの猛攻を、辛《から》くも凌《しの》いだようだ。

第二小隊以下の各機が後続してくる様子はない。編隊を崩され、散り散りになったのかもしれない。

「隊長、前方に敵艦隊です！」

国見が叫んだ。

須藤は指揮官席から腰を浮かし、前方の海面を見た。

雲の下に、輪型陣《りんけいじん》が見える。

中央に位置する三隻は、まな板のように平べったく、四角い甲板を持つ艦だ。

「そうか！」

須藤は、ようやく状況を悟った。

米軍は、東方からクェゼリンを攻撃したが、クェゼリンの西方海上にも機動部隊の一群を回り込ませ、警戒に当たらせていたのだ。

トラックからクェゼリンに飛来する救援部隊や増援部隊を、手前で捕捉し、撃滅《げきめつ》するつもりだったのだろう。

一昨年九月のウェーク沖海戦では、米太平洋艦隊は空母三隻を繰り出すだけで精一杯《せいいっぱい》だった。

あれから一年七ヶ月が経過した今、米軍は、マーシャル諸島の最重要根拠地であるクェゼリン環礁の周辺に、複数の機動部隊を展開させることができるほどの戦力を整えたのだ。

「三木本、トラックに打電。『敵艦隊見ユ。位置、〈ルオット〉ヨリノ方位二六五度、一四〇浬。敵ハ空母三、巡洋艦、駆逐艦一〇隻以上。一四五七《ヒトヨンゴナナ》』」

「『敵艦隊見ユ。位置、〈ルオット〉ヨリノ方位二六五度、一四〇浬。敵ハ空母三、巡洋艦、駆逐艦一〇隻以上。一四五七《ヒトヨンゴナナ》』。トラックに打電します！」

三木本が、大声で復唱《ふくしょう》を返す。

その間にも、第一小隊は敵艦隊との距離を詰めている。

高度が下がり、敵に接近するに従い、各艦の大きさや形状がはっきりして来る。

輪型陣の中央に位置する空母三隻のうち、一隻は堂々たる正規空母、他の二隻は小型空母だ。

「一小隊で正規空母をやる。敵の右舷側から突っ込め！」

「敵の右舷側から突入します！」

須藤の命令に、国見が即座に復唱を返した。

エンジン・スロットルを開いたらしく、三菱「火《か》星《せい》」二一型エンジンの爆音がコクピットを満たし、機体が加速された。

対空砲火は、まだない。

輪型陣の外郭《がいかく》を固める巡洋艦、駆逐艦も、中央に位置する空母も沈黙している。

須藤が直率《じきそつ》する三機の一式陸攻は、爆弾槽に抱えて来た魚雷を敵空母に叩き込むべく、海面すれすれの低空へと舞い降りてゆく。

「打電完了！」

須藤機が機体を水平に戻したとき、三木本が大声で報告した。

正面には、複数の敵艦が見えている。艦同士の間隔が小さく、対空砲火の密度の高さを予感させる。

前方から殺到して来るであろう、無数の射弾を予期し、須藤は身構《みがま》えた。

だが、三機の一式陸攻が凄《すさ》まじい対空砲火を浴びることはなかった。

後ろ上方から食い下がって来たF6Fの両翼からほとばしった射弾が、一式陸攻に次々と火を噴かせ、輪型陣の手前で、海面に叩きつけたのだった。

3

この時期、連合艦隊は、横須賀に停泊している戦艦「山城《やましろ》」に将旗《しょうき》を掲げている。

「山城」は、昭和一六年一二月のルソン島沖海戦に、姉妹艦「扶桑《ふそう》」と共に出撃したが、同海戦で「扶桑」が撃沈され、「山城」自身も敵戦艦の射弾を浴びて、主砲塔六基のうち、後部の三基を破壊された。

三六センチ連装砲塔三基の復旧《ふっきゅう》には、かなりの時間と予算を必要とする。

仮に復旧させても、低速で、老朽化が進んだ「山城」には、最前線での活躍は望めない。

艦政本部や軍令部では、

「後部に対空火器を満載し、防空艦とする」

「後部を飛行甲板にして、水偵多数を搭載する航空戦艦とする」

「練習戦艦とする」

の三案が出された。

協議を重ねた結果、

「最高速度が二五ノットに達しない艦を、第一線で使うことは難しい」

として、練習戦艦への改装が決定された。

ところが、連合艦隊司令長官が山本五十六大将から古賀峯一大将に交替したことが「山城」の運命を変えた。

山本長官の時代には、連合艦隊の将旗は、最新鋭戦艦の「大和」と「武蔵」に交替で掲げられていたが、新長官の古賀は、

「『大和』『武蔵』を連合艦隊の旗艦にすれば、帝国海軍最強の戦艦を、後方に留めておくことになる。『大和』『武蔵』は最前線に出し、米艦隊との決戦に使用すべきだ」

と主張し、改装中の「山城」を、連合艦隊旗艦に転用することを望んだ。

練習艦は、艦の性格上、通信設備が充実しており、艦隊旗艦の任務にも適する。

事実、練習巡洋艦として設計・建造された「香取《かとり》」は、ルソン島沖海戦終了後に南遣《なんけん》艦隊の旗艦となり、南方攻略作戦に従事している。

「連合艦隊旗艦に最も必要とされるのは、優れた通信能力と、作戦検討に必要な司令部施設だ。米太平洋艦隊などは、ハワイの陸地に司令部を置いているし、キンメル（ハズバンド・E・キンメル大将。開戦時の米太平洋艦隊司令長官）も、旧式戦艦の『ペンシルヴェニア』を旗艦に定めていた。艦の古さなど、問題ではない」

というのが、古賀の考えだった。

連合艦隊旗艦となった「山城」は、第四、第五、

第六砲塔と後部指揮所があった場所に、前後に長い箱形の構造物を乗せている。

この構造物が、連合艦隊の司令部施設であり、水上機の格納庫も兼ねている。

山本長官の時代には、連合艦隊司令部は広島《ひろしま》県呉の柱島泊地に常駐《じょうちゅう》していたが、古賀は、「軍令部との連絡を密《みつ》に取りたい」との理由から、横須賀を拠《きょ》点《てん》に定めていた。

四月二四日夕刻、その「山城」の長官公室に、連合艦隊司令部の幕僚が参集した。

司令長官の交替に伴い、参謀長以下の幕僚も大きく入れ替わっている。

最初に口を開いたのは、参謀長の上野敬三《うわのけいぞう》少将だ。

中尉任官後から航空を専門に選び、空母の飛行長や艦長、基地航空隊の司令官を歴任した、生え抜《はぬ》きの航空屋だった。

「クェゼリンが空襲を受けたことは、既に全員が知っていると思う」

上野は、いきなり本題から入った。

「最も重要な問題は、これが米軍の本格的な反攻の開始なのか、一昨年のウェーク沖海戦のように、我が方を誘出《ゆうしゅつ》、撃滅するための一過性《いっかせい》の攻撃なのか、ということだ。忌憚《きたん》のない意見を述べて貰いたい」

「攻撃の時期から見て、クェゼリン攻撃は、米軍の本格的な反攻の第一歩であると推測します」

首席参謀の高田利種《たかだとしたね》大佐が発言した。

「一昨年のウェーク沖海戦以降、米太平洋艦隊は大規模な作戦行動を起こしていません。敵はハワイにこもり、開戦以来消耗《しょうもう》した兵力の回復に努めていたものと考えられます」

戦務参謀の土肥一夫《といかずお》中佐が、続けて発言した。

「首席参謀の御意見に賛成します。軍令部第五課の分析によれば、米国は一昨年末より、新鋭空母を次々と竣工させており、現時点では、正規空母六隻、小型空母八隻を就役させたとのことです。これは、我が連合艦隊の空母戦力とほぼ互角です。充分な兵力を整えた以上、米軍が反攻をためらう理由はありません」

「戦務参謀の御意見は、クェゼリンを襲った敵兵力とも合致《がっち》します」

土肥の後を受け、航空参謀の内藤雄《ないとうたけし》中佐が発言した。

クェゼリンを中心とした地図を机上に広げ、米軍の機動部隊を表す駒《こま》を、東側に二個、西側に一個置いた。

「クェゼリンの六根司令部、及び二七航戦司令部は、ルオット、クェゼリン本島に約一三〇機ずつが来襲したと報告しております。また空襲終了後、二七航戦の索敵機が、ルオットの東方一二〇浬に、正規空母と小型空母各二隻を中心とした敵機動部隊を発見しております。更に、七五二空が敵機動部隊攻撃に向かう途中、クェゼリンの西方海上で、空母三隻を中心とした第三の機動部隊を発見しています。以上の情報から、クェゼリンは東西から敵機動部隊に包囲されており、敵空母の合計は、正規空母と小型空母を合わせて九隻乃至一〇隻と判断されます」

「それだけの空母を投じて、米軍にはなお余力がある、ということか」

古賀は、事実を確認する口調で言った。

クェゼリンを攻撃した空母を一〇隻と見積もっても、米軍は後方に、正規空母と小型空母合計四隻を待機させていることになる。

ウェーク沖海戦直後、日米の戦力差は著しく拡大したように見えたが、米軍は一年七ヶ月の間にその差を埋め、反攻に出て来たのだ。

「以後は、敵の反攻が始まったとの前提で動くことにする。異論《いろん》のある者はいないか？」

古賀の問いに、挙手《きょしゅ》する者はいない。幕僚全員が、「米軍の総反攻が始まった」と認識したのだ。

古賀は、言葉を続けた。

「山本前長官は、一時的に我が方が優位に立っても、米軍は生産力に物を言わせて、巻き返しに出て来る、とおっしゃっていた。和平交渉の結果は、はかばかしくなかったと聞くが、今となっては、米国が講和に応じなかった理由もよく分かる。時間さえ経てば、優位に立てると分かっていて、講和に応じる道理《どうり》がない」

「長官、弱気になられては困ります。敵がどれほど優勢であろうと、勝つ手立《てだ》てを考えることが、我々には求められています」

江田島の生徒を激励するような口調で、上野が言った。

古賀はそれには応えず、机上に広げられているクエゼリンの地図を見つめた。

「まず、目の前の問題に対処したい。米軍は、クェゼリンの攻略を狙っているのだろうか?」

「その可能性が大ですが、クェゼリンは叩くだけに留め、マーシャル諸島の他の環礁を占領する場合も考えられます」

古賀の問いを受け、高田が中部太平洋の広域図に指示棒を延ばした。

「マーシャルの守備兵力はクェゼリンに集中しており、ウォッゼ、マロエラップ、メジュロ等の環礁は手薄になっています。敵がそれらの環礁を攻略し、太平洋艦隊の前進基地に仕立《した》て上げる可能性も充分考えられます」

「前進基地か。そこを足場《あしば》にして、トラックを狙うつもりだろうな」

古賀は、広域図を見据えた。

帝国海軍は長年、中部太平洋で米太平洋艦隊と雌雄《しゆう》を決する作戦を立てており、それに合わせて艦隊を整備して来た。

米海軍もまた、帝国海軍の戦略に合わせるかのように、中部太平洋を侵攻し、日本本土に至る作戦を立てていたのだ。

開戦の直前、日本軍の哨戒圏外を大きく迂回《うかい》し、フィリピンに太平洋艦隊の主力を送り込んだのは、政治上の効果を重視した作戦であり、奇策《きさく》に属するものだ。

多数の新造艦を揃え、十二分な戦力を整えた今、米太平洋艦隊が奇策に走るとは考えられない。

彼らは、長年研究を進めてきた作戦計画に基づいて、日本本土に迫るであろう。

「攻撃を受けたのは、クェゼリンだけか？　マーシャルの他の環礁やウェーク島からは、報告は届いていないか？」

「現在のところ、報告はありません」

気がかりなことを聞いた古賀に、通信参謀の和田《わだ》雄四郎《ゆうしろう》中佐が報告した。

「敵が、ウェークを放置する可能性はないでしょうか？　クェゼリン、もしくはマーシャル諸島の他の環礁が米軍の占領下に入った場合、我が軍はウェークに対する補給が不可能となり、守備隊は立ち枯れとなります」

航海参謀鷹尾卓海《たかおたくみ》中佐の意見に対し、上野が強い語調で反論した。

「それはあるまい。ウェークは、元々《もともと》米国領だ。米国は、国威《こくい》に懸《か》けても取り戻したいはずだ」

「ここは、最悪の事態を考えたい。マーシャルとウェークの守備隊を、できる限り早く撤収《てっしゅう》させよう」

古賀は、幕僚全員の顔を見渡して言った。

開戦前、帝国海軍は、マーシャル諸島を対米決戦の地と考え、同諸島の近海で、米太平洋艦隊を迎え撃つことを考えていた。

だが現在、連合艦隊は、すぐにマーシャルに向かえる態勢にない。

主力の機動部隊は、燃料の豊富な南方で訓練に励んでいる。マーシャルからは、遠すぎる場所だ。

基地航空隊は、トラック環礁とラバウルに集中しているが、クェゼリンの飛行場が空襲によって大打撃を受けた今、マーシャルには移動できない。

敵が上陸して来る前に、マーシャル、ウェークの守備隊と基地航空隊を撤収させるのが得策《とくさく》だ。

「クェゼリンの在泊艦船は、敵の空襲によって大損害を受けています。撤収は、至難《しなん》と考えますが」

上野の反対意見を受け、古賀は即答した。

「四艦隊に救援命令を出そう。軽巡と駆逐艦なら、敵の警戒網をかいくぐって、守備隊を引き揚げさせられるだろう」

4

クェゼリン環礁は、静寂《せいじゃく》に包まれていた。

環礁を形成する島々にも、広々とした礁湖にも、砲声が轟くことはまったくない。

クェゼリン本島には、孔《あな》だらけになった滑走路や爆砕《ばくさい》された地上施設があり、島の北側には、大破着底している輸送船や、横転したまま放置されている小艇の残骸《ざんがい》が見えるが、人の姿はない。

目に見えるものの全てが、この環礁から主《あるじ》が立ち去ったことを示していた。

「長官、コーレット少将よりお電話が入っております」

アメリカ合衆国海軍第五艦隊司令長官フランク・J・フレッチャー中将に、副官のヘンリー・ラフッド少佐が声をかけた。

第五艦隊は、再建された太平洋艦隊の主力となる艦隊だ。空母機動部隊の第五八任務部隊《TF58》、水上砲戦部隊の第五四任務部隊《TF54》、上陸作戦時の支援部隊である第五六任務部隊《TF56》を指揮下に収めている。

フレッチャーは、緒戦のフィリピン遠征と一昨年九月のウェーク沖海戦に、空母機動部隊の司令官として参加した経験を持つ。

作戦本部長のアーネスト・キング大将は、

「万事《ばんじ》に慎重ではあるが、それが度《ど》を過ぎて消極的になる傾向がある」

との理由で、フレッチャーをあまり高く評価していないが、太平洋艦隊司令長官のチェスター・ニミッツ大将は、

「日本軍の勢力圏内に進攻する際には、何よりも慎

重さが求められる。また、フレッチャーが傑出《けっしゅつ》した艦隊運用能力を持つことは、フィリピン遠征の終了後、残存部隊を真珠湾に連れ帰ったことで証明されている」

との理由で、フレッチャーを第五艦隊の司令長官に就けていた。

フレッチャーが将旗を掲げているのは、TF56隷下の戦艦「ミシシッピー」だ。

ワシントン軍縮条約の締結前に設計・建造された旧式戦艦だが、通信機器は最新のものを装備しており、複数の任務部隊の統合運用には支障がなかった。

「フレッチャーだ」

「コーレットです」

受話器を受け取ったフレッチャーの耳に、陸軍第六歩兵師団の師団長チャールズ・コーレット少将の声が届いた。

「クェゼリン本島内に、敵兵の姿は発見できません。ジャップは我が軍の上陸前に、クェゼリンを放棄し、撤退《てったい》したものと考えられます」

「やはりそうか」

フレッチャーは言った。

コーレットの報告より一足早く、環礁北端のルオット島に上陸した第四海兵師団より、

「ルオットに敵影なし。日本軍は、既に撤退したものと認められる」

との報告が届いている。

TF56司令官リッチモンド・ターナー少将は、

「敵は、地上部隊をクェゼリン本島に集中して防備を固めるつもりではないか」

との意見を具申したが、そのクェゼリン本島にも、敵兵はいなかった。

日本軍はクェゼリン環礁を放棄したことが、明らかとなったのだ。

「一昨日、第五八・三任務群《TG583》が遭遇した敵の小部隊は、クェゼリンの守備隊を乗せていたようですな」

「私も、参謀長と同意見です。ジャップは、鈍足《どんそく》の

輸送船では逃げ切れないとみて、足の速い軽巡と駆逐艦に守備隊の将兵を乗せたのでしょう」

フレッチャーの参謀長を務めるジョニー・クィン少将と作戦参謀のビリー・パジェット中佐が言った。

一昨日——四月二八日夕刻、クェゼリン環礁の西方海上で警戒に当たっていたTG58・3の軽巡洋艦「ビロクシー」が、西方に向かう小型艦の部隊を、レーダーによって捕捉した。

TG58・3司令官フレデリック・シャーマン少将は、重巡、軽巡各二隻、駆逐艦八隻を向かわせたが、日本艦隊が最大戦速で遁走《とんそう》したため、捕捉に失敗した。

シャーマンは、四月二九日の夜明け後、艦上機による日本艦隊の撃滅を試みたが、艦上機隊は天候不良のために目標を発見できなかった、ということだった。

この小部隊が、クェゼリンから撤退した部隊を乗せていたものと思われる。

圧倒的に優勢なTG58・3が、小型艦十数隻の小部隊を取り逃がしたのは、お粗末《そまつ》の一語《いちご》に尽きる、とパジェットは言いたい様子だった。

「我が軍の目的は、マーシャル諸島の攻略だ。日本軍が早々と撤収したおかげで、我が軍は損害らしい損害なしで、目的を達成できた。これだけでも、当初の計画を遥かに上回る大成功だ。撤退中の日本軍を取り逃がしたことなど、作戦全体から見れば、瑣《さ》末《まつ》なことだ」

フレッチャーは微笑して応えた。

マーシャル諸島攻略に当たり、合衆国軍は事前の準備攻撃を念入りに行った。

中心地のクェゼリン環礁に対しては、四月二四日から二七日まで、TF58の艦上機による攻撃を反復し、周囲の制空権を完全に奪った。

四月二九日には、戦艦三隻、重巡四隻による艦砲射撃を実施し、海岸の防御陣地を破壊した。

四月二七日までは、戦闘機や対空火器による反撃があったものの、艦砲射撃に対しては反撃が全くなく、日本軍は事前の攻撃で全員が戦死したのではないかと思わされた。

それでも、攻略を担当した第四海兵師団と第六歩兵師団は慎重であり、生き残った日本兵による待ち伏せを警戒しつつ、上陸した。

第四海兵師団のハリー・シュミット少将も、第六歩兵師団のコーレット少将も、敵の決死の反撃による損害を覚悟していたのだ。

ところが、日本兵の姿はまったくなく、上陸部隊の兵士たちを拍子抜《ひょうしぬ》けさせた。

クェゼリンに比較的近いウォッゼ、マロエラップからも、

「敵の姿なし。日本軍は撤退せるものと認む」

との報告が届いている。

おそらく、各根拠地に常駐していた哨戒艇、駆潜艇等の小艇に乗って、撤退したのだろう。

合衆国軍は、地上戦闘による戦死者を出すことなく、マーシャル諸島の占領に成功したのだ。

「日本軍は、元々マーシャルで我が軍の進攻を食い止めるつもりはなかったのかもしれません」

「何故《なぜ》、そのように考える？」

パジェット作戦参謀の発言に、クィン参謀長が聞いた。

「クェゼリンに配置されていた航空兵力が少な過ぎます。彼らにマーシャル死守《ししゅ》の意志があるなら、クェゼリン本島とルオット島を合わせて、二〇〇機から三〇〇機程度を配置し、TF58にも攻撃をかけて来たでしょう。ですが、四月二四日の攻撃で、迎撃に上がって来たジークは五〇機程度でした。彼らは我が方の航空攻撃に対し、形《かたち》ばかりの抵抗を示したに過ぎなかったのです」

「日本軍は、トラック環礁に航空兵力を集中しています。マーシャルに兵力を送り込む意志はありましたが、我が軍の攻撃によって飛行場が早期に使用不能になったため、増援を断念した、とは考えられな

いでしょうか？」

航空参謀ウォルター・チェンバーズ中佐の反論に対し、情報参謀マイク・メイザー中佐が言った。

「潜水艦部隊から送られた偵察情報によれば、マーシャル諸島とウェーク島に展開していた日本軍の航空部隊は水上機が中心だった、とのことです。彼らは一貫《いっかん》して、マーシャルとウェークを洋上監視用の基地として考えていたのではないでしょうか？」

「作戦参謀、情報参謀の主張通りなら、日本軍はトラックを決戦の場と考えていることになる。我が軍は今日、彼らと決着を付けるための前線基地を確保したのだ」

フレッチャーは言った。

語調は静かだが、胸の奥底から闘志《とうし》が沸き起こるのを感じている。

「敗北」「屈辱《くつじょく》」などといった言葉では到底言い表せないほどの惨状《さんじょう》を呈《てい》した南シナ海海戦、サン・フェルナンド沖海戦から二年四ヶ月。

太平洋艦隊は、当時の損害から完全に回復しただけではなく、多数の新鋭艦を戦列に加え、開戦前よりも遥かに強力になっている。

あのときの屈辱を晴らし、合衆国海軍の名誉《めいよ》を回復するときが近づいているのだ。

「決戦の時期は、いつ頃になるでしょうか？」

「六月中旬以降だろう」

パジェットの問いに、クィンが答えた。

太平洋艦隊は、マーシャル諸島南東部に位置するメジュロ環礁に前線基地を建設し、同地を足場に、トラックに進攻する計画を立てている。

基地には、第五艦隊の全艦に補給を行えるほど大量の物資を運び込まねばならないことに加え、艦船の修理用設備や兵舎《へいしゃ》、病院等の建設も必要だ。

合衆国の国力をもってしても、何もないところに巨大な前線基地を作り上げるには時間がかかる。

急いでも一ヶ月半、慎重を期《き》すなら二ヶ月程度は見なければならない、とクィンは言った。

「六月中旬か」

フレッチャーは参謀長の言葉を繰り返しながら、連合軍全体の戦略を思い出している。

ニミッツから知らされた情報によれば、同じ時期、ヨーロッパでも、史上例を見ない大規模な作戦が予定されている。

時期的に見て、ヨーロッパにおける「史上最大の作戦」の方が、トラックへの総攻撃より早そうだ。

いずれにせよ、この六月は、太平洋とヨーロッパの両方で、戦局が大きく動く月になりそうだった。

フレッチャーはクィンに向き直り、改まった口調で言った。

「参謀長、太平洋艦隊司令部に報告を送ってくれ。『我、〈マーシャル〉ノ無血占領ニ成功セリ』と」

第三章　Dデイの蹉跌《さてつ》

1

六月九日の夜明けと同時に、フランスの大西洋岸、ノルマンディーの海岸を、曙光が照らしだした。

「浜が見えぬな」

　ナチス・ドイツ軍の西部方面軍司令官ゲルト・フォン・ルントシュテット元帥《げんすい》は、感嘆《かんたん》したような唸《うな》り声を発した。

　ルントシュテットの感嘆には、敵に対するものと、味方に対するものが含まれている。

　前者は、

「よくぞこれだけの大軍を、ノルマンディーの海岸に送り込んで来たものだ」

　との意味合いであり、後者は、

「よくぞ、これだけの大軍を撃退できたものだ」

　との意味だ。

　ルントシュテットと幕僚たちの前には、海岸に遺《い》棄《き》された無数の残骸が横たわっている。

　正面の装甲鈑を貫通されたり、砲塔を吹き飛ばされたりした挙げ句《あげく》、黒焦げになったアメリカ軍の主力戦車Ｍ４〝シャーマン〟。

　海面から砂浜に乗り上げ、内陸に向かって走り出したところで仕留められた水陸両用車ＤＵＫＷ。

　陸揚《りくあ》げされた直後に至近弾が落下し、横転したジープやトラック。

　遺棄された軽迫撃砲《はくげきほう》、軽機関銃、小銃といった歩兵用の火器。

　波打ち際には、戦車揚陸艇《ＬＣＴ》、大型突撃舟艇《ＬＣＧ》等、多種多様な揚陸艇が擱座《かくざ》し、繰り返し打ち寄せる波に洗われている。

　ＬＣＴの中には、戦車を降ろした直後に被弾、破壊されたものもあれば、戦車を乗せたまま、着底したものもある。揚陸を待っていた戦車は、砲身に大きく仰角《ぎょうかく》をかけたまま、海水に浸かっている。

　残骸は、連合軍の兵器だけではない。

正面一〇〇ミリ、側面、後面共に八〇ミリという分厚《ぶあつ》い装甲鈑と、八八ミリの大口径砲を持つ六号重戦車ティーガーは、周囲にＭ４の残骸を侍《はべ》らせるようにして横たわっている。

多数の敵戦車から射弾を集中され、戦闘不能となるまでに、何輛ものＭ４を粉砕した証《あかし》だ。

開戦以来、「軍馬《ぐんば》」と呼ばれて装甲部隊の兵に親しまれた四号戦車も、多数が擱座している。ティーガーほどの防御力はないため、砲塔や車体に破孔を穿《うが》たれた状態で、Ｍ４の残骸と並んでいる。

戦車部隊の後方には、遠方からの砲撃によって撃破された装甲兵員輸送車ハーフトラックや、六輪、八輪の装甲車、一〇・五センチ軽榴弾砲《りゅうだんほう》や一五センチ加農砲《かのんほう》の残骸が散らばっている。

その他、七・五センチ軽歩兵砲、五センチ対戦車砲、八センチ迫撃砲、３０Ｋ型パンツァーファウスト、モーゼル七・九二ミリ軽機関銃、モーゼル七・九二ミリ小銃等の歩兵用火器や、上陸部隊の阻止用に設置した数々の障害物の残骸は数知れず。

双方の戦死者の遺体は、ほとんどが放置されたままだ。アメリカ軍、イギリス軍の軍服をまとった者が、半数を超えている。

「残骸、遺棄兵器、戦死者が七〇パーセントで、残りが砂浜だった」

ルントシュテットが、後にドイツ国防軍総司令官ヴィルヘルム・カイテル元帥や参謀長アルフレート・ヨードル上級大将に語った通りの光景が、目の前にある。

それはとりもなおさず、ルントシュテット麾下の西部方面軍が、連合軍の撃退に成功した証だった。

「アメリカ、イギリス両軍を中心とする連合軍の大部隊が、フランスの大西洋岸に上陸して来る。時期は、六月初めと推定される」

との情報は、既に今年始め、国防軍の情報部が摑《つか》んでいたが、総統大本営《だいほんえい》も、国防軍総司令部も、連合軍の上陸地点が読めずに迷った。

国防軍総司令部では、

「敵は、イギリス本土から最も近く、渡海《とかい》の時間が最短で済むパ・ド・カレーから上陸して来る」

との意見が支配的だったが、

「カレーは、防御陣地が予定の八〇パーセントまで完成しており、守りが堅固《けんご》である。連合軍も、そのことは航空偵察等で把握していよう。彼らは上陸の成功率を少しでも高めるため、防御陣地の構築が二〇パーセント程度しか進んでいないノルマンディーを狙うのではないか」

との意見もあり、意志統一が困難な状態にあった。断《だん》を下したのは、アドルフ・ヒトラー総統だ。

「一九四〇年のフランス進攻作戦を思い起こしてみたまえ。我が軍は、守りの堅固なマジノ線を正面から攻めず、オランダ、ベルギーから迂回して攻撃した。その結果、我が軍はフランスを二ヶ月足らずで降伏に追い込んだのだ。連合軍が目論んでいるのは、陸伝いの進攻よりも更に困難な渡海上陸だ。イギリス本土から近いからといって、守りの堅固な防御陣地を正面から攻めるような真似《まね》はするまい」

と主張し、防御陣地の構築が遅れているノルマンディーへの兵力集中を国防軍に命じた。

ヒトラーが睨んだ通り、連合軍の上陸部隊は、六月六日早朝、ノルマンディー海岸の沖に姿を現した。

戦闘は支援艦艇の準備砲撃から始まり、海岸に向けて撃ち込まれる二〇・三センチ砲弾、一五・二センチ砲弾が障害物を爆砕し、埋設地雷《まいせつじらい》を誘爆させて、無力化していった。

上陸部隊の第一陣が波打ち際に到達したとき、ドイツ軍の反撃が始まった。

報復《ほうふく》兵器V1――フィーゼラーFi103飛行爆弾が、上陸部隊と支援艦艇に殺到したのだ。

V1は命中率が低いものの、海岸近くのトーチカにこもっていた守備兵は、

「支援艦艇への直撃弾二七発、上陸用舟艇《しゅうてい》への直撃弾四〇発。至近弾によって転覆《てんぷく》した小型舟艇五〇

隻以上」

と報告している。

V1による攻撃が終わるや、西部方面軍隷下の装甲師団が突進し、ノルマンディーの海岸は激しい戦車戦の巷《ちまた》と化した。

戦闘は一進一退《いっしんいったい》であり、予断《よだん》を許さなかったが、最終的にはドイツ側が勝利を収め、連合軍は海岸に多数の遺棄車輛や戦死者を残し、撤退していった。

連合軍は、六月七日、八日にも、上陸部隊の第二陣、第三陣を繰り出したが、西部方面軍は橋頭堡《きょうとうほ》の確保を最後まで許さず、ノルマンディーの海岸を守り抜いたのだ。

内陸に降下した空挺《くうてい》部隊も、西部方面軍隷下の歩兵部隊が包囲し、降伏させるか殲滅している。

空挺部隊は、鍛え抜いた肉体と高い戦闘技術を併《あわ》せ持つ精鋭集団だが、その任務は、主力部隊の到着まで、一定地域を確保することだ。

連合軍の主力が上陸作戦に失敗し、内陸に進撃できない以上、孤立無援《こりつむえん》の戦いを余儀《よぎ》なくされ、戦死か降伏の二者択一を強いられたのだ。

現在――六月九日朝、ノルマンディー海岸の沖からは、連合軍の艦船が綺麗《きれい》さっぱり姿を消している。

連合軍は、上陸作戦は失敗したと判断し、撤退していったのだ。

三日間の戦闘で、西部方面軍は二個師団相当の戦車を失い、二万を超える戦死者を出したが、戦果はそれを遥かに上回る。

敵の戦死傷者の総数は不明だが、西部方面軍司令部では、敵兵約六万を戦死させ、戦車を始めとする各種戦闘車輛約五〇〇輛を撃破した（海没させたものを含む）との見積もりを出している。

これに、八万名を超える捕虜《ほりょ》が含まれる。

連合軍が再度の上陸作戦を実施するとしても、一年以上先になるであろう、とルントシュテットは睨んでいた。

「当面は、二正面での戦争を避けられますな」

戦車教導師団の師団長フリッツ・バイエルライン中将が、傍《かたわ》らから声をかけた。海岸の戦車戦では、最大の戦果を上げた師団の指揮官だ。

ルントシュテットは、むっつりと応えた。

「楽観はできぬ。貴官にも分かっているだろうが、東方の脅威は、西方の比ではない」

二週間余りが経過したとき、ノルマンディー海岸と同様の光景が、白ロシアの草原に現出した。

六月二二日より、ソ連軍の夏期大攻勢、作戦名「バグラチオン」が始まったのだ。

三年前の同じ日、ソ連に対して戦端を開いた直後のドイツ軍は、至るところでソ連軍を分断し、包囲し、殲滅したが、今や立場は完全に逆転した。

陸と空から襲いかかる圧倒的な兵力により、ドイツ軍は至るところで友軍との連絡を断たれ、孤立し、壊滅状態に陥った。

個別に反撃を試みるドイツ軍部隊はある。

重戦車ティーガーの八八ミリ砲、中戦車パンターの七五ミリ砲が火を噴き、ソ連軍のT34／85中戦車やSU85自走砲を爆砕する。

だが、それらは小隊レベルかせいぜい中隊レベルでの武勇を発揮するに過ぎず、全体の流れに影響を与える力にはなり得なかった。

奮戦を続けるティーガーも、パンターも、圧倒的多数のT34／85やSU85に射弾を集中され、正面や側面に破孔を穿たれて沈黙する。

あるいは、低空に舞い降りるイリューシンI12〝シュトルモヴィク〟の二三ミリ機銃によって、車体後部のエンジン・グリルや砲塔の天蓋を撃ち抜かれる。

砲弾が誘爆を起こし、砲塔が数十メートルも吹き飛ばされるティーガー、パンターもある。車体は炎に包まれ、黒煙が空に立ち上ってゆく。

大地に横たわるものは、戦車や装甲車の残骸だけではない。

一〇〇〇門以上の火砲による猛攻を受けた砲陣地では、一〇・五センチ軽榴弾砲や一五センチ加農砲が爆砕され、カチューシャ・ロケットの猛射によって吹き飛ばされた防御陣地の周囲には、へし折られた杭《くい》や引きちぎられた鉄条網《てつじょうもう》、軽迫撃砲、軽機関銃、小銃といった歩兵用の火器が散乱している。

メッサーシュミットBf109、フォッケウルフFw190Aといった戦闘機も、草原に骸《むくろ》をさらしている。ソ連空軍機の猛攻から、地上部隊を守ろうとして果たせず、押し包まれるようにして撃墜された機体だ。

兵器の残骸の間には、黒く焦げた遺体や、人の原形を留めていない遺体が累々《るいるい》と横たわっている。そのほとんどは、ソ連軍を押しとどめようとして、最後まで持ち場で戦ったドイツ兵のものだ。

ソ連兵は、戦友の遺体に隠れて逃れようとする敵兵を掃討《そうとう》すべく、ドイツ兵の遺体の頭に、銃弾を撃ち込む。

膨大な戦死者のほとんどは、その場に放置されたままだ。ソ連軍に死者を埋葬する余裕はなく、西へ西へとひたずら前進を続ける。

既に戦闘が終わった大地を、T34／85やSU85の大部隊が、履帯《りたい》の音を響かせ、散らばった破片を踏みにじりながら通過してゆく。

2

「厄介《やっかい》なことになった」

大英帝国首相ウィンストン・チャーチルは、苦り切った口調で言った。

ダウニング街一〇番地の首相官邸には、議長のジョン・ディル大将を始めとする最高幕僚会議のメンバーや、連合軍総司令官ドワイト・D・アイゼンハワー大将、駐イギリス・アメリカ合衆国大使ジョン・ワイナント等、錚々たるメンバーが参集している。

アイゼンハワーの表情には、あまり生彩《せいさい》がない。

去る六月六日のノルマンディー上陸作戦に失敗し、大陸反攻の橋頭堡を確保できなかったことに加え、戦死者と敵の捕虜になった者を合わせて、一四万名もの連合軍兵士を失ったためであろう。

ワシントンのイギリス大使館から届いた報告によれば、アメリカ合衆国大統領フランクリン・デラノ・ルーズベルトはこの結果に激怒し、アイゼンハワーの解任と本国召還《しょうかん》を決定したとのことだった。

「イタリアは枢軸国から落伍し、ドイツも著しく弱体化《じゃくたい》した。連合軍の勝利は、確定したも同然だ。だが、『勝ち方』というものがある。このままでは、我々が最も望まない結末になる」

六月に行われた二つの大規模な作戦――ノルマンディー上陸作戦と、白ロシアにおけるソ連軍の大規模攻勢は、西と東ではっきり明暗が分かれた。

アメリカ、イギリス連合軍は作戦に失敗し、大陸反攻の目処《めど》が立たなくなったが、ソ連軍は攻勢を成功させ、ドイツ軍に大打撃を与えたのだ。

ソ連領に侵攻したドイツ軍の三個軍集団中、最大の兵力を誇っていた中央軍集団は、事実上壊滅に陥《おちい》ったとの情報もある。

白ロシアの東部で、ドイツ軍が守りの要としていたヴィテブスク、モギレフ、ボブリュイスクといった要地は既に突破され、ソ連軍は白ロシアの政治・経済の中心地であるミンスクに迫っている。

連合国全体から見れば、ソ連軍の大勝利と西方への進撃は、喜ばしいことに思える。

問題は、ソ連がドイツを打倒した後、大幅に勢力圏を拡大する可能性が高いことだ。

「ソ連軍が進撃を続ければ、ソ連領内からドイツ軍を叩き出すだけではない。ハンガリー、ルーマニアといった中部ヨーロッパ諸国や、ドイツ本土にもなだれ込む。ソ連軍がベルリンを陥落《かんらく》させるのは間違いない」

「ベルリンを陥落させただけでは収まりますまい。

スターリン（ヨシフ・スターリン。ソ連共産党書記長）は、ドイツ全土の占領とソ連領への併合《へいごう》までを視野に入れていると考えられます」

ディルの言葉を受け、チャーチルが言った。

「ドイツだけで終わるなら、まだよい。ソ連軍の進撃は、フランス、オランダ、ベルギーといった西ヨーロッパ諸国にまで及ぶ可能性がある」

一同の視線が、机上に広げられているヨーロッパの広域図に向けられた。

外務大臣アンソニー・イーデンなどは、顔を青ざめさせている。

ヨーロッパ全土がソ連領となり、イギリスはドーバー海峡《かいきょう》を挟んで、直接ソ連と対峙《たいじ》する。そのような未来図が見えたのかもしれない。

「ドイツの弱体化は、歓迎すべきことだ。ナチスのような暴虐《ぼうぎゃく》な政権に、ヨーロッパを支配させるべきではない」

あらたまった口調で、チャーチルは言った。

「しかし、ナチス・ドイツに代わってソ連がヨーロッパを支配したのでは意味がない。ソ連が大陸ヨーロッパのほとんどを併呑《へいどん》するような事態になれば、我が国も、アメリカも、ソ連の勢力圏拡大を手助けしただけになってしまう」

「ヒトラーは憎《にく》いが、スターリンもまた信用できる相手ではない、ということですな」

イーデンが言った。

「ミスター・アイゼンハワー、大陸反攻を再度実施するとして、準備にはどの程度かかるかね？」

チャーチルの問いに、アイゼンハワーは両目をしばたたいた。

即答はせず、しばらく頭を捻《ひね》った。

「……一年は見ていただく必要がありますな。まず議会を納得させなくてはなりませんし、将兵の動員や訓練にも相応《そうおう》の時間を要します」

「我が大英帝国の陸軍部隊は？」

「アメリカ同様、一年程度は準備期間が必要です。

本国から動員可能な部隊は、先の上陸作戦に投入してしまいました。世界各地の植民地《しょくみんち》から補充兵力を集め、訓練するには、本国の部隊の動員以上に、手間と時間を必要としますから」

質問を予期していたのだろう、ディルは即答した。

「一年として、来年七月か」

チャーチルは、しばし瞑目《めいもく》した。

六月二二日より始まったソ連軍の夏期攻勢がいかに凄まじいものであったかは、モスクワのイギリス大使館から報告が届いている。

ソ連軍は、今や三年前の弱々しい軍ではない。ドイツ軍との攻防戦を通じて、巧《たく》み果敢《かかん》な戦術と豊富な実戦経験を身に付けた精鋭なのだ。

一年後には、ソ連軍はベルリンを陥落させ、更に西へと進撃しているかもしれない。

「もう少し早くならぬか？　せめて半年後には、フランスに橋頭堡を築きたい」

「それは、兵力の動員だけではなく、気象の面からも賛成できかねます。冬のドーバーは、海水温が低いだけではなく、波の荒い日が多く、上陸作戦は至難です。強行すれば、先の失敗以上の犠牲者が生じる可能性があります」

ディルが、断固《だんこ》たる口調で答えた。

我が軍は、既に一度失敗している。二度の失敗は許されぬし、兵を無駄《むだ》に死なせることもできぬ――そう言いたげだった。

「地上部隊による進攻なしでドイツを屈服《くっぷく》させることはできぬだろうか？」

「空軍の最高責任者としては、『可能です』と申し上げたいところですが……」

空軍参謀総長ダグラス・ショート大将が、苦しげな口調で答えた。

大言癖《たいげんへき》のあるドイツの空軍大臣ヘルマン・ゲーリングの悪い真似をすることはできぬ――そんな思いが見て取れた。

「逆に、ドイツ本土に対する爆撃を控えてはいかがでしょうか?」

アイゼンハワーの一言に、チャーチルは仰天《ぎょうてん》した。考えてもみなかった発想だ。

「独ソ戦争は、最終的にはソ連が勝つでしょう。ソ連軍は開戦直後、戦術能力でドイツ軍に大きく後《おく》れを取っていましたが、今や実力では互角か、ドイツ軍を凌ぐまでになりました。生産力、動員力でも、ソ連がドイツを上回っています。質と数の両面で差を付けられたのでは、ドイツに勝算はありません。しかし、我が軍が戦略爆撃を控えれば、ドイツの生産力は維持され、ソ連軍の攻勢を持《も》ち堪《こた》えることも可能です」

「ヒトラーとナチスを延命させるのかね?」

チャーチルは、非難がましい口調で言った。

ヒトラーは、不倶戴天《ふぐたいてん》の仇敵《きゅうてき》だ。そのヒトラーとナチス・ドイツに手心《てごころ》を加えるとなると、強い抵抗を覚える。

「ソ連の勢力拡大を防ぐには、ドイツに持ち堪えて貰わねばなりません。そのためには、圧力を弱めるのが有効です」

こともなげに、アイゼンハワーは答えた。

続いて、ワイナント大使が言った。

「今ひとつ。ソ連に対する援助を大幅に削減するか、全面的に打ち切ってはいかがかと考えます。戦争の主導権を握ったソ連に、これ以上の援助は必要ありますまい」

「それでは、同盟国に対する背信行為になる」

「同盟の目的は、枢軸国の打倒です。共通の敵が消えてしまえば、ソ連が新たな敵性国家として、我が国や貴国の前に立ちはだかることは目に見えています。首相閣下も、将来はソ連が新たな脅威になると考えておられるからこそ、事態を憂慮しておいでなのでは?」

「ドイツは、非常に高い潜在力を持つ国家だ。攻撃を控えた結果、息を吹き返すような事態が起きないとも限らぬ。ドイツに対する戦略爆撃と対ソ援助は、これまで通り継続すべきと考えるが」

「ドイツ全土、いやヨーロッパ全土がソ連に呑み込まれ、共産化する恐れがありますぞ」

ディルが言い、イーデンも脇から口添《くちぞ》えした。

「共産主義は、君主制《くんしゅ》を否定しております。本来、我が大英帝国とは相容《あいい》れぬ国家なのです。そのような国家と、ドーバーを挟んで直接対峙すべきではありません。国王陛下《へいか》への重大な不忠《ふちゅう》であり、背信行為となります」

「不忠」の言葉を聞いた瞬間、チャーチルは頭に血が上るのを感じた。

大英帝国の首相は、イギリス王室に対して、もっとも篤《あつ》い忠誠心を持たねばならない。そう考えるチャーチルにとり、「不忠者」「背信の輩《やから》」と呼ばれるのは耐え難かった。

「ドイツ打倒を最優先するのであれば、連合国の全戦力をヨーロッパに向けてはいかがでしょうか？」

ディルの言葉に、アイゼンハワーが聞き返した。

「太平洋に展開させている兵力も含めて、ということですか？」

「左様《さよう》です。貴国は、精強無比《せいきょうむひ》の海兵隊と、強力な空母機動部隊を太平洋に展開させておられる。これらをヨーロッパに回せば、一年も待つことなく、大陸反攻を実施できると考えます」

「無理ですな。対日戦争を遂行《すいこう》中の現在、太平洋を空《あ》きにするのは、非現実的です」

話が海軍のことに及んだためだろう、駐イギリス・アメリカ合衆国海軍代表ハロルド・スターク大将が応えた。

「対日戦争が終われば、太平洋を空《から》にしても差し支えはありますまい」

イーデンの言葉に、スタークはいかにも心外《しんがい》だ、と言わんばかりの口調で尋《たず》ねた。

「日本と講和すべきだと言われるのですか？」

「日本は一昨年から、何度も水面下での接触を図り、講和について打診して来ました。貴国も、スイス、スウェーデン、スペインといった中立国で、日本からの接触を受けているでしょう。日本が提示した講和条件は、かなり宥和《ゆうわ》的なものです。応じれば、日本を枢軸国から切り離し、ドイツを孤立させることも可能です。検討する価値はあると考えますが」

「合衆国は、日本に対して総反攻を開始したばかりです。既に、前線基地のマーシャルには、日本軍を圧倒し得る大兵力が待機し、出撃命令を待っています。勝てると分かっている戦いを投げ出して、奴らに都合のいい条件を呑むほど、合衆国は愚かではありません」

「開戦直前、フィリピンに太平洋艦隊の主力を揃えたときにも、貴国は同じことを言っていたと記憶していますぞ。『勝てると分かっている戦いだ』と」

イギリス海軍軍令部長ダドリー・パウンド大将が、どこか皮肉《ひにく》っぽい口調で言った。

「勝てるはずでした。太平洋艦隊が、貴国の艦隊に足を引っ張られさえしなければ」

小馬鹿にしたように、スタークは言った。

パウンドの顔面が紅潮《こうちょう》した。

開戦直前、東洋艦隊司令長官として、最新鋭戦艦「プリンス・オブ・ウェールズ」と共にシンガポールに送り込まれたトーマス・フィリップス大将は、将来を嘱望《しょくぼう》されていた提督《ていとく》であり、パウンドのお気に入りでもあった。

そのフィリップスを侮辱《ぶじょく》され、腹を立てたようだ。

「我が艦隊が足を引っ張ったと言われるが、貴国の艦隊こそ――」

「お控えいただけませんか、お二人とも」

困惑《こんわく》したような口調で、アイゼンハワーが言った。

「我々はヨーロッパ戦線の今後について話し合うために集まっているのです。太平洋戦線のことは、議題から大きく外れます」

「その太平洋戦線を断念すれば、大陸反攻の道が開けると申し上げているのです」

ディルが言い、チャーチルが後を引き取った。

「我々の主敵《しゅてき》は、あくまでドイツであり、連合国の使命は、世界、特にヨーロッパにおける秩序の回復にある。この点について、我が国と貴国の認識は一致しているはずだ」

「異論はありません」

ワイナントが答え、アイゼンハワーとスタークも頷いた。

「その第一の目的のためには、敢《あ》えて対日戦を切り捨てることも有効ではないかと、我々は主張している。日本は、講和条件の中に『ドイツとの同盟破棄』を謳っている。開戦後の占領地も、全て返還すると言っている。対日講和は、ドイツ打倒にプラスにこそなれ、マイナスにはならぬと考えるが」

「戦争には名誉という要素もあります、首相閣下。合衆国はフィリピン遠征で大敗を喫《きっ》し、フィリピン、グアム、ウェークを占領されました。この屈辱を晴らさずして、対日戦争を終えるわけにはいかないのです」

スタークの言葉に対し、ディルが言った。

「対日講和ではなく、対日反攻の延期という案はいかがでしょうか？　日本に対する攻勢を一時的に控え、対独戦の目処が付くまで、太平洋の兵力をヨーロッパに回すというのは」

「太平洋に、戦力の空白を作ることはできません。現実問題として極めて困難、いや論外《ろんがい》です」

「対日講和も作戦の延期も呑めぬ、ということですか」

「太平洋まで含めての話となりますと、この場では決められません」

アイゼンハワーが、柔らかな口調で言った。

「私が、貴国の御要望を本国に伝えましょう。対日戦より対独戦を優先し、ヨーロッパ、ひいては全世界に秩序を回復させるべきだ、と。どのみち私は、本国への召還が決まった身です。連合軍総司令官最後の仕事と考え、やらせていただきます」

3

その日の夜、スタークの公邸に来客があった。

イギリス海軍の関係者でも、合衆国の海軍省や作戦本部から派遣された高官でもない。

グレーのスーツに身を固めた、中年の白人男性だ。

「ニューヨーク州知事トーマス・E・デューイの秘書を務めておりますバート・J・ハリッジです。公設ではなく、私設ですが」

スタークに握手を求めながら、男は名乗った。

「ニューヨーク州知事の秘書として、いらしたわけではないでしょうな。今の私が、州政に関われる立場ではないことは、デューイ知事も御承知でしょうから」

ハリッジの右手を握り返しながら、スタークは言った。

デューイは現職のニューヨーク州知事であると同時に、共和党の指名を受けた、アメリカ合衆国の次期大統領候補だ。

一一月の大統領選挙では、現職のフランクリン・デラノ・ルーズベルトと一騎打《いっきう》ちをすることになる。

その秘書が今の時期、スタークの下を訪れる理由は、一つしか考えられない。

開戦時の海軍作戦本部長だったスタークから、ルーズベルトにとって不利な材料を聞き出すために違いない。

「用件をうかがう前に、あなたがデューイ氏の私設秘書であることを証明していただきたい。今の情勢下、ドイツかソ連のスパイが、私に接触を図ってきてもおかしくありませんからな」

スタークは、他の可能性も疑っている。

ルーズベルトが、大統領選の前に反対派をあぶり出そうとしているのではないか、ということだ。

「こちらを」

ハリッジは、一〇枚ほどの写真をスタークの前に並べた。

デューイとハリッジが、歓談している写真だ。ハリッジが、デューイの家族と一緒に撮った集合写真もある。

ハリッジがデューイの私設秘書でなければ、撮られることはないであろう写真だった。

「信用しましょう」

スタークは頷き、ハリッジに椅子を勧めた。

「仕事とはいえ、大胆《だいたん》な方ですな。ドイツは一頃《ひところ》に比べれば弱体化していますが、大西洋では今なお多数のUボートが獲物《えもの》を狙っています。その大西洋を、イギリスまで渡航されるとは」

「デューイ知事は、我が人生を懸けるだけの価値がある人物です。デューイ知事のためであれば、危険を冒《おか》すことも厭いません」

(デューイ氏を大統領の座に就けるためには、だろう)

腹の底で、スタークは呟いた。

デューイが大統領になれば、私設秘書のハリッジもいい目を見ることができる。デューイのためではなく、あくまで自分自身のためだ。

「御用件は？　私は合衆国海軍の代表として、ロンドンに長期滞在している身です。大統領選に役立てることは、あまりないと考えますが」

「提督に、うかがいたいことがあるのです。三年前、太平洋艦隊が行ったフィリピン遠征についてです」

スタークは、眉《まゆ》がぴくりと動くのを感じたが、すぐには何も言わず、先を続けるよう促した。

「さる筋から、同作戦は、作戦本部内に反対意見が多かったにも関わらず、ルーズベルト大統領が強引《ごういん》に推進させたものだと聞きました。デューイ知事は、真実を知りたがっておられます」

「さる筋とは？」

スタークは聞き返した。

フィリピン遠征が、ルーズベルトの無理押しによって進められたことを知る者は少ない。

スタークと当時の作戦本部次長ロイヤル・インガソル中将、海軍長官フランク・ノックス大将、及び作戦本部と海軍省の高官数名だけだ。

その誰かだろうとの見当はつくが――。

「それは、私の口からは申し上げられないのです。証言者とは、誰に対しても名を明かさぬよう、固く約束しておりますので」

「ふむ……」

スタークは、しばし思案《しあん》を巡《めぐ》らした。

フィリピン遠征の真相《しんそう》について、語りたいことは山ほどある。

当時、作戦本部にも、海軍省にも、同作戦に反対する者は多かったが、スタークはルーズベルトの意を受けて反対派を説得し、作戦を推進した。

作戦本部長の地位を守りたかったということもあるが、成功すれば、日本を短期間で屈服させることができる、との見通しもあったのだ。

だが、反対派が危惧した通り、作戦は無残《むざん》な失敗に終わり、太平洋艦隊は、当時配備されていた戦艦一〇隻、空母三隻全てを失った。

失敗の責任は、戦死した太平洋艦隊司令長官ハズバンド・E・キンメル大将、次席指揮官ウィリアム・パイ中将らとスタークに押しつけられ、ルーズベルトが自ら責任を取ることはなかった。

海軍長官のノックスは、ルーズベルトの味方に付き、スタークを作戦本部長から更迭《こうてつ》して、駐イギリス・アメリカ海軍代表へと追いやったのだ。

ルーズベルトやノックスに対する恨《うら》み以上に、責任の所在《しょざい》をはっきりさせたいとの思いがある。真実を公にできなければ、南シナ海で戦死した太平洋艦隊の将兵が浮かばれない。

ただ、それをこの場でぶちまけていいものか。

目の前の人物は、どこまで信用できるのか。

「私が大統領に不利な事実を話せば、デューイ氏は選挙戦に利用するつもりでしょうな」

「情報源につきましては、厳重に秘匿《ひとく》するとお約束します。提督の名前は一切《いっさい》出さない、と」

「その約束が守られたとしても、いずれは誰が話したか明らかになるでしょう。真相を知る者は、一〇名もいません」

「真相と言われますと、やはり大統領による無理押しはあったということですか？」

スタークは口をつぐんだ。少し、喋《しゃべ》り過ぎたようだ。

その一方では、何もかもこの場でぶちまけたいと思っている、もう一人の自分がいる。

「大事なことを、お伝えしておりませんでした。デューイ知事は、御協力をいただけるのであれば、提督の名誉を速やかに回復すると共に、作戦本部長への復職か海軍長官への就任を約束するとのメッセージを、私に託《たく》しております」

「それは、デューイ氏が大統領に当選されれば、の話でしょう。選挙戦では、デューイ氏は分が悪いとうかがっております」

「不利を覆《くつがえ》す鍵となるのが、提督の証言です。大統領が無理な作戦を強行させ、多くの合衆国青年を死なせたとなれば、選挙では確実に不利に働きます。あの合衆国国民は、はっきりと認識するでしょう。仮に勝てる大統領の下で戦い続けていては勝てない。将来有望な大勢の若者を、これまで以上に犠牲にすることになる、と」

スタークは、再び沈黙した。

話すべきだ——その声が、心の奥底から呼びかけて来る。

デューイが新大統領に就任すれば、自分はフィリピン遠征失敗の不名誉を払拭《ふっしょく》し、作戦本部長か海軍長官のいずれかに就けるのだ。

その一方、止めておけ、との声も聞こえる。

デューイが選挙に勝てばいいが、敗北した場合、ルーズベルトが引き続き大統領を務める。

その場合、ルーズベルトは、フィリピン遠征の真相について話した者をあぶり出し、海軍から追放する可能性が高い。

そうなれば、スタークは駐イギリス・アメリカ海軍代表という現在の職をも失い、予備役《よびえき》に編入されることになる。

「……一日だけ、時間をいただきたい」

熟慮《じゅくりょ》の末、スタークはハリッジに告げた。

「私にも、考える時間が必要です。明日の同じ時刻、再度の御来訪を願いたい」

4

マーシャル諸島東部のメジュロ環礁は、大きく様《さま》変《が》わりしていた。

合衆国軍が占領した直後は、現地民の漁村があるだけだったが、占領後、二ヶ月余りが経過した今は、近代的な前線基地に仕立て上げられている。

メジュロ本島には、長大な滑走路と指揮所、格納庫、兵舎等が設けられ、東部のジアリット島、タイラップ島には、港湾施設、兵舎、倉庫、病院、果てはテニスコートやグラウンドまでが作られている。

礁湖の東側は、真珠湾かサン・ディエゴが引っ越して来たと見紛《みまが》わんばかりだ。

戦艦、空母から、駆潜艇や哨戒艇まで、大小二〇〇隻以上の艦艇が錨《いかり》を下ろしている。

ジアリット島の近くには、巨大な浮きドックまでが運び込まれている。

真珠湾まで戻らずとも、最前線で整備や修理が行える態勢だ。

日本軍がさほど重要視せず、部隊を常駐させていなかった環礁は、真珠湾の分身とも呼ぶべき、巨大な艦隊泊地に変貌《へんぼう》を遂げている。

艦隊の泊地としては、マーシャル諸島の中心地であるクェゼリン環礁の方が適している。

メジュロはクェゼリンより小さい上、礁湖の西部は暗礁《あんしょう》が多く、泊地に適さない。

にも関わらず、太平洋艦隊がこの環礁を前進基地に選んだのは、メジュロがトラック環礁から一二〇〇浬離れており、空襲を受ける危険が少ないためだった。

七月四日、太平洋艦隊司令長官チェスター・ニミッツ大将が、参謀と副官三名を伴い、メジュロを訪れた。

「ハワイよりも暑いな、ここは。気温だけではなく、湿気が高い」

メジュロ本島に設けられた基地司令部で、第五艦隊司令長官フランク・J・フレッチャー中将と顔を合わせるなり、ニミッツは言った。

「この島の緯度《いど》は、北緯《ほくい》七度五分です。赤道にほど近い熱帯圏の島ですから、蒸し暑いのは当然かと」

笑いながら応えたフレッチャーの顔は、よく日に焼けている。

マーシャル諸島の制圧完了後も真珠湾に戻らず、日本軍の反撃に備えていたのだ。

フレッチャーに限らず、第五艦隊の将兵の多くが、熱帯圏の強烈な日差しを浴び、肌《はだ》はキャラメルのような色になっていた。

「メジュロの基地施設が整ったところで、第五艦隊に動いて貰うことになる」

真顔《まがお》に戻って、ニミッツは言った。

作戦参謀デニス・クーパー大佐が、分厚い書類の束を、フレッチャーと参謀長のジョニー・クィン少将、同席しているTF58司令官マーク・ミッチャー中将、TF54司令官ウィリス・リー中将、TF56司令官リッチモンド・ターナー少将らに手渡した。

作戦名は「金床《アンヴィル》」とある。

「いよいよですか」

フレッチャーは微笑し、麾下の各任務部隊司令官も頷いた。

対日進攻作戦は、マーシャルの制圧によって、第一段階を完了した。

二ヶ月が経過し、メジュロの基地建設が完了したところで、第二段階が始まったのだ。

マーシャル諸島における抵抗は、クェゼリンを除けば微弱《びじゃく》なものに過ぎなかったが、次は連合艦隊の主力も出撃して来る。

作戦参加艦艇だけを考えても、三年前のフィリピン遠征を上回る大規模な作戦となる。

「我々は、島々に配備された基地航空隊だけではなく、敵の機動部隊をも相手取らねばならない、ということですな？」

ミッチャーが確認を求めた。

戦力が著しく拡充され、新鋭艦を多数揃えたTF58といえども、複数の目標を同時に叩くのは困難だが、恐れているようには見えなかった。

「その通りだ。TF58は全部隊の尖兵《せんぺい》となり、金床《かなとこ》を思い切り叩くハンマーのように日本艦隊を叩き潰《つぶ》して貰いたい」

ニミッツは、ミッチャーに答えた。

TF58がマーシャル諸島の制圧に当たったときには、正規空母と軽空母各五隻を中核としていたが、その後兵力が増強された。

現在の空母戦力は、正規空母六隻、軽空母八隻。艦上機の総数は八六〇機だ。

これだけの兵力があれば、敵の機動部隊と基地航空隊を打ち破ることは充分可能、と第五艦隊司令部は見積もっていたが――。

「敵機動部隊と基地航空隊を合わせれば、航空機の総数は約一〇〇〇機に達し、我が方を上回ると見積もられます。できることなら、正規空母をあと一隻ないし二隻、増強していただきたいところです」

「空母の配備状況は、貴官も理解しているだろう」

ミッチャーの希望に対し、フレッチャーが応えた。

エセックス級の正規空母は、現在までに一〇隻が竣工しているが、うち四隻は乗員の訓練中であり、前線に出せる状態ではない。

フィリピン遠征とウェーク沖海戦で、多数の艦艇乗員を失ったことが尾を引いており、新造艦の乗員訓練には時間を要するのだ。

「エセックス級が駄目なら、『ホーネット』でも構いません」

ミッチャーは言った。

ウェーク沖海戦に参加した空母三隻のうち、一隻だけ無傷で帰還した「ホーネット」は、現在は大西洋艦隊に回され、輸送船団の護衛や航空機の輸送任務に就いている。

艦上機が、開戦当時に比べて大型化したため、運用可能な機数も減少しているが、六〇機程度であれば搭載できる。

「ホーネット」が戦列に加われば、TF58の戦力は、多少なりとも強化される。

「それは、三つの理由から承諾できない」

ニミッツはかぶりを振った。

「第一に、大西洋から『ホーネット』を回航するには、一ヶ月近くかかる。搭載機数六〇機程度の空母を戦列に加えるために、作戦を延期することはできない。第二に、イギリス政府が対日講和を主張し始めている問題がある。チャーチル首相は、日本と講和するか、対日戦のスケジュールを後回しにすることで、全戦力を対独戦に傾注《けいちゅう》できる態勢を整えるべきだと主張しているのだ。我が国にとり、到底受け容れられる条件ではないが、本国政府は、イギリスが日本との単独講和に踏み切る可能性を懸念《けねん》している。イギリスをなだめておくためには、ある程度の主力艦を、大西洋艦隊に配備する必要があるのだ」

「『ホーネット』は見せ金ですか」

「その通りだ。私自身は、大西洋艦隊の主敵がUボートである以上、護衛空母と対潜用艦艇だけを配備すれば充分だと考えているがね」

フレッチャーの一言に、ニミッツは苦笑した。

太平洋艦隊の総指揮だけではなく、本国の作戦本部や政治家とも交渉しなければならないニミッツの苦労を思わせる笑いだった。

「第三に——これが最も重要だが——合衆国政府に

対する国民の信頼が低下している。ノルマンディー上陸作戦が失敗し、多数の戦死者や捕虜が生じたことで、現政権に対する支持率が揺らいでいるのだ。一一月に大統領選を控えていることもあり、ノルマンディーにおける失点を、できる限り早く挽回《ばんかい》しなければならないと、大統領閣下はお考えだ」

「ヨーロッパでの失点を、太平洋で挽回したいということですか？」

「その通りだ」

「そのお考えには賛成できかねます。太平洋艦隊は、大統領の私兵《しへい》ではありませんぞ」

フレッチャーは、強い語調で言った。

選挙のために、兵を死なせるつもりなのか、との言葉が、口を衝《つ》いて出かかった。

「貴官の主張はもっともだが、ドイツと日本相手の戦争を主導し、合衆国を勝利に導ける指導者は、ルーズベルト大統領以外にはいない。ルーズベルト大統領には、チャーチル首相との間に培《つちか》った友誼《ゆうぎ》と信頼関係がある。今、ここで大統領が交代すれば、連合国の絆《きずな》が損なわれる恐れがあるのだ」

「イギリスが盟邦に対する信頼を失い、日本との単独講和に走る可能性も考えられる、と？」

「その通りだ」

「政治のことはともかく、勝利のために全力を尽くすことはお約束します。戦って勝つことが、我々の使命ですから」

ニミッツとフレッチャーのやり取りを聞いていたミッチャーが、脇から口を挟んだ。

「ただし、作戦指揮や日本軍相手の駆け引きについては、任せていただきますが」

「言うまでもない。ハワイから、口を出すような真似はせぬ」

ニミッツが頷き、フレッチャーも言った。

「貴官の手腕は、『ホーネット』の艦長を務めていたときから承知している。TF58については全て任せる」

「御信頼、感謝します。作戦名の通り、中部太平洋を、日本軍を叩き潰すための金床《アンヴィル》にして御覧《ごらん》にいれましょう」

　ミッチャーは、満足げな微笑を浮かべた。

　皺深《しわぶか》く、老《ふ》け顔《がお》の持ち主であるミッチャーの笑いは、一見すると、テキサスあたりの老農夫が収穫を喜んでいるように見える。

　だが、その口から紡《つむ》ぎ出された「日本軍を叩き潰す」という台詞からは、勝利に向けた決意と凄《すご》みを感じさせた。

　同じ日、VB12の隊長マーチン・ベルナップ少佐は、太平洋艦隊の航空参謀ドナルド・ウォーレス中佐の訪問を受けた。

「ニミッツ長官のお供で、メジュロに来た。明日にはハワイに戻るが、君のことが気になってな。様子を見に来たんだ」

「サラトガ」の士官食堂に通されたウォーレスは、笑いながらベルナップの向かいに腰を下ろした。

　空母の爆撃機隊隊長ともなれば、専用の個室を与えられるが、決して広い部屋ではない。

　大柄《おおがら》なウォーレスには狭苦《せまくる》しいと考えて、士官食堂を面会の場に選んだのだ。

「気にかけていただき、感謝します」

　ベルナップはコーヒーを一口飲んで、軽く頭を下げた。

　ウォーレスは、ベルナップが先代の「サラトガ」に乗っていたときの飛行長だ。

　サン・フェルナンド沖海戦で、乗艦を失った後、ウォーレスは航空参謀として太平洋艦隊司令部に迎えられ、ベルナップは「ホーネット」爆撃機隊《VB8》の小隊長を経て、「サラトガ」の名を継いだエセックス級の爆撃機隊指揮官に任ぜられた。

　共に、より重い責任を負う立場になっての再会だった。

「新型爆撃機《ヘルダイバー》の乗り心地はどうだ？」

「乗り心地だけを聞かれているのでしたら、あまりいいとは言えませんな」

ウォーレスの問いに、ベルナップは苦笑しながら答えた。

「直進時の安定性が悪く、まっすぐ飛ぶだけでも気を遣《つか》います。中堅以上の操縦者であれば、乗っているうちに慣れますが、配属されたばかりの新米《しんまい》には乗りこなしにくい機体です。乗馬の基本を覚えたばかりの初心者を、いきなり悍馬《かんば》に乗せるようなものです」

「やはりな。他艦の飛行隊長や爆撃機隊隊長からも聞いたが、あまり評判のいい機体ではない。『ドーントレスに戻してくれ』と要求する者までいる始末《しまつ》でね」

開戦時の主力急降下爆撃機ダグラスSBD〝ドーントレス〟は、素直《すなお》な操縦性を持ち、新人にも容易に扱える機体だった。

当時の主力艦戦グラマンF4F〝ワイルドキャット〟が零戦《ジーク》に対して劣勢だったこと、最高速度が遅いことから、南シナ海海戦でも、ウェーク沖海戦でも、多数が犠牲になったが。

「戦闘機がF6Fに替わったおかげで、ジークも爆撃機や雷撃機には手を出せなくなっています。四月のマーシャル攻略作戦では、急降下爆撃機の被害は対空砲火によるもののみで、ジークによる撃墜は記録されていません」

「ドーントレスに戻しても、差し支えないと思うかね？」

「いや、ヘルダイバーの配備を進めるべきです」

ヘルダイバーは、癖《くせ》が強いことに加え、爆弾の搭載量はドーントレスとさほど変わらない。

だが、防御力はドーントレスに比べ、著しく強化されている。

最高速度が大きく、防弾装甲が厚く、操縦員席の兵装は一二・七ミリ機銃から二〇ミリ機銃に強化されている。

激しい対空砲火の中に突っ込んでゆかねばならない急降下爆撃機クルーにとり、防御装甲の強化は、何よりも有り難いことです――と、ベルナップは語った。

「ヘルダイバーの採用は、間違っていなかった。それが、現場の指揮官の評価ということだな」

顔をほころばせたウォーレスに、ベルナップは言った。

「ジャップは、主要艦艇の対空火力の増強にいそしんでいると聞き及びます。クルーの生存率を高めるためにも、ヘルダイバーは必要な機体です。多少の扱いづらさは、克服《こくふく》させるしかないでしょう」

日本軍が、艦艇の対空兵装を増備しているとの情報は、「サラトガ」が所属するTG58・2の情報参謀から知らされている。

日本軍が、青葉型《アオバ・タイプ》、古鷹型《フルタカ・タイプ》に続く防空艦の配備を進めているとの情報も。

急降下爆撃に際しては、南シナ海海戦やウェーク沖海戦以上に激しい弾幕の中に突っ込んでゆかねばならないのだ。

ヘルダイバーならば、アオバ・タイプ、フルタカ・タイプのみならず、新型防空艦の対空砲火をも突破できるのではないか、とベルナップは考えていた。

「君は、今でもアオバ・タイプやフルタカ・タイプを狙っているのか?」

「当然です」

ウォーレスの問いに、ベルナップは即答した。

「南シナ海やウェーク沖で、部下を殺されたからか?」

「個人的な動機だけが理由ではありません。空母を確実に叩くには、防空艦を黙らせる必要があるからです。野盗《やとう》の群れを退治するには、最初に用心棒《ようじんぼう》のガンマンを片付けねばなりません」

「成算はあるのか?」

「もちろん」

ベルナップは、自信を持って頷いた。

南シナ海海戦でも、ウェーク沖海戦でも、爆撃機隊は敵の防空艦に阻《はば》まれ、空母に致命傷を与えるには至らなかった。

これは、投弾前に多数のドーントレスがジークに撃墜されたこと、防空艦の砲員がよく訓練され、正確な射弾を放って来たこと、空母の回避運動が巧みだったことの三つが主な原因だが、それら以上に重大な敗因がある。

南シナ海海戦、ウェーク沖海戦では、作戦に参加した空母が三隻であり、艦上機の絶対数が不足していたことだ。

今回は違う。

ＴＦ58が用意している艦上機八六〇機のうち、急降下爆撃機が四割を占めている。

加えて、護衛に当たる戦闘機は、ジークに勝てることが既に実証されているＦ６Ｆだ。

Ｆ６Ｆがジークを蹴散《けち》らしたところに、多数のヘルダイバー、ドーントレスが仕掛ければ、空母も防空艦も叩き潰せるはずだ。

「数の力で圧倒するか。正攻法だな」

頷いたウォーレスに、ベルナップは言った。

「数が揃った以上、奇をてらう必要はありません。正面からの攻撃で、憎きジャップの防空艦と空母を沈めて御覧にいれます」

ウォーレスは、ベルナップの肩を叩いた。

「本国が、充分な数の空母と艦上機を揃えたのは、そのためだからな。私はニミッツ長官と共に、ハワイの司令部で朗報《ろうほう》を待っている」

第四章　ヘルダイバー猛然

1

第六戦隊の桃園幹夫首席参謀には、初めて見る光景だった。

海軍の新たな主力である空母は一三隻を数える。

正規空母が七隻、他の艦種から改装を受けた中小型空母が六隻だ。

正規空母のうち、「赤城《あかぎ》」「加賀《かが》」「蒼龍《そうりゅう》」「飛龍《ひりゅう》」「瑞鶴《ずいかく》」「翔鶴」は、開戦直後に生起した南シナ海海戦で大戦果を上げた殊勲《しゅくん》艦だ。

どの艦も、米軍の反攻に備え、対空火器の大幅な増強工事を施されている。

空母の中で一際異彩《ひときわいさい》を放つのが、三月に竣工した新鋭空母「大鳳」だ。

開戦時の最新鋭空母だった「翔鶴」「瑞鶴」よりやや大きく、艦体は、鉄塊《てっかい》から削り出されたのではないかと思われるほど滑らかだ。

機動部隊の司令部から伝わった情報によれば、戦艦に匹敵《ひってき》するほどの重装甲を持つ艦であり、五〇〇キロ程度の爆弾などは容易《たやす》く跳ね返すという。

空母だけではない。

少し離れた海面には、戦艦八隻、巡洋戦艦一隻が停泊している。

うち二隻は、山と見紛わんばかりの巨体を持つ。「大和」と「武蔵」。一発当たりの破壊力では、世界最強の四六センチ主砲を装備する、帝国海軍の頂点に君臨する戦艦だ。

戦艦から少し離れた海面に停泊している巡洋戦艦は、昨年一〇月に正式配備された「大雪」。シンガポールで鹵獲され、帝国海軍に編入された旧英国巡戦「リパルス」だ。

独特の形状を持つ艦橋も、六門の三八センチ主砲も、日本の軍艦にはないものだが、その威容《いよう》は「長門」や「陸奥」に劣らない。

重巡、防巡は、六戦隊の四隻を含めて一七隻だ。

昨年二月、新鋭艦の「大淀《おおよど》」が、帝国海軍の誇る巡洋艦群に加わった。

防巡の一部と駆逐艦は、環礁東部の夏島錨地に停泊しているため、ここにはいないが、昭和一九年七月六日現在、連合艦隊の保有戦力のほぼ全てがトラック環礁の春島錨地《はるしまびょうち》に集結しているのは、紛れもない事実だ。

集結している艦のうち、空母は第三艦隊に、戦艦、重巡の多くは第二艦隊に、それぞれ所属している。

帝国海軍は、第二、第三両艦隊を合わせて「第一機動艦隊」と呼称し、第三艦隊司令長官小沢治三郎《おざわじさぶろう》中将が全体の指揮を委ねられていた。

「どう思う？」

旗艦「青葉」の艦橋で、集結している艦艇群を眺めていた桃園に、高間完司令官が声をかけた。

「と言われますと？」

「防空艦を分散したことについて、だ」

第一機動艦隊は、一三隻もの空母を持つ大所帯だが、これだけの空母を一部隊に集中するわけにはいかない。

無線封止《ふうし》下では、空母の数が多すぎ、命令が行き届かなくなることに加え、敵の攻撃を受けたときには、一網打尽《いちもうだじん》にされることが危惧される。

作戦計画では、空母四隻ないし五隻に、戦艦、巡洋艦、駆逐艦を配した部隊を三隊編成し、運用することになっている。

小沢が直率する第一部隊、山口多聞《やまぐちたもん》中将が指揮する第二部隊、栗田健男《くりたたけお》中将が指揮する第三部隊だ。

第六戦隊は、「青葉」「加古」の第一小隊と「古鷹」「衣笠」の第二小隊に分かれ、それぞれ第二部隊、第三部隊で空母の護衛に当たる。

開戦直後の戦いでも、第六戦隊は一小隊、二小隊に分かれて行動したが、今回も同じだ。

四隻の防巡が揃って空母の護衛に就いたのは、一昨年九月のウェーク沖海戦しかない。

艦を分散すれば、必然的に対空火力も分散される。

空母を守り切れないのでは、と高間は懸念してい
るようだった。

「防空艦は、六戦隊だけではありません。新造艦が戦列に加わり、空母自身の対空火力も大きく向上しています」

桃園は、安心させるように答えた。

ここ二年ほどの間に、新たな防空艦が次々に竣工し、機動部隊の守りに就いた。

防空駆逐艦の秋月《あきづき》型は八隻が配備されているし、新型防空巡洋艦の阿賀野《あがの》型も、各部隊に一隻ずつ配属されている。

巡戦「大雪」は、帝国海軍への編入後、対空火器を満載し、「防空巡戦」とも呼ぶべき艦に生まれ変わった。

桃園は、これらの艦が竣工したとき、対空戦闘の訓練に協力し、技量の引き上げに貢献《こうけん》している。

一機艦各部隊の防空力は、南シナ海海戦時の機動部隊よりも遥かに向上しているはずだ。

「人事は尽くした、ということかね?」

「おっしゃる通りです」

「貴官の知見については信用しているが、敵もまた開戦時に比べ、強力になっている。数だけではなく、質の面でも」

司令官の懸案《けんあん》事項は、桃園も理解している。

第一に、艦上機の数で米側が上回ること。第二に、米軍の艦上戦闘機が新型のグラマンＦ６Ｆ〝ヘルキャット〟に切り替わっていることだ。

南シナ海海戦、ウェーク沖海戦では、空母、艦上機の数とも、日本側が上回っていた。このため、敵に先手を取られても、最後は逆転勝ちを収めることができた。

だが今回は、空母、艦上機とも米側が上回る。

米軍は現在、マーシャル諸島のメジュロ環礁に機動部隊の主力を集結させているが、潜水艦の偵察情報や敵の通信を分析した結果、空母戦力は一四隻ないし一五隻、艦上機の総数は八五〇機前後と見積も

られている。

対する一機艦は、常用機数六〇九機、補用機数一一八機だ。

また、開戦時における零戦の優位は既に崩れ去っている。

Ｆ６Ｆを向こうに回した場合、零戦といえども自機を守るだけで精一杯であり、急降下爆撃機、雷撃機にまでは手が回らないという。

必然的に、空襲時には多数の敵機が、空母を襲って来る。

防空艦が増強されたといっても、空母の護衛について、確実なことは言えないのが現状だった。

「小沢長官は、機動部隊と基地航空隊が協力して、敵に立ち向かう作戦構想を立てておられると聞き及びます。基地航空隊を合わせれば、数の上では我が方が優勢になるのではありませんか？」

穴水豊砲術参謀が発言した。

連合艦隊司令部は、マーシャル諸島が敵の手に落ちた時点で、ラバウルに展開させていた第一一航空艦隊をトラックに引き上げさせた。

以前からトラックに展開していた第一二航空艦隊と合わせ、総兵力は四〇〇機に達する。

一機艦と合わせれば、総数は一〇〇〇機を超え、敵機動部隊に充分対抗可能な兵力となる。

穴水が楽観するのも無理はないが——。

「機動部隊と基地航空隊を合わせれば、自軍を上回る兵力となることは、米軍も予想しているだろう。それが分かっていて、正面から来るかどうか」

高間の言葉に、「青葉」艦長山澄《やまずみ》忠三郎《ただざぶろう》大佐が聞いた。

「敵は何らかの策を用いる、とお考えですか？」

「その可能性はある。開戦前に太平洋艦隊主力をフィリピンに回航し、南方部隊とＧＦ主力の各個撃破を狙った相手だからな」

往時の記憶を思い出したらしく、高間は僅かに身を震わせた。

開戦二日後の海南島沖海戦で、乗艦「榛名」を失い、九死に一生を得て生還した元艦長の言葉だけに、説得力を感じさせた。

あらたまった口調で、桃園は言った。

「六戦隊の首席参謀としましては、決戦前にやれることは全てやった、と考えております。先ほど司令官が言われましたように、人事は尽くした、と。後は、天命を待つだけです」

2

七月九日四時三九分(現地時間五時三九分)、第三二航空隊の司令棚町《たなまち》整《ひとし》中佐は、まどろみの中で、自身の身体が激しく揺り動かされるのを感じた。

右手を上げて払おうとしたが、動きは執拗《しつよう》であり、止まなかった。

「司令、起きて下さい、司令!」

怒鳴《どな》り声が耳の奥にまで達し、棚町は鼓膜《こまく》に痛みを感じて飛び起きた。

副官を務める梶定男《かじさだお》中尉が、耳元で怒鳴ったのだ。

「何事《なにごと》だ、いったい⁉」

「敵襲です!」

棚町の怒声に、梶の叫び声が重なった。

「本島の電探《でんたん》が、敵味方不明機を捉えました。方位九〇度、五〇浬です。あと三〇分と経たぬうちにやって来ます!」

棚町の眠気《ねむけ》は、一瞬で吹っ飛んだ。

「友軍機じゃないのか?」

できれば、そうであって欲しい——その願望を込めて、棚町は聞いた。

「友軍機なら北か南から来るはずです。東から来た以上、敵機に間違いありません」

「全機に、直ちに発進命令を! 空中に避退させるんだ。急げ!」

棚町は寝台から飛び降りると同時に、半《なか》ば怒号《どごう》と化した命令を発した。

棚町の三二二空は、夜間戦闘機「月光《げっこう》」二四機で編成された部隊だ。

マーシャルが米軍の手に落ち、トラックに対する夜間空襲も予想されたため、島伝《しまづた》いにトラックに移動する途中だった。

ところが、マリアナ諸島のサイパン島まで来たところで、敵の空襲を受けることになったのだ。

月光は重爆撃機に対する迎撃を主目的とする機体であり、戦闘機同士の戦いでは勝ち目がない。

敵機が来る前に、安全な空域に逃がさなくてはならない。

サイパン島の南端に位置するアスリート飛行場では、既に三二二空の月光が駐機場に翼を並べ、暖機運転が始まっている。

空は、まだ薄暗い。

星々は一掃《いっそう》され、頭上は紫紺《しこん》に染まっているが、夜明けまでにはまだ若干《じゃっかん》の時間がある。

東の空が明るさを増す中、月光一機当たり二基を装備する中島「栄《さかえ》」二一型の暖機運転音が、駐機場に轟く。

（敵は、黎明《れいめい》時の攻撃を狙ったのか）

暖機運転中の月光と東の空を交互に見ながら、棚町は呟いた。

米軍の位置は不明だが、仮にサイパンの東方一〇〇浬前後に布陣《ふじん》したとすれば、サイパンよりも先に夜明けを迎える。

敵は、サイパンの飛行場や航空隊が目覚める前に、攻撃隊を発進させることができるのだ。

「早くしろ、まだか」

棚町が呟いたとき、不意にフル・スロットルの爆音が轟いた。

滑走路上に土煙《つちけむり》が上がり、離陸を開始する友軍機が見えた。

三二二空と共に、トラックに移動する予定だった第二六一航空隊の零戦だ。

トラックでの決戦に参加するはずが、急遽《きゅうきょ》サイパンで戦うことになったのだ。

期せずして、駐機場で歓声が上がる。

月光の搭乗員や、整備員、兵器員らが、離陸する零戦に声援を送っている。

「少ないな」

口中で、棚町は呟いた。

離陸した零戦は、一〇機前後に過ぎない。

空襲を予期していなかったため、僅かな機数しか準備できなかったのだろう。

今は、その僅かな零戦に頼らざるを得ない。

東の空から、曙光が差し込んだ。

陽光が、二つのものを同時に浮かび上がらせた。

空から地上に向けて伸びる何条もの黒煙と、多数の機影。

「やられたか」

棚町は、思わず呻《うめ》いた。

二六一空の零戦は、ほとんどが墜とされたようだ。

離陸した直後で、速度が充分上がっていなかったことに加え、高度上の優位を敵に占められたことが敗因であろう。

敵機は何事もなかったかのように、アスリート飛行場に向かって来る。

東から差し込む陽光が、敵機をくっきりと照らし出す。酒樽《さかだる》のように太く、ごつい機体だ。

グラマンF6F〝ヘルキャット〟。米海軍の主力艦上戦闘機が、サイパン島の上空に出現したのだ。

「離陸中止。避退！」

棚町は、あらん限りの大声で叫んだ。

駐機場の月光は、まだ暖機運転を終えていない。今からでは、とても間に合わない。

せめて、人員だけでも逃がすべきだ。

「避退だ。急げ！」

飛行隊長の白川照義《しらかわてるよし》少佐が大声で叫び、右腕を振った。

既に乗り込んでいた搭乗員が、慌《あわ》てたようにコクピットから這い出し、飛び降りる。

整備員や兵器員も機体から離れ、血相《けっそう》を変えて走り出す。

　このようなときにも、自身の任務を忘れられないのか、暖機運転を止めてから駆け出す者もいるが、大多数の機体はそのままだ。

　両翼二基のエンジンは爆音を轟かせ、プロペラは回転を続けている。

　月光の爆音や、兵員の叫び声に、敵機の爆音が重なった。

　既に、ラバウルやマーシャル諸島で何度となく轟いた、二〇〇〇馬力エンジンの猛々《たけだけ》しい咆哮《ほうこう》だった。

　F6Fの両翼一杯に真っ赤な発射炎が閃き、無数の青白い曳痕が、駐機場の月光に殺到する。それらが突き刺さるや、真っ赤な火焔が躍り、月光の機体は鈍い爆発音と共に擱座する。

　月光に一連射を浴びせたF6Fは、速力を緩めることなく、上昇に転じて離脱する。

　間髪《かんぱつ》入れず、新たなF6Fが猛禽《もうきん》の勢いで舞い降り、月光に射弾を浴びせる。

　F6Fが駐機場の真上を通過する度、月光は次々と火を噴き、炎の塊《かたまり》と変わってゆく。

　二四機の月光全てが炎に包まれるまで、五分とかからない。トラック環礁で、敵の重爆撃機を相手取るはずだった双発の重戦闘機は、一度も戦う機会を得ることなく、残骸に変わってゆく。

　F6Fの掃射が終わるのを待っていたかのように、新たな敵機の編隊が、アスリート飛行場の上空に姿を現した。

　上空で、光がきらめく。

　急降下に転じた敵機の下腹に、陽光が反射しているのだ。

　甲高《かんだか》いダイブ・ブレーキの音が、上空に響いた。

　ほどなくアスリート飛行場の滑走路に、続けざまに爆発光が走り、大量の土砂が空中高く噴き上がり始めた。

　時を同じくして、同じサイパン島のパナデル飛行場、テニアン島の北飛行場、西飛行場、更には八〇浬離れたグアム島の北飛行場や表《おもて》（現地名『オロテ』）飛行場にも、敵の急降下爆撃機が身を躍らせ、滑走路や駐機場、指揮所、整備小屋、無蓋掩体壕《むがいえんたいごう》等に、一〇〇〇ポンド爆弾を叩きつけている。

対空砲陣地から、迎撃の火箭が突き上がるが、F6Fが掃射を浴びせ、次々と沈黙に追い込んでゆく。

夜明け後、三〇分が経過したときには、サイパン、テニアン、グアム三島の飛行場は、全て使用不能となっており、どす黒い火災煙が空を焦がしていた。

その上空では、グラマンF6F〝ヘルキャット〟とカーチスSB2C〝ヘルダイバー〟が、新たな獲物を探す猛禽のように、エンジン音を轟かせながら飛び回っていた。

「迷う必要はありません。すぐにでも、全艦を挙げてマリアナに向かうべきです！」

第一機動艦隊旗艦「大鳳」の作戦室に、無遠慮《ぶえんりょ》な大声が響いた。

現在、「大鳳」には、小沢治三郎司令長官を始めとする一機艦の司令部幕僚と各戦隊の司令官、主だった艦の艦長が参集している。

会議が始まるなり、声を上げたのは、第二航空戦隊司令官城島高次《じょうじまたかつぐ》少将だった。

「米軍の目標がマリアナ諸島の攻略にあることは疑いありません。敵はトラックを狙うと見せかけて、本土により近いマリアナを狙って来たのです。ぼやぼやしていたら、マリアナが敵の手に落ちます」

第四航空戦隊司令官長谷川喜一《はせがわきいち》少将と第五航空戦隊司令官岡田次作《おかだじさく》少将が、いかにも同感、と言わんばかりに頷いた。

小沢は、すぐには返答しなかった。

押し黙ったまま、机上に広げた南方要域図を睨んでいる。

部下に言われるまでもなく、マリアナ諸島の重要性は理解している。

中部太平洋の要地であり、日本本土とトラック環礁を結ぶ中継地だ。

この地を米軍に占領されたら、本土とトラックが分断されるだけではない。本土が直接、敵の攻撃を受ける危険にさらされる。

いかなる犠牲を払おうとも、敵に渡すことはできない。

この場にいる全員が、その認識を持つが――。

「短兵急《たんぺいきゅう》に動くのではなく、少し様子を見てはいかがか、と考えます。米軍の目的がマリアナ攻略だとしても、トラックを放置するとは考えられません。トラックを放置したままマリアナ攻略にかかれば、我が軍は当然、敵の機動部隊や上陸部隊を背後から攻撃します。そのことは、敵の指揮官も承知しているでしょう」

第三艦隊参謀長加来止男《かくとめお》少将の発言を受け、小沢が聞いた。

「敵の意図をどのように見る？」

「トラック攻撃に先立っての準備攻撃ではないか、と考えます。米軍がトラックを攻撃しても、我が軍はマリアナ諸島を中継点として、本土から増援を送り込めます。敵は先にマリアナを叩くことで、本土からの増援を不可能にし、しかる後に本来の目的であるトラックを陥としにかかるのでは？」

「参謀長の御意見に賛成します」

首席参謀の大前敏一《おおまえとしかず》大佐が発言した。

「一昨年、米軍がウェーク奪回を試みたとき、ウェーク攻撃に先立ってクェゼリンを攻撃し、ウェークへの支援を不可能としました。今回も、同じ策を使ったのではないでしょうか？」

「攻略作戦の前に周辺にある拠点を叩き、支援を不可能にしておく、か」

いかにも米軍らしい戦術展開だ――そんなことを考えつつ、小沢は呟いた。

「二艦隊長官の意見は？」

小沢は、第二艦隊司令長官栗田健男中将に質問の矛先《ほこさき》を向けた。

第二艦隊は、海南島沖海戦で司令長官の近藤信竹《こんどうのぶたけ》中将が戦死した後、南雲忠一《なぐもちゅういち》中将が指揮を執っていたが、南雲は昨年八月、佐世保《させぼ》鎮守府司令長官に親補され、栗田が後任となっている。

小沢にとっては、開戦二日目の海南島沖海戦で、ともに死線《しせん》をくぐった戦友だ。

「私も、参謀長の意見に賛成です。米軍の動きは、一機艦をトラックから引き離すことを意図してのものではないか、と推測されます。迂闊《うかつ》に動けば、敵の罠《わな》に陥ります。動くにしても、敵の位置や戦力について、情報を収集してからにすべきです」

栗田の答を聞いて、小沢は頷いた。

「私も、二艦隊長官と同じように考えていた。米軍がマリアナを攻撃したのは、一機艦をトラックから引き離し、各個撃破するためではないか、と」

米軍には開戦劈頭《へきとう》、大規模な各個撃破戦術を用いた実績がある。

太平洋艦隊をフィリピンに回航することで、南方部隊と連合艦隊主力を分断し、個別に叩こうとしたのだ。

栗田は米軍の動きから、開戦直後の重大な危機を思い出したのだろう。

「三航戦司令官、意見はないかね？」

小沢は、第三航空戦隊司令官山口多聞中将に顔を向けた。

肩書きは第三航空戦隊司令官だが、第一機動艦隊では、第二、第三の両航空戦隊と第三戦隊の戦艦二隻、第五戦隊の重巡四隻、第六戦隊の防巡二隻、第一水雷戦隊を合わせた「第二部隊」の指揮を委ねられている。

二度に亘《わた》る米国駐在の経験を持ち、帝国海軍の中でも知米派として知られる提督だ。

「私は、米軍の攻略目標がマリアナである可能性を捨てるべきではない、と考えます。理由は、米国が開発を進めている新型重爆撃機の存在です」

山口は立ち上がり、南方要域図に指示棒を延ばして、サイパン島を中心とした円弧《えんこ》を描いて見せた。

北海道を除き、日本列島のほとんどが含まれる円弧だ。

米国の新型重爆撃機ボーイングB29〝スーパー・フォートレス〟の情報は、第一機動艦隊にも伝えられている。

マリアナ諸島から日本本土まで往復し、北海道以外の任意の地点を爆撃できる、恐るべき機体だ。

マリアナが米軍に占領され、B29が進出して来れば、本土は直接空襲の脅威にさらされる。

帝国軍人なら、いや日本国民の全てにとって、悪夢としか呼べぬ事態だ。

「トラックからでは本土は叩けませんが、マリアナからであれば、直接本土を叩けます。米軍から見れば、マリアナの方がトラックよりも戦略的な価値が高いのです」

「一機艦は、マリアナ救援に向かうべきだというのが貴官の主張か？」

「いえ、一機艦はトラックに留まり、基地航空隊と共に、敵艦隊を迎撃すべきです」

小沢の問いに、山口はきっぱりとした口調で答えた。

「敵の攻略目標がマリアナであっても、トラックに大兵力が展開している間は素通《すどお》りできません。敵がトラックよりも先にマリアナを叩いたのは、栗田長官も言われたように、一機艦を誘い出し、各個撃破することが狙いでしょう。迂闊にトラックから離れれば、墓穴《ぼけつ》を掘ります。一機艦は作戦計画を遵守《じゅんしゅ》し、トラックに依《よ》って戦うべきです」

「方針は定まったな」

小沢は、全員の顔を見渡した。

第二、第三部隊の指揮官がトラックに留まる策を支持している以上、マリアナに向かう必要はない。

その方向でまとまりかけたが――。

「失礼いたします。GF司令部より、緊急信が届きました」

「大鳳」の通信室に詰めていた情報参謀の中島親孝《なかじまちかたか》中佐が、緊張した表情で入室した。

中島が電文を読み上げるなり、作戦室の空気が凍り付いたように感じられた。

連合艦隊司令部は、次のような命令電を送って来たのだ。

「第一機動艦隊ハ直《タダ》チニ『マリアナ』東方海面ニ急行、同方面ニ所在ノ敵機動部隊ヲ捕捉撃滅セヨ。〇《マル》七《ナナ》一《ヒト》五《ゴ》」

3

「第一航空戦隊、面舵《おもかじ》。風上に向かう模様」

巡洋戦艦「大雪」の射撃指揮所に、測的長村沢健《むらさわけん》二《じ》中尉が報告を上げた。

砲術長桂木光中佐は、左前方に双眼鏡《そうがんきょう》を向けた。

第一機動艦隊の第一部隊に所属する三隻の正規空母「大鳳」「赤城」「加賀」が、次々と右に回頭する様が見える。

艦尾が激しく泡立ち、速力が上がる。

発艦速度に達したのか、飛行甲板の後部に敷き並べられている攻撃隊——開戦以来の主力艦戦「零戦」の五二型、新型艦上爆撃機の「彗星《すいせい》」、新型艦上攻撃機の「天山《てんざん》」が、爆音を轟かせ、飛行甲板を突っ走って、発艦してゆく。

空母の艦橋や飛行甲板の縁《へり》では、第一機動艦隊の司令部幕僚や各艦の艦長、整備員、甲板員らが帽子《ぼうし》を振っているであろうが、「大雪」の射撃指揮所からでは、はっきり視認できなかった。

「始まったか」

桂木は、さほど気負《きお》うことなく呟いた。

「大雪」の砲術長としては初の実戦となるが、桂木自身は防巡「古鷹」の砲術長として、対空戦闘と水上砲戦の両方を経験している。

平常心を保つ方が戦果を上げられるし、生存確率も高くなることは、実戦を通じて経験済みだ。

「艦長より砲術。敵は、早ければ〇八〇〇《マルハチマルマル》（現地時間九時）頃にはやって来る。念のため、〇七三〇《マルナナサンマル》には各分隊を配置に就かせてくれ」

「〇七三〇《マルナナサンマル》に、各分隊を配置に就かせます」

艦長沢正雄大佐の指示に、桂木は即座に復唱を返し、一言付け加えた。

「今回も、先手は取れずじまいですか」

「過去二度の海空戦よりはましだ。今回は彼我《ひが》共に、ほぼ同時に敵を発見した。南シナ海やウェーク島沖の前半戦のように、序盤は防御一辺倒、ということはないはずだ」

「悲観することはないが、楽観もできぬ、ということですね？」

「艦長としては、『古鷹』で腕を振るった貴官の手腕に期待する」

その一言と共に、電話が切られた。


一機艦第一部隊の現在位置は、サイパン島の南端ナフタン岬《みさき》よりの方位一二〇度、一八〇浬。マリアナ諸島南端のグアム島からは、ほぼ真東に当たる。

第一部隊の東方三〇浬に、山口多聞中将の第二部隊が位置し、北北東三〇浬に栗田健男中将の第三部隊が展開する。

当初の作戦計画では、基地航空隊と協力して、トラック近海で敵機動部隊を迎え撃つはずだった。

ところが一昨日、七月九日にマリアナ三島が空襲を受けたことで、状況が一変した。

横須賀の連合艦隊司令部は、一機艦にマリアナ進出と敵機動部隊の撃滅を命じたのだ。

マリアナ沖に進出すれば、基地航空隊との共同作戦という構想が崩れる。

一機艦司令部は、連合艦隊司令部に再考を求めたが、命令を覆すには至らず、一機艦はトラックより出港し、マリアナに向かったのだ。

米軍はウェーク沖海戦の折り、日本軍の意表《いひょう》を突いて、進撃中の機動部隊を攻撃したことがある。

一機艦は、敵の奇襲を警戒しつつ進撃したが、七月一〇日のうちは何事も起こらず、この日――七月一一日、マリアナ諸島の東方海上に布陣したのだ。

南シナ海海戦、ウェーク沖海戦で、敵に先手を取られた失敗を考慮し、一機艦は夜明け前から多数の偵察機を放った。

一機艦だけではない。

トラックの一一航艦、一二航艦も、マリアナ方面に多数の索敵機を出撃させた。

これが奏功《そうこう》し、六時一四分には「敵艦隊見ユ」の第一報が入電した。

位置はナフタン岬よりの方位五五度、一五〇浬。

第一部隊からの距離は約二〇〇浬だ。

報告電によれば、敵は空母四隻を擁しており、マリアナを攻撃した敵機動部隊の一群と推定される。

「大鳳」の司令部は、第一、第二、第三各部隊に「攻撃隊発進セヨ」の命令電を発したが、一機艦もさほど時間が経たぬうちに、敵に発見された。

六時二三分、第三部隊の上空に敵の索敵機が現れ、報告電とおぼしき通信波を放ったのだ。

一機艦と敵機動部隊は、互いの位置を知ったことになる。

「大雪」の砲術長としては、空母を守ることを第一に考え、敵機の来襲に備えるだけだ。

「英国製の巡戦ではなく、『大和』か『武蔵』、せめて『長門』か『陸奥』に配属して欲しかった」

「大雪」に配属された直後は、そんな不満を抱いたこともあったが、今は、雑念は頭にない。

まずは、目の前の仕事を片付けることだ。

海軍時計の針が八時に近づいたとき、沢が緊張した声で報せて来た。

「艦長より砲術。電探が敵機を捉えた。すぐに来るぞ！」

「了解！」

桂木は、ごく短く返答した。

第一次攻撃隊は六時二〇分に、続く第二次攻撃隊は七時一五分に、それぞれ発進を終えている。

攻撃隊として準備された艦戦、艦爆、艦攻は、全て敵艦隊に向かっているのだ。

死線をくぐり抜ける搭乗員たちのためにも、空母を守り通さねばならない。

「頼むぜ、助《すけ》っ人《と》」

桂木は、口中で「大雪」に呼びかけた。

艦外では、慌ただしい動きが始まっている。

第一部隊に所属する第五航空戦隊の小型空母「瑞《ずい》鳳《ほう》」「龍鳳《りゅうほう》」が風上に向かって突進し、直衛用の零戦を次々と発艦させる。

直衛に上がった零戦の数は五四機。五航戦の全力だ。かなりの数ではあるが、今回の作戦では、日本側が劣勢だ。

敵機の完全な阻止は難しい。防空艦の役割は、過去二度の海空戦以上に重要になる。

「右二〇度、敵機。機数一〇〇機以上。高度三五《サンゴ》（三五〇〇メートル）！」

八時一四分、村沢測的長が報告を上げた。

桂木は、右前方に双眼鏡を向けた。

三〇機前後と思われる編隊が四隊だ。

うち一隊の周囲では、黒い小さな影がめまぐるしく飛び回っている。直衛の零戦隊が、既に戦闘を開始したのだろう。

「射撃指揮所より四分隊。『赤城』を援護する。射法は交互撃ち方。引きつけてから撃つ」

「射撃指揮所より五分隊。目標、右方より侵入を図る雷撃機」

桂木は、左舷側の高角砲を担当する第四分隊と、右舷側の高角砲を担当する第五分隊に指示を送った。

「大雪」は四〇口径一二・七センチ連装高角砲一四基を装備しており、高角砲の数では帝国海軍の軍艦中最多を誇る。

このため、高角砲分隊を二隊に分け、左舷側を第四分隊が、右舷側を第五分隊が、それぞれ担当するものと定められたのだ。

左舷側一四門の高角砲が大仰角をかけ、輪型陣の内側に布陣する「赤城」の頭上に狙いを定める。

敵は編隊を崩すことなく、第一部隊の右前方から接近して来る。

第一部隊には、「大雪」を除いて戦艦は配属されていないため、三式弾《さんしきだん》による迎撃はない。全艦が高角砲を目一杯《めいっぱい》上向け、時を待っている。

最初に発砲したのは、輪型陣の先頭に位置する第一〇戦隊旗艦「能代《のしろ》」だった。

艦の頭上に褐色の砲煙が立ち上り、若干の間を置いて、敵編隊の直中《ただなか》に爆炎が湧き出した。

二機が火を噴き、黒煙を引きずりながら高度を落とす。

「能代」は、砲撃を連続する。

「古鷹」や「青葉」と同じく、長一〇センチ連装砲六基を装備した防空巡洋艦だ。交互撃ち方を用い、二秒置きに一〇センチ砲弾を放っている。

輪型陣の外郭を固める護衛艦艇も、次々と対空射撃を開始した。

第一〇戦隊の駆逐艦一三隻が、一二・七センチ砲、長一〇センチ砲を矢継《やつ》ぎ早《ばや》に放ち、第四、第八戦隊の重巡「鳥海《ちょうかい》」「摩耶《まや》」「利根」「筑摩《ちくま》」も、順次砲門を開く。

輪型陣の内側に位置する空母も、右前方に指向可能な高角砲を放っている。

「大雪」は、すぐには砲門を開かない。

輪型陣の左方で、「加賀」を援護する位置にある防巡「大淀」も同じだ。

遠距離から撃っても、命中は望めないことを、桂木も、「大淀」の砲術長もよく知っていた。

「五分隊より射撃指揮所。敵は戦爆連合。雷撃機は確認できず」

「了解。引き続き警戒せよ」

第五分隊長桑田憲吾《くわたけんご》大尉の報告に、桂木は即答した。

敵は第一次攻撃隊を、戦闘機と急降下爆撃機のみで編成したようだ。

空母の飛行甲板を潰し、使用不能に陥れた上で、雷撃機を送り込み、止《とど》めを刺すつもりであろう。

上空では、敵編隊が散開している。第一部隊の頭上を、覆い尽くさんとするような動きだ。

五隻の空母を、一度に仕留めようと考えてのことかもしれない。

「発令所より射撃指揮所。測的よし！」

「左舷高角砲、射撃準備よし！」

二つの報告が上げられたが、桂木はまだ命令を出さない。

双眼鏡を「赤城」の前方上空に向け、敵機の動きを睨む。

ざっと見ただけでも、二〇機前後が「赤城」を狙っている。

「赤城」と敵機の距離が、更に縮まった。

「撃ち方始め！」

頃合《ころあ》いよしと判断し、桂木は大音声《だいおんじょう》で命じた。

直後、左舷側に砲声が轟いた。

一二・七センチ連装高角砲七基のうち、一番砲七門が火を噴いたのだ。

砲声は強烈だが、発射の反動はさほどでもない。

全長二四二・一メートル、最大幅二七・四メートル、基準排水量三万二〇〇〇トンの巨体だ。小口径砲七門の反動程度では、小揺《こゆ》るぎもしない。

二秒ほどが経過したとき、第二射の砲声が轟く。

二番砲七門による第二射だ。

一二・七センチ高角砲の発射速度は毎分一四発。次弾発射までの時間は、約四・三秒。交互撃ち方の場合は、二・一秒から二・二秒置きの発射となる。

長一〇センチ砲とほぼ同等の速射性能を持つ高角砲が、高みから迫る敵機を目がけ、連続して砲火を浴びせる。

敵機が一斉に機体を翻《ひるがえ》すのと、「大雪」の第一射弾炸裂が、ほとんど同時だった。

「赤城」の前方上空に、複数の爆発光が閃き、敵二機が火を噴いてよろめいた。

第二射弾、第三射弾、第四射弾が続けて炸裂するが、敵機は既にその高度にはいない。一二・七センチ砲弾は、弾片だけを空《むな》しく撒《ま》き散らす。

敵機は猛禽の群れのように、「赤城」へと降下してゆく。

その正面に、あるいは周囲に、爆発光が閃き、黒い爆煙が湧き出す。

敵機の降下に合わせ、仰角を下げた一二・七センチ砲が射弾を浴びせているのだ。

一機が至近弾を受けたのだろう、見えざる手でなぎ払われるように煽《あお》られ、煙を吹き出しながらよろめく。

別の一機がコクピットに弾片を喰らったのか、大きくよろめいて投弾コースから外れる。

三機目が、「赤城」の射弾を正面から喰らったのか、機首を撃砕される。

エンジンを破壊された敵機は、一瞬で炎の塊と変わり、無数の破片を散らしながら墜落する。

墜としたのは、四機だけだ。七割以上の機体が、火を噴くことも、投弾コースから逸《そ》れることもなく、「赤城」に向かってゆく。

「四分隊、砲身をもっと下げろ。敵機の降下速度は、こっちの計算より上だ！」

桂木は、第四分隊長永江《ながえ》操《みさお》大尉に命じた。

「大雪」の左舷側高角砲は、なおも砲撃を続ける。

一二・七センチ砲弾が、敵機の面前《めんぜん》や周囲で炸裂し、二機が続けざまに火を噴く。

直後、「赤城」が艦首を右に振った。

「赤城」艦長藤吉直四郎《ふじよしなおしろう》大佐は、対空射撃だけでは敵機を防ぎ切れぬと判断し、回避運動に入ったのだ。

敵機が「赤城」の動きに合わせ、降下角を深める。

「大雪」の高角砲が一層激しく吼《ほ》え猛り、敵機に一二・七センチ砲弾の猛射を浴びせる。

「大雪」だけではない。

前方に位置する第三一駆逐隊の「玉波《たまなみ》」「涼波《すずなみ》」も、後方に布陣する第四戦隊の重巡「摩耶」も、「赤城」の頭上に一二・七センチ砲弾の傘《かさ》を差し掛ける。

「赤城」の頭上に、マグネシウムを焚《た》いたような閃光が走った。至近弾を受けた一機が砕け散ったのだ。

敵機の姿は一瞬で消失し、無数の破片が「赤城」の頭上から降り注ぐ。

対空砲火による戦果は、そこまでだった。

敵機が一斉に機首を引き起こし、離脱にかかった。

数秒後、多数の水柱《みずばしら》が奔騰《ほんとう》し、急速転回する「赤城」の姿が隠れた。

一見、轟沈と見紛うような光景だが、「赤城」は三万六五〇〇トンの基準排水量を持つ巨艦だ。多数の魚雷がいちどきに命中したのであればともかく、爆弾数発の直撃で轟沈することはない。

離脱した敵機のうち、三機が「大雪」に向かって来る。

対空砲火で、何機もの急降下爆撃機を墜とした巡戦に、報復の射弾を浴びせるつもりかもしれない。

桂木が命令するよりも早く、左舷側から多数の火箭がほとばしる。

三八センチ連装砲塔の天蓋からも、射弾が飛ぶ。「大雪」が装備する二五ミリ三連装機銃六基、同単装機銃八〇基のうち、半数が火を噴いたのだ。

敵一機に複数の火箭が集中し、一瞬で砕け散る。

残る二機は、機首に発射炎を閃かせながら、前甲板の真上を通過する。

シャチホコのように、尾部が反り上がった機体だ。司令部からの情報にあった米軍の新型急降下爆撃機カーチスSB2C〝ヘルダイバー〟であろう。

敵機が飛び去ったときには水柱が崩れ、「赤城」が姿を現している。

飛行甲板の前部と中央部から、黒煙が噴出している様が見て取れた。

「畜生《ちくしょう》！」

桂木は、思わず罵声《ばせい》を漏らした。

「大雪」は、「赤城」を守り切れなかった。空母の護衛に失敗したのだ。

「『加賀』被弾。火災が発生しています！」

村沢測的長が報告を上げた。

桂木は、双眼鏡の向きを転じた。

もう一隻、どす黒い火災煙を上げている空母が視界に入って来る。

村沢が報告した通り、「加賀」もまた直撃弾を受けたのだ。

黒煙の量から見て、「赤城」よりも被害が大きいようだ。多数の爆弾が直撃したのか、あるいは航空燃料に引火したのか。

「『大淀』も駄目だったか」

桂木は、失望の声を漏らした。

「加賀」には、昨年六月に竣工した新型防巡の「大淀」が護衛に付いている。

新兵器である五五口径一二・七センチ連装高角砲六基、同単装高角砲六基を装備し、「帝国海軍の軍艦中、最も強力な対空火力を持つ」と評価されている艦だ。

その「大淀」が付いていても、「加賀」を守り切れなかったのか。

「新たな敵一〇機以上。左一五度、高度三〇《サンマル》！」

「まだいやがったか！」

村沢の報告を受け、桂木は叫んだ。

「赤城」の被弾は、空襲の終わりではない。敵機は、まだ残っていたのだ。

「四分隊、まだ撃つな」

永江第四分隊長に、桂木は指示を送った。

空襲となれば、一秒でも早く撃たねば、との衝動に駆られるが、遠距離からの射撃は命中率が悪い。焦りは禁物だ。

「大雪」は、しばし沈黙する。前後に位置する駆逐艦や重巡も、「大雪」に倣ったのか、すぐには砲撃を開始しない。

敵機は、「赤城」に接近して来る。

「撃ち方始め！」

頃合いよしと見て、桂木は下令した。

左舷側七基の一二・七センチ連装高角砲が、交互撃ち方による対空射撃を開始した。

二・二秒置きに砲声が轟き、七発ずつの一二・七センチ砲弾を撃ち上げる。

敵機が一斉に機体を翻すと同時に、上空に爆発光が走り、一機が火を噴く。

「大雪」の前後でも発射炎が閃く。「玉波」「涼波」「摩耶」が、「大雪」の射撃を見て、砲撃を再開したのだ。

敵機の降下に合わせ、「大雪」の高角砲が砲身を下げる。

「赤城」の頭上に次々と爆炎が湧き出し、被弾した敵機がよろめく。片方の主翼をもぎ取られ、錐揉《きりも》み状に回転しながら墜落する機体や、至近弾を受けて微塵《みじん》に砕ける機体もある。

飛散する一二・七センチ砲弾の鋭い弾片が、「赤城」の頭上に網を形成し、降下する敵機を絡《から》め取ってゆく。

五機までを墜としたところで、敵機が一斉に機首を引き起こした。

急降下から上昇に転じ、「赤城」の頭上から離脱した。

再び「赤城」の周囲を、弾着の水柱が囲む。

それが崩れたとき、「赤城」の速力は大幅に低下しており、火災煙はこれまでよりも一層激しくなっている。

「やられたか……！」

桂木の口から、無念の呻きが漏れた。

敵機は一〇〇〇メートル前後の高度で投弾し、離脱にかかったため、被弾は一発だけに留まった。

だが、投弾高度が高ければ弾着時の運動エネルギーは大きくなり、装甲貫徹《かんてつ》力も上がる。

敵弾は、「赤城」の艦内奥深くに食い入って炸裂したのだ。

速力が低下しているところから見て、機関部を損傷したのかもしれない。

「赤城」の被弾を最後に、空襲は一旦終息《しゅうそく》した。

頭上を圧する爆音も、高角砲の砲声も止んでいる。

「砲術より艦長。『赤城』を守り切れず、申し訳ありません」

「貴官の責任ではない。あの数は、防ぎ切れない」

受話器の向こうから、沢正雄艦長の疲れたような声が届いた。

「『赤城』『加賀』は発着不能となったが、『大鳳』『瑞鳳』『龍鳳』は無事だ。敵は、『赤城』と『加賀』に的を絞っていたようだ」

「赤城」「加賀」は、機動部隊の中では最も有力な空母であり、南シナ海海戦、ウェーク沖海戦で勝利の立役者となっている。

米軍から見れば、賞金首《しょうきんくび》のような存在だったかもしれない。

「第二、第三部隊はどうです？」

気になっていたことを、桂木は聞いた。

第二部隊には六戦隊の「青葉」「加古」が、第三部隊には同じく「古鷹」「衣笠」がそれぞれ配属され、空母の護衛に就いている。

特に「古鷹」は、「大雪」配属前に自分が砲術長を務めていた艦だ。

「空襲を受けたようだが、被害状況報告は届いていない。それよりも、空襲第二波に備えることだ。次は『大鳳』が標的になる」

沢の言葉を受け、力を込めて桂木は応えた。

「小沢長官の旗艦です。万難《ばんなん》を排して、守って御覧に入れます」

4

同じ頃、サイパン島の東方海上では、敵艦隊を指して北上中の第一次攻撃隊が、敵の直衛機による激しい攻撃にさらされていた。

「最悪だな」

第一次攻撃隊二六一機の総指揮を執る第六〇一航空隊飛行隊長市原辰雄《いちはらたつお》少佐は、思わず舌打《したう》ちした。

攻撃隊は、まだ敵艦隊を発見していない。

航法に間違いがなければあと四〇浬、一五分ほどで目標上空に到達できるはずだが、空母はおろか、警戒用の駆逐艦すら視界に入って来ない。

にも関わらず、攻撃隊は敵戦闘機、それも零戦すら苦戦させるグラマンF6F〝ヘルキャット〟多数の迎撃を受けたのだ。

攻撃隊は、敵機の銃火にさらされながら敵艦隊を探すという、至難な進撃を強いられる。

編隊の前方では、空中戦が始まっている。

零戦は、剣の達人《たつじん》が突きをかわすように、右に、左にと旋回し、F6Fの射弾を回避にかかる。

得意の小回り転回を活かし、F6Fの背後に回り込む機体、F6Fを首尾《しゅび》良く旋回格闘戦に引き込む機体もある。

だがF6Fは、太くごつい外見に似合わず、動きが速い。

零戦の動きを嘲笑《あざわら》うかのように、猛速で距離を詰め、一二・七ミリ弾の火箭を放つ。

零戦に背後を取られたF6Fは、機体を翻して急降下に転じるか、エンジン・スロットルをフルに開いて、零戦の射弾に空《くう》を切らせる。

市原が見ている前で、四機もの零戦が火を噴き、次々と空中から姿を消した。

二機は機首から白煙を引きずり、一機は片方の主翼をもぎ取られ、一機は二〇ミリ弾倉が誘爆を起こしたのか、粉微塵になっている。

僚機の被弾、墜落を見ても、零戦はひるまない。

右旋回、左旋回を繰り返し、F6Fの牽制《けんせい》を試みる。

一〇機前後のF6Fが、零戦を振り切った。

六〇一空の天山二七機、彗星一八機の正面から突進して来た。

天山は、開戦時の主力だった九七艦攻と同じく、機首の固定機銃を持たない。正面から襲って来る敵機は、機体を振ってかわす以外にない。

F6Fが距離を詰めて来る。

F4Fもごつい外見を持つ機体だったが、F6Fはそれ以上だ。太い機首、高速で回転する大直径のプロペラ、中翼配置の直線翼には、羆《ひぐま》さながらの凄みがある。

市原は、咄嗟《とっさ》に操縦桿を左右に倒した。

胴体下に航空魚雷を抱いている天山の機体が、左に、次いで右に大きく振れた。

青白い曳痕の奔流が、右の翼端をかすめた直後、F6Fの太い機体が、市原の頭上を通過する。

後席からは、機銃の連射音が届く。

開戦以来、一貫して市原と組んでいる電信員の宗形義秋《むなかたよしあき》上等飛行兵曹が、七・七ミリ旋回機銃を放ったのだ。

戦果を確認している余裕はない。二番機以降のF6Fが、正面から突っ込んで来る。

市原は、なおも操縦桿を不規則に振り、F6Fの射弾をかわす。

「山崎《やまさき》機被弾！　小島《こじま》機被弾！」

偵察員席の磯野貞治《いそのさだはる》少尉が報告を上げる。

F6Fは、後方から食い下がって来る。

編隊後方の天山は、懸命《けんめい》に七・七ミリ旋回機銃を発射するが、F6Fにはほとんど通用しない。

「灰田《はいだ》機被弾！　三浦《みうら》機被弾！」

磯野が、被害状況を報告する。

天山が一機被弾する度、編隊の後方に火焔が躍り、風防ガラスが炎を反射して赤く光る。

速力、航続性能とも九七艦攻を大きく凌ぎ、海軍航空隊の新たな主力の座に就いた新鋭艦攻は、性能を発揮する機会も与えられず、次々とサイパン沖の海面に姿を消してゆく。

通算七機目の天山が墜とされたところで、正面から三機が接近して来た。

市原は思わず身構えたが、F6Fではなく、零戦

日本海軍「天山」一二型

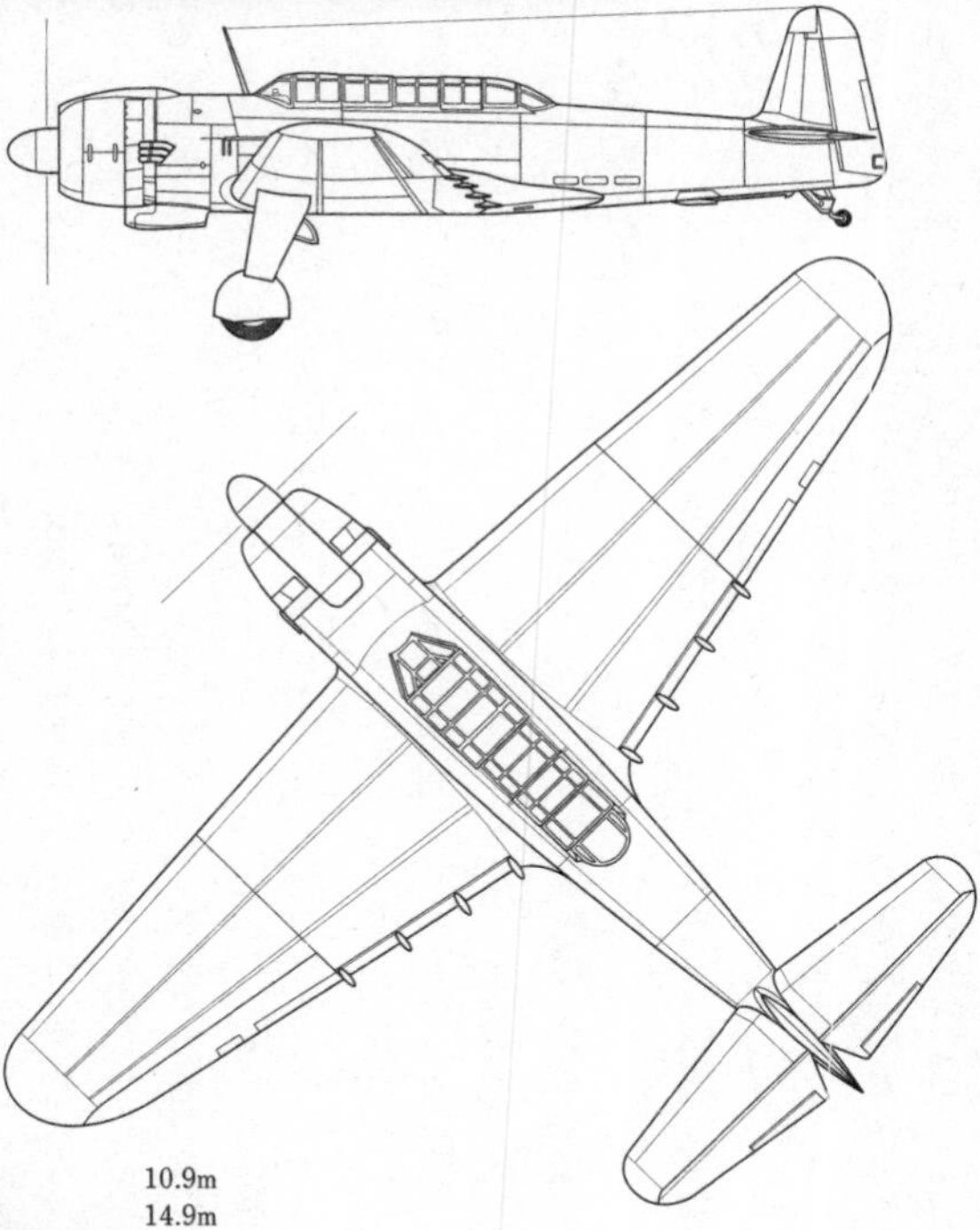

全長	10.9m
翼幅	14.9m
全備重量	5,200kg
発動機	「火星」二五型　1,850馬力
最大速度	481km/時
兵装	7.7mm機銃×1丁（後上方旋回）／7.7mm機銃×1丁（後下方旋回） 爆弾 800kg（最大）もしくは 九一式航空魚雷×1
乗員数	3名

九七式艦攻の後継として開発された新型艦攻。当初、中島飛行機が開発中の新型発動機（仮称「護」）を搭載する予定で、胴体直径もそれに合わせて太くなっている。「護」の開発が難航したため、実績のある「火星」発動機を採用することになったが、それもこの太い胴体あってのことである。

九七式艦攻よりも100キロ以上優速なうえ、運動性能も高いことから、敵の迎撃をかいくぐっての肉迫雷撃に向いた機体と評価されている。

であることはすぐに判明した。

零戦三機は速力を緩めず、市原の頭上を通過する。

中島「栄」二一型エンジンは、F6Fが装備するエンジンよりも非力《ひりき》だが、今はその爆音が、この上なく頼もしく聞こえる。

「零戦、グラマンを牽制します！」

「六〇一空、本機を含めて天山二〇機、彗星一八機が健在です」

宗形が歓声混じりの報告を上げ、次いで磯野が落ち着いた声で報告した。

「他の部隊はどうだ？」

市原は磯野に聞いた。

市原の役目は、第一次攻撃隊の総指揮官だ。

自隊だけではなく、第二部隊から出撃した第六〇二、六〇三両航空隊、第三部隊から出撃した第六五一航空隊を、敵の上空に誘導しなければならない。

指揮する機体の数は、幻《まぼろし》の作戦となった真珠湾攻撃の総指揮官淵田美津雄《ふちだみつお》中佐より多い。

「六〇二空、六〇三空、三割程度をやられたようです。六五一空は、全機が健在です」

磯野が報告した。

(敵に取り付く前に、三割もやられたか)

市原は、天山を操りながら唇を嚙《か》んだ。

いや、F6Fに襲われて損害が三割なら幸運な方か、と思い直した。

第一次攻撃隊二六一機のうち、零戦は一三二機を占めている。彗星、天山一機に、零戦一機ずつが付き、なお余力を残す数だ。

「艦爆、艦攻の数を増やしても、投弾、投雷の前に撃墜されたのでは、いたずらに損害を増やすだけに終わる。艦爆、艦攻の数を減らし、零戦を増やした方が、敵の直衛に墜とされる機体が減り、より攻撃力が高まる」

零戦の配備数を増やした裏には、このような考え方があった。

その措置は、どうやら奏功したように見える。

　Ｆ６Ｆは、総合性能で零戦を大きく凌駕する機体だが、零戦は数の力によってＦ６Ｆを牽制し、彗星、天山の被害を三割程度に抑えたのだ。

「隊長、敵艦隊です。左二〇度！」

　磯野が、興奮した声で報告を上げた。

　市原は、左前方の海面を見た。

　何条もの航跡が、視界に入って来た。

　平べったい甲板を持つ大型艦が四隻、箱形の陣形を組み、その周囲を巡洋艦、駆逐艦が固めている。

「全機に発信。『敵発見。突撃隊形作レ』『六〇一空目標、一番艦。六〇二空目標、二番艦。六〇三空目標、三番艦。六五一空目標、四番艦』」

　市原は宗形に、二通の電文を送信するよう命じた。

　第一次攻撃隊が発進した時点で、索敵機は敵機動部隊二群を発見しており、司令部は「甲」「乙」の呼称を与えていた。

　一機艦司令部から第一次攻撃隊に送られた命令は、「攻撃目標『甲』」だ。

「甲」「乙」の両方を叩こうとすれば、戦力を分散することになり、中途半端な戦果しか上げられないかもしれない。

　全攻撃隊を一群に集中することで、「甲」が擁する四隻の空母を、確実に撃沈しようというのが、司令部の方針であろう。

　各航空隊の天山が、彗星と分かれ、敵艦隊の左右に回り込む。

　彗星は、各中隊毎に斜《なな》め単横陣《たんおうじん》を形成し、敵艦隊の前方へと移動する。

　敵の対空火器は沈黙している。

　六戦隊の防巡では、「敵機は引きつけてから撃つ」を徹底していると聞くが、米軍の巡洋艦、駆逐艦も、同じ方針を採っているのかもしれない。

「全機宛発信。『全軍突撃セヨ』」

　海面すれすれの低空に舞い降りたところで、市原は宗形に打電を命じた。

　同時にエンジン・スロットルを開き、突撃を開始した。

三菱「火星」二五型エンジンが力強い咆哮を上げ、天山の機体をぐいぐいと引っ張る。

一式陸攻にも使用されている大馬力のエンジンだ。離昇出力は、九七艦攻が装備していた中島「栄」一一型の倍近い。エンジン直径が大きいため、頭でっかちの感はあるが、力強さは「栄」とは比較にならない。

前方に、多数の発射炎が閃いた。

数秒後、周囲で続けざまに爆発が起こり、左右から押し寄せる爆風が、天山を激しく揺さぶった。

「……！」

市原は、声にならない叫びを上げた。

対空砲火の激しさは、これまでの倍以上だ。弾量が多く、正確さでも上回る。

F6Fとやり合った方が、まだ生き延びられるのではないかと思うほどだ。

市原は、操縦桿を前方に押し込んだ。

海面が迫り、風に砕かれる波頭や、弾片落下による飛沫《しぶき》までが、はっきりと見て取れた。

「鈴木《すずき》機被弾！　中原《なかはら》機被弾！」

磯野が、新たな報告を上げる。

鈴木機は、鈴木行徳《ゆきのり》上等飛行兵曹を機長とするベテラン揃いの機体、中原機は若年搭乗員を中心とした機体だ。

凄まじい弾幕射撃にかかっては、ベテランも若手も区別はない。死は、平等に襲って来る。

「後続機に合図しろ。高度を落とせ、と。海面に貼り付くんだ！」

「若年搭乗員《ジャク》には無理です！」

市原の命令に、磯野が応えた。

長引く戦争での消耗や、部隊の増員に伴い、どこの航空隊でも若年搭乗員が増えている。

六〇一空でも搭乗員の半数は、今回の戦いが初陣《ういじん》だ。

「無理は承知だ。低空飛行の方が、少しでも生き延びられる可能性がある！」

市原は怒鳴り返した。

その間にも、天山は輪型陣の外郭に迫る。

両用砲弾に加えて、機銃弾の青白い曳痕が殺到して来る。一つ一つが、握り拳のように大きい。一発でも命中すれば、防御力の乏しい天山は、一瞬でばらばらになる。

「下田《しもだ》機被弾！」

磯野が、新たな被害を報告する。機銃弾にやられたようだ。

「死神《しにがみ》の拳だな」

口中で、市原は呟いた。

西洋の死神は大鎌《おおがま》を振るうと聞いていたが、実際には青白い拳で殴り殺しに来るのか。

市原は、正面を見据えた。

一隻の駆逐艦が、市原機の前方に割り込んで来る。艦をぶつけてでも止めようとするかのようだ。

「我が身に替えても、空母には行き着かせぬ」

そんな意志が伝わって来るような気がした。

市原は、針路を僅かに変更した。艦首をかすめるようにして、輪型陣の内側に突入した。

白く泡立つ海面が、一瞬視界に入るが、すぐに死角へと消える。

これまでは、前方からのみ飛んで来た敵弾が、今度は前後から飛んで来る。

護衛艦艇が後方から、空母が前方から、それぞれ対空射撃を浴びせて来るのだ。

「天山は視界内に六機。後は、敵弾に遮《さえぎ》られて確認できません！」

「了解！」

磯野の報告を受け、市原はなおも突進を続けた。本機を合わせ、七機あれば充分だ。最低一本、できれば二本を下腹にぶち込んでやる。

前方では、敵空母が舷側《げんそく》一杯に発射炎を閃かせながら、急速転回を行っている。

無数の青白い曳痕を、周囲の海面にぶち撒けているような動きだ。

「おや……?」

市原は、違和感を覚えた。

自分が肉薄せんとしているのは、紛れもない空母だ。平べったい甲板も、申し訳程度の小さな艦橋も、空母のものに間違いない。

にも関わらず、目の前の艦は何かが違う。

レキシントン級やヨークタウン級と比較して、艦の形状以外に、大きく異なるものを感じるのだ。

「しまった!」

市原は、違和感の正体に気づいた。

六〇一空の目標に定めた艦は、過去に戦った敵空母よりも小さい。

全長も、全幅も、更には艦橋構造物の大きさも、レキシントン級、ヨークタウン級のそれに及ばない。

二万トン級の正規空母ではなく、一万トン級——帝国海軍の祥鳳《しょうほう》型や千歳《ちとせ》型と同程度の小型空母だ。

F6Fと対空砲火に、何人もの部下を殺され、ようやく取り付いた目標は、南シナ海やウェーク沖で仕留めた空母には遠く及ばぬ小物だったのだ。

高度三〇〇〇メートル上空からでは、空母と他艦種の区別は付けられても、正規空母と小型空母の区別は付けにくい。

一番艦の位置にあるのは、正規空母に違いないとの先入観もあった。

市原は総指揮官の身でありながら、艦種誤認の失態を犯したのだ。

「小型艦でも、空母は空母だ!」

市原は気を取り直し、自身に気合いを入れた。

目標を変更する余裕はない。このまま、魚雷を叩き込むだけだ。

市原の天山は、なおも突き進む。

左右には、六〇一空の天山——「大鳳」と「赤城」から出撃した機体が展開している。

縦横に飛び交う敵弾と、海面の間の狭い通路を、胴体下に八〇〇キロの航空魚雷を抱いた新型艦攻が突き進む。

前方で爆発が起こり、対空砲火が弱まった。

顔を上げた市原の目に、機首の尖った機体が離脱してゆく様が見えた。

「しめた！」

同じ六〇一空の艦爆隊――「加賀」から出撃した新鋭艦爆「彗星」だ。

天山隊と呼吸を合わせて突撃し、一足先に投弾したのだ。

彗星の搭載爆弾は五〇番（五〇〇キロ爆弾）。九九艦爆が使用する二五番（二五〇キロ爆弾）の、倍の破壊力を持つ。

その爆弾をまともに喰らった敵空母は、飛行甲板から炎と黒煙を吹き上げ、のたうっている。

ともすれば、たちこめる火災煙に遮られ、目標を見失いそうになるが、市原はぎりぎりまで発射を待った。

敵空母の姿が大きく膨《ふく》れ上がり、照準器の白い環の外に艦首と艦尾がはみ出したところで、

「てっ！」

の叫びと共に、投下レバーを引いた。

操縦桿を心持ち前方に押し込み、機首を下げる。

重量八〇〇キロの航空魚雷を投下すれば、機体は反動で上昇する。その時間を最小限に留め、被弾確率を下げるのだ。

なおも海面に貼り付かんばかりの低高度を、市原機は飛び続けた。

「水柱一本……二本……三本確認！」

宗形の報告が届いた直後、市原機は輪型陣の外に飛び出した。

まだ、高度は上げられない。

後方からは敵弾が追いすがって来るし、F6Fも艦爆、艦攻を狙っている。

一昨年までの、日本が優勢だった頃とは違うのだ。

安全な空域に脱したと確信するまで、気を抜くことはできない。

「戦果はどうだ？　何隻やった？」

「火災煙は四箇所に確認できます。空母四隻を撃沈破したことは間違いありません」

「よし！」

　磯野の報告に、市原は満足の声を上げた。

　正規空母と小型空母を誤認するという失敗はあったものの、敵「甲」部隊の空母は全て叩いたのだ。

　犠牲に見合うだけの戦果は上げたと確信した。

　ほどなく、市原機から「大鳳」の司令部に報告電が飛んだ。

「我、敵『甲』部隊ヲ攻撃ス。敵空母四隻ノ撃破ヲ確認ス。敵戦闘機ノ迎撃熾烈《シレツ》。対空砲火極メテ盛。今ヨリ帰投ス。〇八三六《マルハチサンロク》（現地時間九時三六分）」

5

「狙い通りだな」

　小沢治三郎第一機動艦隊司令長官は、幕僚たちの顔を見渡して言った。

　旗艦「大鳳」の通信室には、この一〇分前、第一次攻撃隊総指揮官からの報告電が入電している。

　敵の一群——日本側の呼称「甲」を叩き、空母四隻を撃破したのは、一機艦司令部が目論んでいた通りの戦果だ。

　もっとも、小沢の顔に喜びはない。

　敵の第二群「乙」に対する攻撃は、これからだ。道はまだ半ばだ、と小沢は考えていた。

「第一次攻撃隊だけで、『甲』『乙』両方を叩けたのではありませんか？」

　不満を漏らした大前敏一首席参謀に、加来止男参謀長が、たしなめるような口調で言った。

「敵は大軍だ。発見された空母の数は、合計で一四隻。数だけなら、開戦時の第一航空艦隊の倍以上だ。数の多さは、攻撃力だけではなく、防御力の高さにも直結する」

　一機艦の索敵機は、現在までに、敵機動部隊が四群に分かれ、互いに三〇浬から五〇浬の距離を置いて、サイパン島の東方から東北東海上に展開していることを突き止めている。

司令部が定めた呼称「甲」「乙」は空母四隻、「丙」「丁」は空母三隻を、それぞれ中核兵力としている。

一万トン級の小型空母が半数程度と考えられるため、開戦時の第一航空艦隊と単純に比較はできないが、米軍の空母は搭載機数が多いことを考えれば、艦上機の総数が旧一航艦の倍以上に達することは間違いない。

第一次攻撃隊に「甲」「乙」両方を叩かせようとしていたら、虻蜂《あぶはち》取らずの結果に終わっただろう、と加来は述べた。

「一四隻もある敵空母の全てを撃沈できるとは、私は考えていない。私が望んでいるのは、敵空母の半数を撃沈ないし戦闘不能に追い込むことだ。航空兵力が半減すれば、敵もマリアナ攻略を断念し、引き上げるだろう」

小沢は、あらたまった口調で言った。

「報告電を見ますと、戦闘機、対空砲火の迎撃は、かなり激しいようですな」

顔を曇《くも》らせた加来に、航空甲参謀天谷孝久《あまがいたかひさ》中佐が言った。

「電探の存在が非常に大きいと考えられます。四月にクェゼリンが攻撃を受けたとき、トラックの基地航空隊が救援に向かいましたが、クェゼリンの手前で敵戦闘機の迎撃を受け、撃退されています。ラバウル方面の航空戦でも、我が軍がソロモン諸島の敵飛行場攻撃に向かったとき、目的地の手前で迎撃を受けることが多かったとの報告が届いています。米軍は、我が軍攻撃隊の接近を探知し、事前に戦闘機を上げて、待ち構えていたと考えられます」

「電探か」

ぼそりと、小沢は呟いた。

米軍が、既に電探を実用化していることは知っている。小沢が初めて機動部隊戦の指揮を執ったウェーク沖海戦でも、米軍は電探を使用して、攻撃隊の接近を事前に探知したものと考えられている。

あれから二年が経過した現在、米軍は、電探を活用した防空態勢を更に充実させていたのだ。

「やはり、トラックに依って戦うべきでした。一一航艦、一二航艦と協力できていれば……」

作戦参謀山本祐二《やまもとゆうじ》中佐の発言に、加来がかぶりを振った。

「言うな、作戦参謀。我々は、GFの指揮を受ける立場だ。命令不服従は許されぬ」

一昨日早朝、連合艦隊司令部より一機艦司令部に宛て、マリアナ東方海面への急行と、同方面に所在の敵機動部隊撃滅を命じる電文が届いたとき、参謀長以下の幕僚たちも、各戦隊の司令官も、反対意見を唱えた。

「敵機動部隊との決戦は、基地航空隊との協同作戦が前提だ。機動部隊単独で戦えば、各個撃破される危険がある」

「敵のマリアナ攻撃は、トラック総攻撃のための準備攻撃だ。トラックで待っていれば、敵は必ずやって来る」

「敵は、我が機動部隊を引っ張り出すための罠を仕掛けたのだ。それにかかってどうする」

といった声が、口々に上がった。

小沢も連合艦隊司令部に宛て、

「『マリアナ』空襲ハ陽動《ヨウドウ》ノ可能性大。御再考アラレタシ」

との意見具申を送ったが、返されたのは、

「『マリアナ』ハ帝国防衛ノ要《カナメ》ナリ。命令再考ノ要ナシ。第一機動艦隊ニハ重ネテ出撃ヲ命ズ」

との電文だった。

連合艦隊司令長官古賀峯一大将は、決して権威主義的な人物ではなく、小沢に対しては、

「戦場での駆け引きは全て任せる」

と言ってくれたこともある。

にも関わらず、今回はいつになく強硬だった。

（古賀長官は、マリアナが空襲を受けたことで浮き足立ってしまったのだろう）

古賀の頑なな態度の原因について、小沢はそのように推察している。

米軍の新型重爆撃機Ｂ29の存在により、マリアナ諸島の重要性は著しく増大した。

盟邦ドイツは、英本土を基地とした米英重爆撃機部隊の攻撃を繰り返し受け、首都ベルリンを始めとする多くの都市や工業地帯に甚大な被害を受けているが、マリアナ諸島が陥落すれば、日本本土にも同様の惨禍が襲いかかるのだ。

「マリアナ空襲さる」の報を受けた古賀は、東京や大阪《おおさか》や名古屋《なごや》が空襲を受け、焼け野原となる光景を思い浮かべ、冷静さを失ってしまったのかもしれない。

小沢としては、内地に飛んで、古賀と直談判《じかだんぱん》に及びたいところだったが、そのような時間もなかった。

一機艦は連合艦隊の命令に従い、トラックより抜錨《ばつびょう》して、マリアナ諸島の東方海上へと向かったのだ。

「機動部隊単独では、苦戦は必至です」

幕僚の中には、なおもそのように主張する者がいたが、小沢は、

「劣勢でも、先手を取れれば勝つ機会はある」

と言って、反対意見を抑えた。

海戦が始まった時点では、先手を取れたかに見えた。

索敵機が目標を発見したのは、日本側が先であり、攻撃隊は勇躍《ゆうやく》して飛び立った。

だが、第一次攻撃隊の発進後、一機艦も敵の索敵機に発見されるところとなり、先制攻撃の利は失われた。

日米両軍は、さほど時間差を置かずに攻撃隊を繰り出すこととなったのだ。

第一次攻撃の終了時点で、叩いた空母の数は、一四隻中の四隻。

全体の三分の一弱であり、目標の半分だ。

一方、日本側は、先の第一次空襲で「赤城」「加賀」が集中攻撃を受け、飛行甲板のみならず、機関部にまで被害が及んだ。

出し得る速力は、「赤城」が一八ノット、「加賀」が二〇ノットと報告されている。

ウェーク沖海戦では、敵の待ち伏せを受けながらも、危うく虎口を脱した「赤城」「加賀」だったが、今度は致命傷になりかねない損害を受けたのだ。

第二、第三部隊からも、被害状況報告が届いている。

第二部隊では「蒼龍」が飛行甲板に被弾した他、護衛の戦艦「比叡」、新型防巡の「阿賀野」、駆逐艦二隻が被弾損傷した。

第三部隊では空母「隼鷹《じゅんよう》」と戦艦「大和」「武蔵」が直撃弾を受けた。

「大和」「武蔵」の損害は軽微だったが、「隼鷹」は飛行甲板を損傷したとの報告が届いている。

空母については、米軍と同等の損害を受けたのだ。

いや、戦艦、巡洋艦、駆逐艦の被害を考慮すれば、米軍以上の損害を受けたといえる。

「このままでは、消耗戦になる」

小沢はそれを危惧していたが、今は艦隊の守りを固めつつ、第二次攻撃隊の報告を待つ以外にない。

小沢は声を励ました。

「攻撃は、双方ともに一度ずつ実施しただけだ。当面は、第二次攻撃隊の健闘を祈るとしよう」

6

第一機動艦隊は、第二次攻撃の成果を知るより先に、この日二度目の空襲を受けることになった。

「艦長より砲術。方位三五〇度、六〇浬に、敵らしき大編隊が探知された」

「あと二〇分、というところですね」

防巡「青葉」の砲術長月形謙作《つきがたけんさく》少佐は、艦長山澄忠三郎大佐の通知を受け、落ち着いた声で返答した。

「本艦の役割に変更はない。『翔鶴』を最優先で守る。残念だが、直衛機はあまりあてにできん」

「直衛機なしでも、『翔鶴』を守って御覧に入れますよ」

そう返答し、月形は受話器を置いた。

第二部隊には直衛専任の小型空母がいないため、第三部隊に所属する第五航空戦隊の「千歳」「千代《ちよ》田《だ》」から零戦一二機ずつ、合計二四機が応援に来ている。

その二四機も、第一次空襲で半数近くが失われ、現在は一三機が残るだけだ。

この機数では、敵機を阻止できるとは考え難い。

直衛機が弱体である分、防空艦が奮闘し、空母を守らねばならない。

「射撃指揮所より一分隊。『翔鶴』を全力で守る」

「射撃指揮所より二分隊。敵機は、本艦を狙って来る可能性がある。高角砲は空母の援護に集中するため、自艦の守りは二分隊が頼りだ」

第一分隊長菊池俊雄《きくちとしお》大尉と第二分隊長国松恭一《くにまつきょういち》大尉に指示を送る。

前甲板では、一、二、三番高角砲が左舷側に旋回し、細く長い砲身が大仰角をかける。

第三航空戦隊の正規空母「翔鶴」は、一機艦の空母の中では、「加賀」「瑞鶴」と共に、最も多くの艦上機を運用できる。

既に第一次攻撃で、「赤城」「加賀」「蒼龍」「隼鷹」が被弾した状態だ。

この上「翔鶴」が被弾し、沈まぬまでも飛行甲板が使用不能になれば、一機艦は大打撃を受ける。

「空母だけじゃないからな、本艦が守らにゃならんのは」

月形は、「翔鶴」に双眼鏡を向けた。

「翔鶴」は、有力な空母であると共に、第二部隊の指揮官山口多聞中将の旗艦なのだ。

山口は海軍航空界の至宝《しほう》と謳われ、将来の機動部隊長官は確実との評を受けている。

本来の麾下部隊である第三航空戦隊だけではなく、第二部隊全体の指揮を委ねられたところに、山口に対する海軍中央の期待をうかがわせる。

「翔鶴」を守り切れず、山口が戦死するような事態になれば、海軍は人材面で甚大な損害を受ける。

万難を排して「翔鶴」を守らねばならない。

「六戦隊の防巡に守られて、沈んだ空母はありません。被弾損傷はあっても、沈没した艦は皆無《かいむ》です。そのことは、砲術長も御存知でしょう？」

「新米砲術長を力づけてくれて、礼を言うよ」

掌砲長《しょうほうちょう》千田類《せんだるい》少尉の言葉を受け、月形は応えた。

月形は開戦以来、一貫して「青葉」の第一分隊長を務めていたが、先代の砲術長岬恵介《みさきけいすけ》少佐が新鋭防巡「大淀」の砲術長に異動した後、「青葉」の砲術長に任じられた。

高角砲を担当する第一分隊の士官、下士官、兵とは気心《きごころ》が知れており、分身のような存在だ。

先の第一次空襲では、「青葉」に活躍の機会は少なかった。

敵機は隊列の左方に位置する「瑞鶴」と「蒼龍」に攻撃を集中したため、援護は六戦隊の僚艦「加古」を始めとする各艦に任せることとなったのだ。

「加古」は「瑞鶴」の頭上に長一〇センチ砲弾の傘を差し掛け、「瑞鶴」もまた、見事な回避運動を行って、敵弾全てをかわした。

「蒼龍」と護衛艦艇四隻が被弾したが、致命傷を受けた艦はない。

「青葉」が「加古」の戦いぶりに倣えば、「翔鶴」を守り切ることは可能なはずだ。

「さあ来い、米軍」

月形は「翔鶴」の前方上空に双眼鏡を向け、迫りつつある敵機に、その言葉を投げかけた。

「少ないな」

第五八・二《TG58・2》任務群の第二次攻撃隊総指揮官マーチ

ン・ベルナップ少佐は、敵艦隊の上空で待機している直衛のジークを見て首を傾《かし》げた。

先に、敵の第二群を攻撃したTG58・2の第一次攻撃隊は、

「ジーク、二〇機以上」

と報告していた。

第二次攻撃でも、ほぼ同数のジークが迎撃に上がって来るものと、ベルナップは考えていた。

だが今、敵艦隊の上空で待機しているジークの数は、一二、三機。第一次攻撃隊を迎え撃った機数の半数程度だ。

「一次の戦闘機隊が、あらかた片付けちまったんじゃないですか？」

偵察員席のジェシー・オーエンス大尉が、インカムを通じて話しかけた。

「その通りかもしれんな」

ベルナップは、小さく笑った。

TG58・2の第一次攻撃隊は、正規空母の「エセックス」「サラトガ」からF6Fとヘルダイバーが二〇機ずつ、軽空母の「カボット」からF6Fが一六機と、戦闘機の割合が多い編成になっている。

五六機のF6Fがジークを蹴散らし、半分以下に打ち減らしたのだろう。

「奴らは任せろ！」

「エセックス」戦闘機隊《VF9》を率いるマイク・ゴールディング少佐が一声叫んだ。

VF9より第二次攻撃隊に参加したF6F一六機が速力を上げ、ジーク目がけて突進した。

「『ジェイク1』より全機へ。強盗団と用心棒をまとめて叩く。『ヘミングウェイ』目標、一番艦。『スタインベック』『トウェイン』目標、二番艦」

敵の陣形を観察し、ベルナップは麾下の各隊に目標を割り当てた。

敵空母は四隻。輪型陣の中央で、箱形の陣形を組んでいる。

前方に位置する一、二番艦の方がやや大きく、搭

載力も高そうだ。

　この二隻に、攻撃を集中する。

　自身が直率する「サラトガ」爆撃機隊《VB12》は一番艦を叩き、「エセックス」爆撃機隊と「カボット」爆撃機隊には二番艦を割り当てる。

「『ケイシー1』了解」

「『ソーヤー1』了解」

　二人の指揮官から応答が返され、VB9のヘルダイバー一六機、VB28のヘルダイバー一二機が右に旋回する。

　ベルナップは、VB12二三機のヘルダイバーを従え、敵艦隊を左前方に見つつ、距離を詰めてゆく。

「サラトガ」戦闘機隊《VF12》のF6F一六機が付き従って来るが、「サラトガ」隊に向かって来るジークはない。

　敵の直衛機は、VF9のF6Fと戦うだけで精一杯であり、ヘルダイバーを攻撃する余裕はないようだ。

　輪型陣の先頭に位置する巡洋艦とおぼしき艦が、艦上に発射炎を閃かせた。

　それを合図としたかのように、輪型陣の外郭を固める艦が、順繰りに対空射撃を開始した。

　数秒後、ベルナップ機の右前方で最初の敵弾が炸裂した。

「……！」

　ベルナップは、小さな叫び声を上げた。

　爆風が襲うと共に、弾片が胴体の右脇に命中したのだ。

　全備重量七・五トン、ドーントレスの倍近い重量を持つヘルダイバーの機体が、僅かに煽られる。

　敵弾の炸裂は、それだけに留まらない。

　およそ二秒置きに、複数の敵弾が爆発し、爆風が左右から、あるいは前方から押し寄せる。

　射撃精度はかなり高い。アオバ・タイプ、フルタカ・タイプは、直径四インチ（約一〇センチ）、砲身長六五口径という長槍《ちょうそう》のような対空砲を装備していることが判明しているが、それと同じ砲のようだ。

　アオバ・タイプ、フルタカ・タイプが輪型陣の先

アメリカ海軍 SB2C「ヘルダイバー」

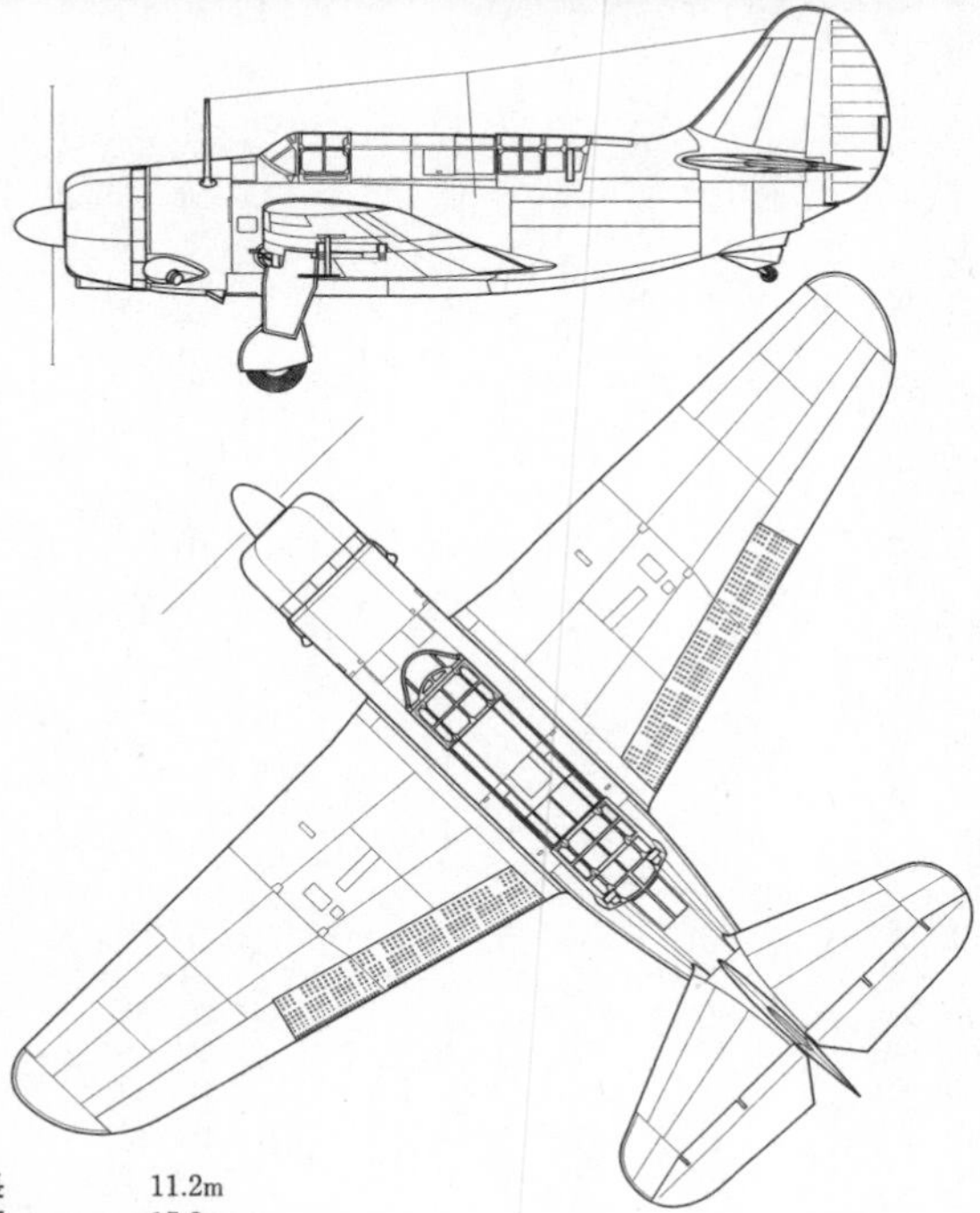

全長	11.2m
翼幅	15.2m
全備重量	7,514kg
発動機	ライト R2600-20　1,900馬力
最大速度	480km/時
兵装	20mm機銃×2丁（翼内）／7.7mm機銃×2（後席旋回） 爆弾 2,000ポンド（最大）もしくは Mk.13航空魚雷×1
乗員数	2名

米軍の新型急降下爆撃機。爆弾を胴体内に収めることで空気抵抗を低減し、速力と航続性能を向上させた。空母のエレベーターに乗せるため、胴体後部を切りつめた設計となり、操縦の難しい機体となった。とくに発着艦には高い技倆が求められ、パイロットからの評判は今ひとつである。その一方、戦闘機以上の強力な武装に加え、急降下爆撃から雷撃までこなせる万能機としての評価は高く、今後の米軍の主力艦爆として活躍すると思われる。

頭に位置しているのか、新型の防空艦か。

「ソルコフ機被弾。離脱します！」

オーエンスが報告した。

第一小隊の四番機、ヘンリー・ソルコフ中尉のヘルダイバーが、弾片を喰らったようだ。

ただ、墜落には至っていない。

ドーントレスのそれより強化された防弾装甲が、クルーとエンジンを守っている。

「マーフィ機被弾！　続いてロジャース機被弾！」

オーエンスが、新たな被弾機を報せる。

第二小隊の三、四番機だ。どちらも、今回が初陣という新人を乗せている。

「くそったれ！」

ベルナップは罵声を放ちつつ、後続する二〇機のヘルダイバーを、輪型陣の内側へと誘導した。

輪型陣の先頭に位置する艦が、アオバ・タイプ、フルタカ・タイプに匹敵する対空火力を持つことは間違いない。

いずれは叩かなければならないが、今日の目標は他にある。

「奴だ！」

ベルナップは小さく叫び、口笛を吹き鳴らした。

空母の左手前に、巡洋艦らしい中型艦が見える。

南シナ海海戦、ウェーク沖海戦における防空艦の位置から考えて、アオバ・タイプかフルタカ・タイプに違いない。

南シナ海海戦以来、「必ず自分の手で仕留める」と誓《ちか》った艦が目の前にいる。

「『ジェイク1』より『チーム・ヘミングウェイ』。『ジェイク』『ブレット』『ペドロ』目標、防空艦。『キャサリン』『フレデリック』『リナルディ』目標、空母」

ベルナップは、VB12全機に指示を出した。

重要度の高い目標は空母だ。それを考えれば、ベテランが多い一、二、三小隊を空母に充てるべきかもしれない。

だが、防空艦は空母より小さい上に小回りが利《き》き、仕留め難い。

「ベテランは、より難しい目標を担当すべきだ」

というのが、ベルナップの考えだ。

何よりも、アオバ・タイプ、フルタカ・タイプは、自分の手で仕留めたい。

VB12が、大きく左右に分かれた。
四、五、六小隊は、第四小隊長リチャード・マーシー大尉に誘導されて空母に向かい、ベルナップは一、二、三小隊を、防空艦の上空へと誘《いざな》う。
防空艦は、すぐには砲門を開かない。

過去の戦いでは、ドーントレスが急降下に転じるタイミングを見計らって、砲撃を開始している。

今度も、同じ手を使うつもりであろう。

「『ヘミングウェイ』突撃！」

左主翼の前縁を防空艦に重ねたところで、ベルナップは麾下全機に命じた。

操縦桿を左に倒し、急降下に転じた。

視界の中で、空が九〇度回転し、次いで機体の真下に防空艦が来た。

その前甲板に、最初の発射炎が閃いた。

「青葉」砲術長月形謙作少佐は、背筋に冷たいものが流れるのを感じた。

「青葉」の一、二、三番高角砲は「翔鶴」を援護すべく、第二次空襲における最初の射弾を放った直後だ。

その砲声が収まるより早く、

「敵一〇機以上、本艦に急降下！」

の報告が、射撃指揮所に飛び込んだのだ。

「高角砲、目標そのまま。『翔鶴』への援護射撃を継続せよ」

「射撃指揮所より第二分隊。目標、左前方より降下せる敵降爆。射程内に入り次第《しだい》、射撃開始」

月形は、菊池俊雄第一分隊長と国松恭一第二分隊長に、早口で命令を送った。

六戦隊司令部は、

「空母の艦上に待機している機体がない場合には、自艦の守りを優先する」

との方針を定めている。

その場合、「翔鶴」への援護射撃が手薄になることは避けられない。

前後に位置する駆逐艦、重巡も、援護射撃を行っているが、命中率は今ひとつだ。

「『翔鶴』を守れる艦は、本艦だけだ」

月形はその思いから、独断で「翔鶴」への援護射撃を続行すると決めた。

本艦に向かって来る機体は、機銃で防げるはずだ、との楽観もあった。

二秒置きの砲声に遮られながらではあったが、

「『翔鶴』への援護射撃を継続します」

「目標、左前方より降下せる敵降爆。射程内に入り次第、射撃開始します」

との復唱は、はっきりと聞き取れた。

「翔鶴」の前方に視線を向ける。

降下するヘルダイバーの面前で、左右で、一〇センチ砲弾が次々と炸裂する。

ヘルダイバー一機が弾片を喰らったのか、大きくよろめいた。

墜落を期待したが、そのヘルダイバーはよろめいただけで、なおも降下を続けた。

ドーントレスであれば、そのまま墜落していたはずだが、ヘルダイバーは打撃を受けながらも、急降下爆撃を止めない。

防御力は、明らかにドーントレスよりも上だ。

一〇センチ砲弾が、更に炸裂する。

先によろめいたヘルダイバーが、右主翼を中央部からもぎ取られ、錐揉み状に回転しながら墜落し始める。

続いて、その後方にいたヘルダイバーの至近で、一〇センチ砲弾が炸裂する。弾片がコクピットを襲ったのか、炎も煙も吹き出すことなくよろめき、投弾コースから大きく外れる。

更に一機が機首から火を噴き、別の一機が至近弾を受け、胴体を大きく抉《えぐ》り取られて墜落し始める。

合計四機の撃墜を確認したとき、頭上から甲高い音が聞こえ始めた。

「来た……！」

月形は、小さく叫んだ。

「青葉」を標的に定めたヘルダイバーが、距離を詰めて来たのだ。

長一〇センチ砲の砲声と共に、機銃の連射音が響き始めた。

左舷側に指向可能な二五ミリ連装機銃六基、一三ミリ連装機銃一基が、対空射撃を開始したのだ。

二五ミリ弾、一三ミリ弾の火箭が空中高く翔上《かけあ》がり、槍《やり》の穂先《ほさき》のように、降下して来るヘルダイバーに突き込まれる。

真下から機銃弾を浴びたヘルダイバーが、ひとたまりもなく火を噴き、墜落する光景を、月形は期待するが――。

「墜ちない……⁉」

月形は、愕然《がくぜん》とした。

二五ミリ機銃は、ヘルダイバーには全く効果がない。火箭は、機体を捉えているように見えるが、火を噴くことも、よろめくこともない。

敵機は機銃弾を蹴散らすような勢いで、「青葉」の頭上から降下して来る。

「一機撃墜！」

国松第二分隊長が報告するが、もう距離はほとんどない。

複数のヘルダイバーが上げるダイブ・ブレーキの甲高い音は、他の全ての音をかき消さんばかりの音量で頭上を圧している。

その音が、エンジンの爆音に替わった。

ドーントレスのそれよりも、力強い響きを持った音だった。

一〇機前後と思われるヘルダイバーが、轟音と共に「青葉」の頭上を通過した。

複数の水柱が、「青葉」を閉じ込めようとするかのように、前後左右に奔騰した。


ベルナップが投弾の結果を知るまで、若干の時間を必要とした。

ヘルダイバーのコクピットはファストバック式を採用しているため、後方の視界が悪い。

弾着の確認は、偵察員席のオーエンスに頼るしかない。

そのオーエンスも、戦果確認に時間がかかっているのか、すぐには報告を送って来なかった。

（命中したのか？　どうだ？）

ベルナップは自問した。

一〇〇〇ポンド爆弾の何発かは、確実に目標を捉えたはずだ、との確信はある。

日本軍の防空艦は、高角砲は強力だが、近接防御用の機銃には、たいした威力はない。命中率は悪く、装甲貫徹力も劣る。

また、敵の艦長は「我が身を犠牲にしても、空母を守る」と決めていたのだろう、最後まで回避行動を取らなかった。

確実に、直撃弾を与えたはずだ。

やがて――。

「命中、二発を確認！」

「オーケイ！」

オーエンスの弾んだ声を聞いて、ベルナップは満足の声を上げた。

アオバ・タイプ、フルタカ・タイプを自分の手で仕留めたいと願いつつ、なかなかその機会が得られなかった。

敵の防空艦は、水上砲戦で損傷させることはあっても、航空攻撃で仕留めることはできなかったのだ。

念願が、遂《つい》にかなった。

ベルナップが率いるVB12は、防空艦に直撃弾を与えたのだ。

「奴はどうだ？　沈みそうか？」

「火災を起こしていますが、航行には支障ないようです」

「一〇〇〇ポンド爆弾二発では不足か」

ベルナップは舌打ちした。

アオバ・タイプ、フルタカ・タイプは、元は二〇・三センチ砲装備の重巡だ。基準排水量は、合衆国のペンサコラ級、ノーザンプトン級に近い。

このクラスを、一〇〇〇ポンド爆弾二発の直撃で沈めるのは、流石《さすが》に無理だったようだ。

「『キャサリン1』より『ジェイク1』。敵一番艦に三発命中。火災発生を確認。沈まないまでも、艦上機の発着は不能でしょう」
四、五、六小隊の指揮を委ねたリチャード・マーシー大尉が報告を送ってきた。
「了解。奴には、この方がこたえるかもしれんな」

「は？」

「何でもない。こちらの話だ」

不審そうなマーシーの声に、ベルナップは言葉を濁《にご》した。

防空艦の任務は、空母の護衛だ。その空母を守り切れず、被弾を許したとなれば、防空艦の艦長や砲術長が悔《くや》しがるのは間違いない。

直接防空艦を叩くより、この方が効果的な復讐《ふくしゅう》になるかもしれない。

だが、それは部下に言うようなことではなかった。

ベルナップは、そのまま高度一万フィートまで上昇し、海面を見下ろした。

海上からは、三条の黒煙が立ち上っている。

空母二隻、防空艦一隻の撃破。それが、TG58・2の第二次攻撃隊が上げた戦果だった。

「オーエンス、司令部宛打電しろ。『攻撃成功。敵空母二、防巡一を撃破。今より帰投す』とな」

桃園幹夫第六戦隊首席参謀は、呆然《ぼうぜん》として、旗艦「青葉」の艦橋に立ち尽くしていた。

前甲板からは、火災煙が立ち上っている。

ヘルダイバーが投下した爆弾は、一、二、三番高角砲の間に命中し、三基の高角砲をまとめて破壊したのだ。
二、三番高角砲は、艦体の復元力を確保するため、並列配置とし、一番高角砲と三角形を形成する形になったが、その配置の弱点を衝かれた格好だ。
他、後部にも一発が命中し、六番高角砲が爆砕されたとの報告が届いている。

「青葉」は、僅か二発の命中弾で、防空艦の命とも呼ぶべき高角砲の三分の二を失ったのだ。

「司令官、副長より、『鎮火《ちんか》の見込み』と報告が届きました。航行にも支障はありません」

山澄忠三郎艦長が、高間完第六戦隊司令官に報告した。


この直前まで、応急指揮官を担当する副長石坂竹《いしざかたけ》雄《お》中佐から報告を受けていたのだ。

「貴官が定めた方針を破ってしまい、申し訳ない」

山澄は、桃園に頭を下げた。

六戦隊が新しい司令官を迎えたとき、対空戦闘時の優先順位を定めたのは桃園であり、高間司令官もそれを了承した。

その方針を、「青葉」の月形砲術長は無視し、「翔鶴」への援護射撃を続行している。

本来であれば、命令違反で懲罰《ちょうばつ》ものだが――。

「致し方がありません。砲術長も、すぐには目標の切り替えができなかったのでしょう。それに、『翔鶴』は第二部隊の旗艦ですから」

桃園の言葉を受け、高間も言った。

「全ての責任は、司令官の私にある。本艦の砲員、機銃員は、被弾する直前までよくやってくれた」

「ですが、肝心《かんじん》の『翔鶴』も守り切れませんでした」

山澄は、力なく言った。

「青葉」の左舷側には、黒煙を上げている空母が見える。

第二部隊旗艦「翔鶴」が、飛行甲板の前部、中央部、後部に一発ずつ被弾したのだ。

艦内では、懸命の消火作業が続けられているようだが、火災煙は収まる様子を見せない。

「青葉」は最後まで「翔鶴」への援護射撃を続けたが、被弾を防ぐことはできなかったのだ。

（防空艦の限界かもしれぬ）

黒煙を上げ続ける「翔鶴」を見つめながら、桃園は腹の底で呟いた。

被弾損傷したのは「翔鶴」だけではない。

三航戦の二番艦「瑞鶴」――六戦隊の僚艦「加古」が守っていた空母も、敵弾二発を受けている。

こちらは、飛行甲板の縁に被弾し、高角砲や機銃座を破壊されただけで済み、艦上機の発着は可能ということだが、「加古」が「瑞鶴」の護衛に失敗したことは間違いない。

砲術長の方針無視や、「青葉」の被弾以上に、空母を守り切れなかったことの方が、桃園にとっては大きな衝撃だった。

「敵の戦法にしてやられたな」

忌々《いまいま》しげに、高間は言った。

「六戦隊の司令官に任じられたとき、各艦の戦闘詳報を熟読した。ウェーク沖では、敵はまず『青葉』を叩き、しかるのちに空母を、という手順を踏んできた」

「おっしゃる通りです」

桃園は頷いた。

ウェーク沖海戦当時、桃園は六戦隊の砲術参謀として、「青葉」の奮戦をはっきり見ている。

「今回、敵は『青葉』と『翔鶴』を同時に狙って来た。自艦を守ろうとすれば『翔鶴』の援護が手薄になり、『翔鶴』を守ることを優先すれば、回避運動はできない。我々にとっては、二律背反《にりつはいはん》だ。敵は、その弱みを衝いて来た」

「戦術だけではない、と考えます」

桃園は、第二次空襲における敵機の動きを思い返しながら言った。

「南シナ海海戦、ウェーク沖海戦では、空母、艦上機の数とも、我が軍が上回っていました。敵には、空母と防空艦を同時に叩く余裕がありませんでした。ですが、今回の海戦で敵が投入して来た空母は一四隻です。一四隻分の艦上機があれば、空母と防空艦を同時に叩くことは可能ですし、実際、敵はその戦法を用いてきたのです」

「物量が、空母と防空艦への同時攻撃を可能にした、ということか」

「物量に加えて、敵の新型艦爆の防御力が、以前に比べて著しく強化されていたことも、我が方にとっては計算違いでした。ドーントレスであれば、確実に墜落していたと思われるほどの至近弾を受けても、火を噴かない機体が見られました」

「物量に勝る米軍に対し、我が軍は個艦の性能で対抗するはずだった。六戦隊の四隻も、その考えに基づいて改装されたと聞かされていた。しかし、敵の数と機体の性能に押し切られてしまった、ということだろうな」

高間は、かぶりを振った。

難しい戦《いくさ》になると思っていたが、予想通りだ、と言いたげだった。

（個艦の性能も、不充分だった）

と、桃園は考えている。

一昨年、ウェーク沖海戦が終了した後、桃園は電探照準射撃の有用性を海軍中央に訴え、「電探と連動した射撃指揮管制装置の開発を急ぐ必要あり」との上申書《じょうしんしょ》を提出した。

海軍技術研究所や通信学校にも出向き、電探照準射撃の有用性を説いて回った。

一年一〇ヶ月が経過した現在、各艦への電探の装備は進んだものの、電探照準射撃の実用化には至っていない。

海軍技術研究所では、射撃管制装置を試作しているが、電探の計測精度が不充分であり、満足できる命中率を得られていないのだ。

海軍中央が、電探照準射撃の必要性を認識しても、技術が追いつかない。

緒戦では、艦体防空に大きな役割を果たした防巡だが、対空戦闘は旧来の光学照準に頼らざるを得ないのが現実だ。

「三度目の空襲はあるだろうか?」

高間の問いを受け、桃園は意識を目の前の戦いに切り替えた。

「二度の空襲で、敵の攻撃隊に雷撃機が含まれていなかったことが気がかりです。第三次空襲では、雷撃機が中心になるかもしれません。その旨、司令部に意見を具申しておくべきと考えます」

7

同じ頃、日本側の第二次攻撃隊二五一機も、敵艦隊に取り付きつつあった。

第一次攻撃隊同様、目標の四〇浬手前でF6Fの迎撃を受け、被撃墜機を出したものの、彗星、天山の大部分は、敵を視認できる位置に到達したのだ。

「『甲』か『乙』だな」

第二次攻撃隊の総指揮官を務める第六〇三航空隊飛行隊長兼艦爆隊長牧野《まきの》三郎《さぶろう》少佐は、敵の編成を見て呟いた。

輪型陣の中央に四隻の空母が位置し、周囲を巡洋艦、駆逐艦が囲んでいる。

索敵機が発見した四群の機動部隊のうち、一機艦司令部の呼称「甲」「乙」は空母四隻、「丙」「丁」は空母三隻を擁している。

一時間前に出撃した第一次攻撃隊が、どの部隊を叩いたのかは、牧野の下に情報が届いていないが、第二次攻撃隊の前には無傷の空母四隻がいる。

「鋤田《すきた》、全機宛発信。『敵発見。突撃隊形作レ』『六〇一空目標、一番艦。六〇二空目標、二番艦。六〇三空目標、三番艦。六五一空目標、四番艦』」

牧野は、偵察員席の鋤田末男《すえお》少尉に命じた。

開戦前から組んでいるベテランだ。機動部隊の初陣となった南シナ海海戦では、牧野は大尉、鋤田は飛行兵曹長であり、「加賀」の艦爆隊を率いる立場だったが、二年八ヶ月が経過した今、階級が一つ上がり、牧野は二〇〇機以上の大編隊を指揮する立場になっている。

牧野が直率する六〇三空の艦爆隊一五機が、七機と八機に分かれ、斜め単横陣を形成する。定数は一八機だが、目標到達までの間に、F6Fに三機を墜とされたのだ。

同じ六〇三空の艦攻隊や、第二航空戦隊の「蒼龍」「飛龍」から発進した六〇二空、第一部隊の「大鳳」「赤城」「加賀」から出撃した六〇一空の艦爆、艦攻も、F6Fとの交戦によって数を減らしている。

対空砲火の熾烈な迎撃が予想されるが、ここまで来た以上、躊躇《ちゅうちょ》は一切ない。

天山隊が彗星隊から分かれ、降下を開始する。

攻撃隊は、正面と左右から敵を包み込むような格好で、敵との距離を詰めてゆく。

まだ、発砲はない。

輪型陣の外郭を固める巡洋艦、駆逐艦も、四隻の空母も、沈黙を保っている。

「全機宛発信。『全軍突撃セヨ』」

牧野は、鋤田に命じた。

同時にエンジン・スロットルを開き、突撃を開始した。

愛知《あいち》「熱田《あつた》」一二型――盟邦ドイツのダイムラー・ベンツDB601Aを国産化した液冷一二気筒エンジンが独特の爆音を上げ、尖った機首が鏃《やじり》のように、大気を貫いて突進する。

日本海軍「彗星」一二型

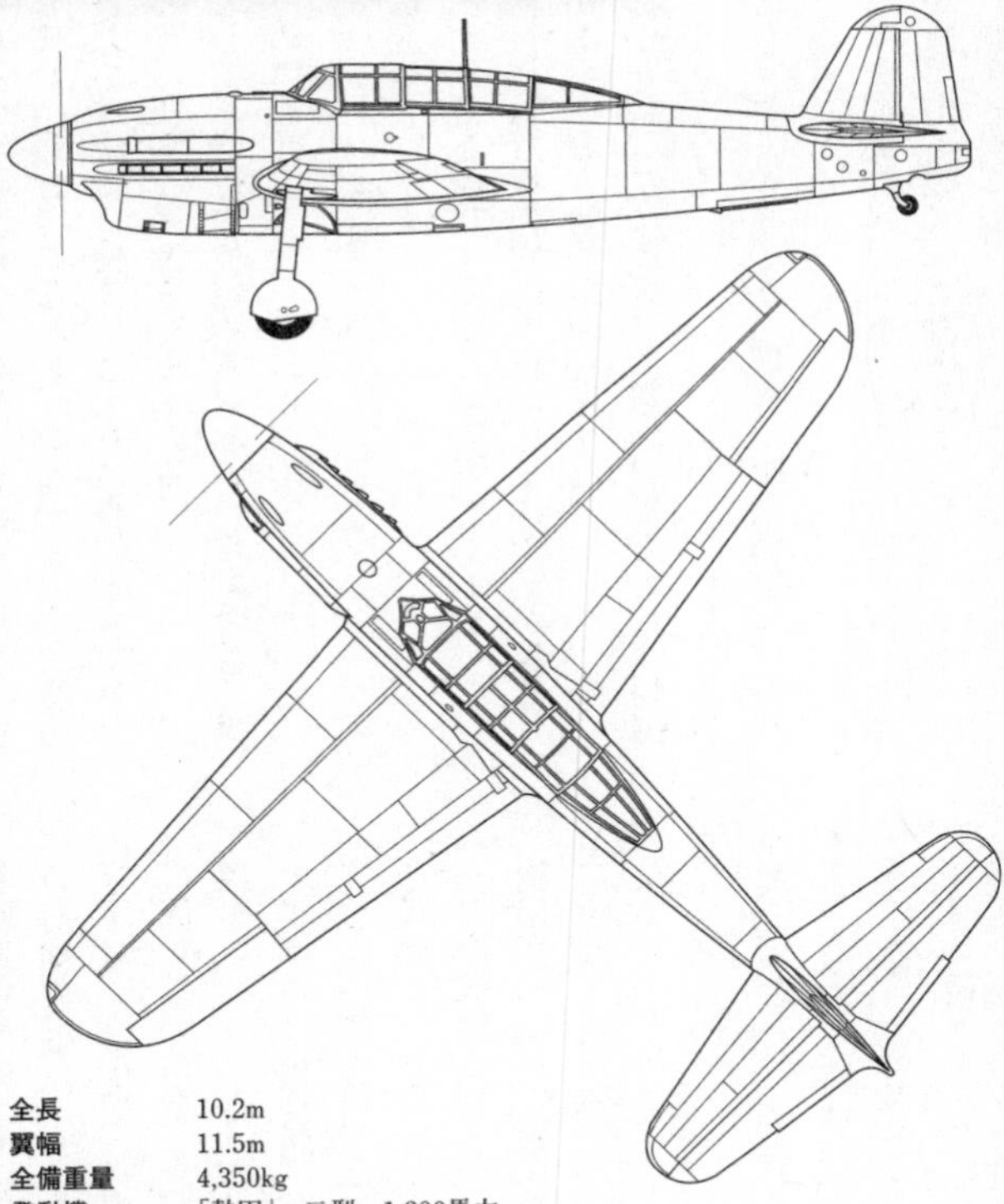

全長	10.2m
翼幅	11.5m
全備重量	4,350kg
発動機	「熱田」一二型　1,200馬力
最大速度	546km/時
兵装	7.7mm機銃×2丁(機首固定)／7.7mm機銃×1丁(後上方旋回) 爆弾 500kg(最大)
乗員数	2名

九九艦爆の後継として開発された急降下爆撃機。友邦ドイツから導入したDB601A液冷エンジンを国産化した熱田一二型水冷発動機を搭載し、時速546キロという戦闘機なみの高速を実現している。この高速力に目を付けた海軍は、開発中の本機を「二式艦上偵察機」として採用した。

爆弾搭載能力も九九艦爆の最大250キロから最大500キロに倍増しており、装甲の厚い米軍艦艇にも充分な攻撃能力をもつと思われる。

零戦の「栄」や天山の「火星」に比べ、構造が複雑で整備が困難とされるエンジンだが、六〇三空の整備員たちは決戦に備え、念入りに整備してくれたのだろう、快調な爆音を立てている。

「何としても空母を仕留める。あいつらの労苦に報いるためにも」

牧野が口中で呟いたとき、

「敵艦発砲！」

鋤田が注意を喚起《かんき》するように叫んだ。

数秒後、牧野機の周囲で続けざまに爆発が起こり、爆風があらゆる方向から押し寄せた。

機体が右に、左にと揺さぶられ、ともすれば制御を失いそうになる。

かと思えば、前下方から襲って来た衝撃に、機首が突き上げられる。

過去の機動部隊戦では感じたことのない激しさだ。

「三島《みしま》機、山下《やました》機、飯室《いいむろ》機被弾！」

鋤田が叫ぶ。

牧野機の周囲でも、敵弾の炸裂は止まない。驚くべき射撃精度だ。

米軍も、青葉型、古鷹型に匹敵する防空艦を持つとは聞いていたが、一、二隻の防空艦が放てる弾量ではない。

米艦隊は、巡洋艦、駆逐艦の全てが、帝国海軍の防空艦に匹敵する対空火力を持っている。

そう感じさせるほどの凄まじさだった。

「長友《ながとも》機被弾！」

鋤田が七機目の喪失を告げたとき、牧野機は降下点に到達した。

左主翼の前縁が、敵空母に重なったのだ。

「行くぞ！」

敵弾の炸裂音に負けぬほどの大音声で一声叫び、牧野は操縦桿を左に倒した。

雲一つない真っ青な空。その空を黒く汚す爆炎。

それらが視界の中で、九〇度回転した。

牧野の正面には、箱形の陣形を組んでいる四隻の空母が見える。彗星の尖った機首は、一番艦を向いている。

「覚悟しろ、米軍！」

急降下に入った彗星のコクピットで、牧野はその言葉を敵艦に投げつけた。

本機は、我が軍が天空から投げ下ろす槍だ。その穂先が、空母の飛行甲板を、艦底部まで刺し貫いてやる。

「二六《フタロク》（二六〇〇メートル）！　二四《フタヨン》！　二二《フタフタ》！」

後席の鍬田が、高度計の数字を読み上げる。

ともすれば、その声が、敵弾の炸裂音に遮られる。

降下する彗星は、両用砲弾の爆風に揺さぶられ、ともすれば照準器の環が、目標から外れそうになる。

敵の対空砲火は、彗星の降下速度に合わせて炸裂しているのだ。驚くべき射撃精度だ。

（生還は難しそうだな）

「死」の一文字が、牧野の脳裏をかすめる。

海軍兵学校の門をくぐったときから、海軍に捧《ささ》げた身だ。死を恐れる気持ちはない。

牧野が恐れるのは、戦果ゼロで終わることだ。生を終えるなら、敵の空母を道連《みちづ》れにしたい。

思考を巡らせながらも、牧野は操縦桿を微妙に調整し、照準を敵空母の飛行甲板に合わせる。

目と両腕は、機体と一体化したかのようだ。

牧野の肉体は、手足の延長のように、彗星を操っている。

「一八《ヒトハチ》！　一六《ヒトロク》！」

後席からは、鍬田の報告が届く。

数字が小さくなるに従い、照準器が捉える空母の姿が拡大する。

敵の対空砲火が、両用砲から機銃に替わった。

無数の青白い曳痕が、真下から殺到し始めた。

曳痕の一つ一つが、巨大な火の玉のように見える。

目の前に、炎の塊を突きつけられるような心地だ。

この猛射の中で、何機の彗星が生き延びられるか。

残存は何機だ？　――その問いが、口から出かかったが、鋤田は高度の報告に集中している。

自身の肉眼で確認したいが、敵空母から目を逸らすわけにはいかない。第二次攻撃隊の総指揮官も、降下中は一艦爆乗りに過ぎない。

「本機だけでも――」

絶対に命中させる。

そう呟きかけたとき、鋭い打撃音と共に、機体が激しく揺れた。

伝声管《でんせいかん》から、苦痛の呻きが伝わった。

「鋤田！　どうした、鋤田！」

牧野は呼びかけたが、応答はない。

敵弾は、偵察員席を襲ったのだ。

開戦前から一貫してペアを組み、常に牧野の頼りになる相棒でい続けてくれたベテランは、もはや牧野を補佐できる身ではなくなっていた。

「おのれ！」

牧野は、顔面が紅潮するのを感じた。

大事な部下を失った、などというものではない。

自らの半身を奪い去られたような気がした。

「艦爆ってのはな、二人乗りなんだよ、米軍！」

なおも降下を続けながら、牧野は眼下の米空母に叫んだ。

「相棒がやられてもな、俺がいる。俺が、貴様を叩き沈めてやるぜ！」

直後、先の被弾とは比較にならない衝撃が襲った。

牧野は、両腕をもぎ取られたような苦痛を感じた。

それが何に起因するのか、すぐに分かった。

彗星の両翼がない。主翼は左右とも、付け根付近からもぎ取られている。

彗星を、手足のように扱って来た牧野の肉体は、機体の痛みを我が物として感じたのかもしれない。

「邪魔物《じゃまもの》はなくなった」

生還が不可能となったにも関わらず、牧野は笑いを浮かべた。

「本機は、正真正銘《しょうしんしょうめい》の槍になったたってわけだ！」

なお生きているエンジンのスロットルを、牧野はフルに開いた。

主翼を失った機体が一気に加速され、敵空母の飛行甲板が視野一杯に広がった。

彗星は槍となって、飛行甲板を貫通した。機体はばらばらになったが、胴体内の爆弾槽に抱えて来た五〇番は、格納甲板をぶち抜き、艦底部で炸裂した。牧野の闘志と執念が、機体を槍に変え、爆弾を艦底部まで突入させたかのようだった。

牧野機の激突とほとんど同時に、米空母一番艦の周囲に複数の水柱が奔騰し、飛行甲板の前縁を、二発目の直撃弾が抉り取った。

被弾した空母の真上を、投雷を終えた天山が通過し、風圧が噴出する黒煙を吹き飛ばした。

空母の左右両舷から、五条の航跡が殺到し、うち二条が、左舷水線下に吸い込まれた。

至近弾落下のそれよりも遥かに巨大な水柱が奔騰し、既に被弾していた空母の艦体が激しく震えた。

空母は急速に速力を落とし、左舷側に傾斜した状態で停止した。

被雷箇所からは重油が漏れ出し、周囲の海面に広がりつつある。

吃水《きっすい》は次第に深まり、艦の傾斜は増し、復元不能な角度にまで近づきつつあった。

このときには、他の三隻の空母も、直撃弾に飛行甲板を破壊され、魚雷に水線下を抉られて、苦悶《くもん》している。

うち二隻では、既に艦長が「総員退艦」を命じており、乗員が炎と煙に追い立てられるようにして、次々と海面に身を躍らせていた。

8

第一機動艦隊に対する、この日三度目の攻撃は、第二次攻撃隊の帰還機を収容してから、一時間余りが経過したときに始まった。

「艦長より砲術。第二、第三両部隊に敵の第三波が来襲した。間もなく、こっちにもやって来るぞ」

巡洋戦艦「大雪」の射撃指揮所に、沢正雄艦長が状況を伝えた。

「敵の機種は分かりますか？」

「二、三両部隊は『敵雷爆連合ノ編隊』と報告している」

「六戦隊からの警報通りですね」

沢の答を受け、桂木光砲術長は言った。

第二次空襲の終了直後、第六戦隊司令部より一機艦司令部に宛て、

「空襲第三波ハ雷撃機主力ノ可能性大ナリ」

との意見具申が送られている。

一機艦司令部も、この具申を真剣に受け取ったのだろう、全艦隊に宛て、そのまま転電したのだ。

首席参謀に昇格した桃園の考えだろう、と桂木は推測している。

六戦隊の桃園幹夫首席参謀は、砲術学校で対空戦闘を研究していただけあって、米軍の航空機や戦術についてもよく調べている。

空襲の第一波、第二波がヘルダイバーを中心としたもので、もっぱら空母の飛行甲板を狙って来たところから、第三波はアベンジャー中心と睨んだのだ。

「低空を、重点的に警戒します。急降下爆撃機よりも、雷撃機の方が脅威が大きいですから」

桂木はそう言って受話器を置いた。

永江操第四分隊長と桑田憲吾第五分隊長、機銃群を指揮する第六分隊長小峰《こみね》春樹《はるき》大尉を呼び出し、

「敵機は雷爆連合との報告があった。機銃群全てと右舷側の高角砲は低空を、左舷側の高角砲は空母の上空を警戒せよ」

と命じた。

桑田と小峰には、

「敵雷撃機は、一機たりとも輪型陣の内側に入れるな」

と、念を押すように命じる。

「敵は、どの空母を狙って来るでしょうか？」

永江が質問した。

「大雪」の左舷前方には「赤城」が、左舷後方には旗艦「大鳳」が、それぞれ位置している。

永江が指揮する左舷側の高角砲は、「赤城」と「大鳳」を援護できるが、両方を同時に援護するのは難しい。左舷七基の高角砲を別目標に向けた場合、射撃精度の低下は避けられない。

「『大鳳』は損害軽微だ。『大鳳』が狙われる可能性が高い」

「『大鳳』と『赤城』が、同時に攻撃された場合は？」

「『大鳳』を優先せよ」

桂木は、ためらうことなく命じた。

先の第一次空襲では「赤城」「加賀」に、第二次空襲では「大鳳」に、それぞれ攻撃が集中した。

「赤城」「加賀」は飛行甲板と機関部損傷の被害を受けたものの、「大鳳」は対空火器数基を失っただけで、飛行甲板は無傷を保っている。

飛行甲板に張り巡らされた重装甲が敵弾を跳ね返し、被害を僅少《きんしょう》なものに留めたのだ。

第三次空襲でも、敵の攻撃は「大鳳」に集中すると考えられる。

戦艦並の重装甲を持つ「大鳳」も、多数の魚雷に水線下を抉られたら、沈没は免《まぬか》れない。

既に損傷している「赤城」に、これ以上の被害が出ないよう援護したいところだが、一機艦全体のことを考えれば、「大鳳」を優先すべきだ。

「四分隊は、『大鳳』を援護します」

永江が復唱を返した。

一二時五七分（現地時間一三時五七分）、

「来ました！　敵編隊、右二〇度、高度三五《サンゴ》（三五〇〇メートル）。機数、約一〇〇！」

測的長の村沢健二中尉が、射撃指揮所に報告を上げた。

桂木は、右前方上空に双眼鏡を向けた。

折しも、直衛機が敵編隊に斬込《きりこ》んだところだ。

羽虫のように黒い小さな影が、右に、左にと飛び回り、白い飛行機雲が混淆《こんこう》する。

　時折、被弾した機体が黒煙を引きずりながら、海面に向かって墜ちてゆく。

　機銃弾が誘爆を起こしたのか、木《こ》っ端《ば》微塵に砕ける機体もあれば、ほぼ原形を留めたまま墜落する機体もある。

　直衛機もよく奮戦し、敵機に火を噴かせているようだが、半数以上の敵機は編隊を崩されることなく、第一部隊との距離を詰めて来る。

「一次、二次と同じことになりそうですね」

　掌砲長の愛川《あいかわ》悟《さとし》少尉が言った。

「古鷹」では、ずっと組んできた相棒だ。桂木の異動に伴い、愛川も「大雪」の掌砲長に転属している。

「一次、二次空襲と同様に対処するだけだ。本艦の対空火器を総動員して、空母を守る」

　桂木は、落ち着いた声で愛川に応えた。

　先の二度の空襲では、直衛専任空母の「瑞鳳」「龍鳳」から発進した零戦が迎撃に当たったが、敵機を防ぎ切れず、投弾を許してしまった。

　F6Fが相手となると、零戦も自機を守るだけで精一杯であり、ヘルダイバーやアベンジャーを攻撃する余裕はなかったのだ。

　第三次空襲では、攻撃隊の帰還機も直衛に加わっているが、防ぎ切るのは難しいようだった。

　上空では、敵機が二手に分かれ、第一部隊の左右に回り込みつつある。

　急降下爆撃機らしい動きは見られない。

「射撃指揮所より五、六分隊。発砲を急ぐな。引きつけてから撃て」

「射撃指揮所より四分隊。敵機はアベンジャーだけだ。射撃目標を低空に切り替え、輪型陣の内側に進入した敵を攻撃せよ」

　桂木は、三人の分隊長に指示を送った。

　第一部隊の右方では、アベンジャーの編隊が展開しつつある。

　低空に舞い降りて来た零戦が、アベンジャーに取

アメリカ海軍 TBF「アベンジャー」

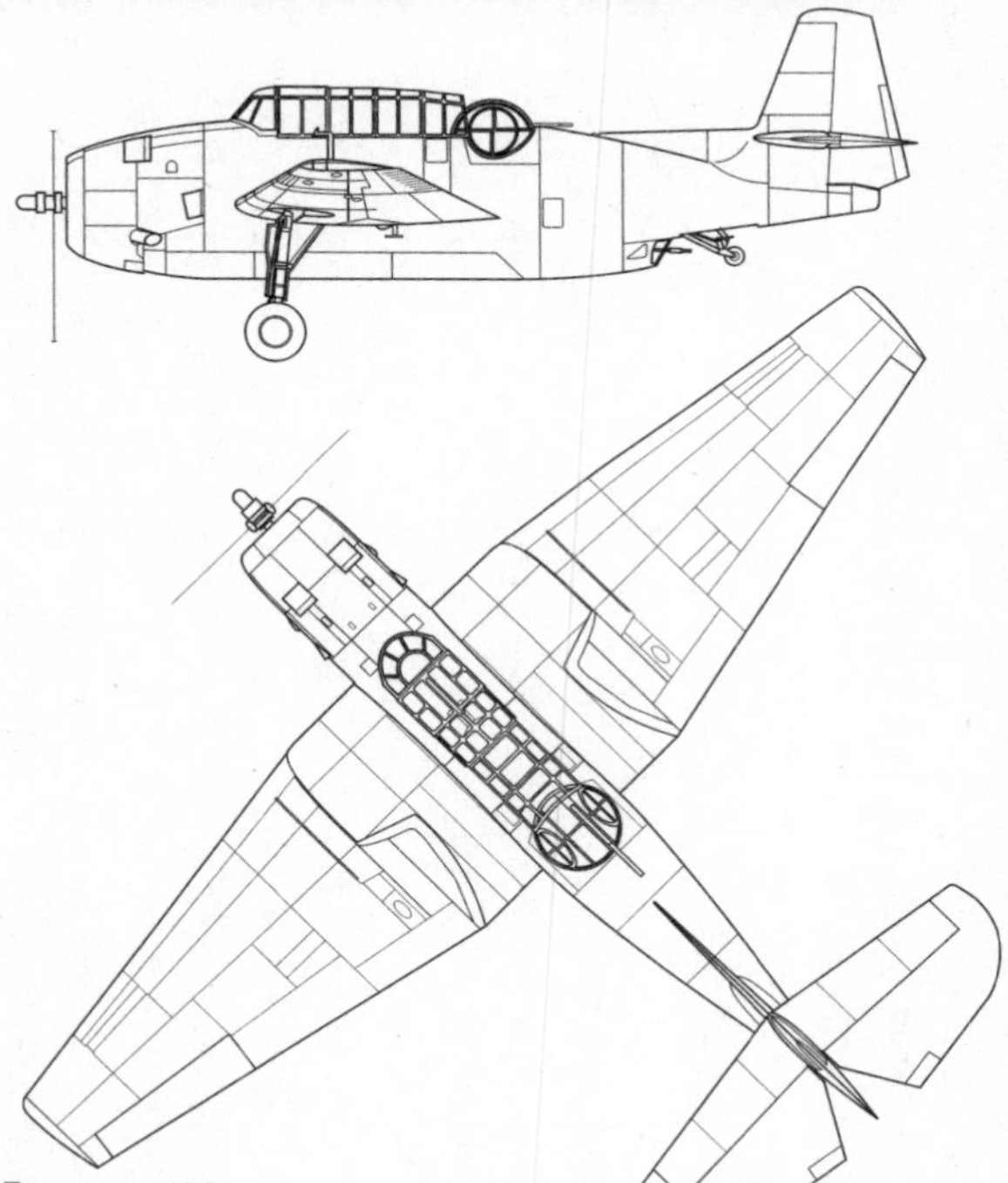

全長	12.5m
翼幅	16.5m
全備重量	7,876kg
発動機	ライトR-2800-8 1,700馬力
最大速度	436km/時
兵装	12.7mm機銃×2丁(翼内)／12.7mm機銃×1丁(後席旋回) 7.62mm機銃×1丁(下方旋回) Mk.13魚雷×1 もしくは 爆弾 1000kg
乗員数	3名

デバステーターの後継として開発された新型雷撃機。胴体内に魚雷を格納することで空気抵抗を減らし、高速化を図った。さらに大型燃料タンクの採用により航続距離を延伸している。これにより艦上単発機としては異例の大型機となっている。頑丈な構造に加え、装甲も厚く、武装も強力とあって、前線の兵士からは歓呼をもって迎えられている。

り付き、射弾を浴びせる。

アベンジャー二機が続けて火を噴き、海面に激突して飛沫を上げるが、零戦も上昇に転じたところでF6Fに捕捉される。

F6Fが零戦を牽制している間に、アベンジャー群は第一部隊の右前方から迫って来る。

一〇機前後を一組とした、三列の複横陣《ふくおうじん》だ。

最初に発砲したのは、「大雪」の後方に位置する重巡「摩耶」だった。

重々《おもおも》しい砲声が轟き、アベンジャー群の手前に、巨大な海水の飛沫が奔騰した。

「摩耶」は、二〇・三センチ主砲一〇門を海面に撃ち込み、噴き上げる海水に敵機を巻き込もうと試みたのだ。

アベンジャー一機が、飛沫の中にまともに突っ込み、海面にはたき落とされるが、残りは臆《おく》せずに突進して来る。

「摩耶」の主砲が、第二射を放つことはない。重巡の二〇・三センチ砲は、次発装填《そうてん》に二〇秒を要するため、対空射撃には不向きなのだ。

「『摩耶』高角砲発射！」

桑田第五分隊長が報告を送り、「大雪」の前方にも砲煙が湧き立つ。

防巡「能代」と、「大雪」の前方に展開する駆逐艦「玉波」「涼波」の対空射撃だ。

長一〇センチ砲、一二・七センチ砲が咆哮を上げ、アベンジャー群の前方で、左右で、爆発が起こる。

「能代」も、「玉波」「涼波」「摩耶」も、一機の突破も許さぬとばかりの勢いで猛射を浴びせるが、アベンジャーは火を噴かない。

爆風に煽られ、よろめく機体はあるが、すぐに姿勢を立て直し、突進して来る。

主翼や胴体に弾片を喰らっているであろうが、速力は衰《おとろ》えを見せない。

ヘルダイバーに劣らず、頑丈《がんじょう》な機体だ。零戦の銃撃をかいくぐり、護衛艦艇の弾幕射撃を突破して、空母に肉薄するには、多少の被弾にも持ち堪えられるだけの頑丈さが必要ということかもしれない。

（我が軍の艦爆、艦攻とは大違いだ）

腹の底で、桂木は独語《どくご》した。

開戦時の主力だった九九艦爆、九七艦攻にせよ、現在の主力となっている彗星、天山にせよ、防弾装備が充実しているとは言い難い。

日本軍が圧勝した南シナ海海戦、ウェーク沖海戦でも、共に四〇機前後の艦爆、艦攻が未帰還になっているし、今回の作戦では、攻撃を終えて帰還した彗星、天山の数は半分に満たなかった。

防弾装備に乏しく、被弾すれば容易く火を噴くため、損耗率は常に高いものとなる。

もともと日本軍には、「防弾装備など求めるのは臆病者《おくびょうもの》の証」と考え、防御を軽視する風潮《ふうちょう》があるのだ。

その考えは、根本的に間違っているのではないか。敵戦闘機の脅威にさらされ、凄まじい弾雨《だんう》の中に突っ込んでゆかねばならない艦爆、艦攻には、他の機種以上にしっかりした防弾装備を施し、搭乗員を守るよう力を尽くさねばならないのではないか。

「敵六機、本艦に向かって来ます！」

不意に、愛川が叫んだ。

報告された通り、六機のアベンジャーが「大雪」に機首を向けている。

狙いは「大雪」への雷撃ではなく、輪型陣《くみ》の突破だ。「大雪」が沈黙しているのを見て、与しやすしと思ったに違いない。

「五分隊、射撃開始！」

このときを待っていた――その意を込め、桂木は大音声で下令した。

既に照準をつけていたのだろう、右舷側七基の一二・七センチ連装高角砲が、一番砲七門を放った。

砲声が甲板上を駆け抜け、七発の一二・七センチ砲弾が、秒速七二〇メートルの初速で放たれる。

二・二秒後、各高角砲の二番砲が火を噴き、続けて一番砲が第三射を放つ。

アベンジャー群の面前で、一二・七センチ砲弾が炸裂し始める。

第一射では、一機をよろめかせるだけに終わったが、第二射弾がアベンジャーの頭上で炸裂した直後、一機が海面に叩きつけられ、飛沫を上げた。一二・七センチ砲弾が鉄槌《てっつい》となり、アベンジャーの頭上から振り下ろされたようだった。

第三射弾では、一機が片翼をもぎ取られ、回転しながら海面に突っ込む。

第四射弾では、一発がアベンジャーの正面で炸裂する。自ら弾片の直中に突っ込む形になったアベンジャーは、エンジン・カウリングを引き裂かれ、コクピットを破壊されて墜落する。

残った三機のアベンジャーは、仰天したように右旋回をかけ、「大雪」を迂回する針路を取った。

「大雪」が確実な撃墜を狙うため、敵機の接近を待っていたと気づいたようだ。

迂回する敵機を追い、一二・七センチ高角砲が旋回し、交互撃ち方による砲撃が再開される。

今度は、「大雪」の射弾は敵機を捉えるに至らなかった。

三機のアベンジャーは、「涼波」の頭上を通過し、輪型陣の内側に突入した。

「敵機、『赤城』に向かう！」

「『赤城』を援護しろ！」

永江の報告を受け、桂木は即座に命じた。

「涼波」「玉波」が、アベンジャーの背後から射弾を浴びせる。

「大雪」の左舷側高角砲七基も咆哮する。

「新たな敵八機、右六〇度より接近！」

「五分隊目標、右六〇度の敵機！」

村沢測的長の報告を受け、桂木が桑田に命じる。

右舷側の高角砲が、新目標への砲撃を開始し、左舷側の高角砲は、アベンジャーを砲撃する。

左右両舷の高角砲を、二・二秒置きに発射する様は、二刀流の達人が剣を振り回しているようだ。

「『赤城』面舵！」

愛川掌砲長が報告した。

「赤城」の巨体が、海面を弧状《こじょう》に切り裂きながら回頭を始めている。

アベンジャーに艦首を向け、被雷確率を最小限に留めようというのだ。

アベンジャーの第一群は、既に投雷を終えて離脱したのか、姿が見えない。

「赤城」は、当面被雷を免れたようだ。

桂木は、右舷側に双眼鏡を向け直した。

右舷七基の高角砲は、砲撃を続けている。

アベンジャーの第二群が、先の第一群同様、次々と右旋回をかけた。

桂木は、敵の意図を悟った。

敵の目標は、「大鳳」ではなく「赤城」だ。

「赤城」は第一次空襲で被弾損傷したが、内地に戻れば修理を施した上で前線に復帰できる。

それを許さず、この場で止めを刺すつもりなのだ。

そうはさせじとばかりに、「大雪」の高角砲が吼え猛る。

アベンジャーが一機、二機と火を噴き、滑り込むようにして海面に突っ込むが、全機は阻止できない。

「涼波」「玉波」の頭上や艦尾付近を通過し、六機が輪型陣の内側に突入する。

「大雪」の右舷高角砲は、アベンジャーの第三群に目標を変更し、左舷側の高角砲が、「赤城」に向かうアベンジャーを砲撃する。

アベンジャー第二群の一機が、至近弾を受け、機体の後ろ半分を爆砕された。

そのアベンジャーは、糸を切られた凧《たこ》のように回転しながら、海面に激突して飛沫を上げた。

残る五機は阻止できなかった。

急速転回する「赤城」の右舷側へと回り込み、次々と投雷した。

「畜生！」

桂木は罵声を放った。

「一機たりとも輪型陣の内側に侵入させるな」と部下に命じたにも関わらず、第一群と第二群を合わせ、八機に投雷を許してしまった。「古鷹」の倍以上の高角砲を持つ巡戦に乗っていながら、敵機を阻止できなかったのだ。

射程が長く、弾道の直進性に優れる長一〇センチ砲と、射程がやや短い一二・七センチ砲の違いか。それとも、乗員の技量の違いなのか。

「大雪」の左舷側では、「赤城」がなおも回避運動を行っている。

全長二六〇・七メートル、最大幅三〇・五メートル、基準排水量三万六五〇〇トン。巡洋戦艦として建造が始まり、途中から空母に変更された巨体が、敵の魚雷をやり過ごすべく、白波を蹴立《けた》てながら艦首を振っている。

「赤城」の艦腹に、水柱が奔騰することはなかった。敵の第二波を凌いだのだ。


アベンジャーの第三群、九機が輪型陣の内側に突入する。

「大雪」の右舷側高角砲が吼え猛り、二機を墜とすが、残る七機は、「涼波」「玉波」の頭上や、艦の間をすり抜ける。

「大雪」の左舷側高角砲七基が、敵機の後方から射弾を浴びせる。一番砲と二番砲が交互に咆哮を上げ、一二・七センチ砲弾を叩き出す。

突進するアベンジャー群の左右や後方で爆発が起こり、弾片が摑みかかるような格好で飛び散る。

至近弾を受けたアベンジャーが、横殴りの爆風を喰らって大きく煽られ、海面に翼端を突っ込みそうになる。

そこにもう一発が炸裂し、アベンジャーの太い機体を爆砕する。

撃墜に成功したのは、一機だけだった。残る六機が一斉に投雷し、「赤城」の艦尾をかすめるようにして、次々と離脱した。

「かわせ、『赤城』。かわしてくれ！」

桂木は、声に出して叫んだ。

投雷された以上、「大雪」にできることはない。「赤城」が魚雷をかわすよう祈るだけだ。

一足先に、遠方より炸裂音が伝わった。

一度だけではない。四回連続した。

「『加賀』被雷！　四本命中！」

永江第四分隊長が、悲痛な声で伝える。

輪型陣の左舷側を守っていた護衛艦艇――新鋭防巡の「大淀」や重巡「鳥海」、第四駆逐隊の陽炎《かげろう》型駆逐艦は、アベンジャーの阻止に失敗したようだ。

「せめて『赤城』だけは――」

助かって欲しい。魚雷回避に成功して欲しい。

桂木はそう願いつつ、「赤城」を見つめた。

その艦腹に、続けざまに巨大な水柱が奔騰し、既に爆弾によって傷ついていた艦体が、激しく身を震わせた。

9

小沢治三郎第一機動艦隊司令長官は、表面上は平静を保っていたが、ともすれば重苦しい無力感に呑み込まれそうだった。

開戦前は、米国の「レキシントン」「サラトガ」と共に「世界のビッグ・フォー」と呼ばれた、帝国海軍最大の空母二隻が、終焉《しゅうえん》を迎えようとしている。

「加賀」は第一次空襲で爆弾五発を喰らい、飛行甲板のみならず、格納甲板にも被害を受けた。

火災は辛《かろ》うじて鎮火させたものの、第三次空襲で左舷水線下を抉った四本の魚雷が、艦に引導《いんどう》を渡す結果となった。

全長二四八・六メートル、最大幅三二・五メートル、基準排水量三万八二〇〇トンの巨体は、左舷側に大きく傾斜し、横転しかかっている。

「総員退艦」は既に命じられ、脱出した乗員は、重油で黒く染まった海面を懸命に泳ぎ、艦から遠ざかろうとしている。

もう一隻の空母「赤城」も、「加賀」と同様の運命を辿りつつある。

こちらは、後部に被雷が集中したためだろう、艦尾はほぼ海面下に没している。

「赤城」「加賀」の乗員救助には、第四駆逐隊の「萩風《はぎかぜ》」「舞風《まいかぜ》」と第六一駆逐隊の「照月《てるづき》」「涼月《すずつき》」が、それぞれ当たっていた。

「空母四隻喪失、三隻損傷か」

小沢の口から、その呟きが漏れた。

努めて感情を抑えたつもりだが、実際には血を吐《は》くような思いだった。

第一機動艦隊が失った空母は「赤城」「加賀」だけではない。

第二部隊の「翔鶴」と第三部隊の「隼鷹」も、第一次、第二次空襲で損傷した後、第三次空襲で雷撃を受けて、止めを刺された。

他に、小沢の旗艦「大鳳」と第二部隊の「瑞鶴」「蒼龍」が被弾損傷した。

「大鳳」「瑞鶴」の被害は、対空火器に留まったが、「蒼龍」は飛行甲板に中破と判定される被害を受けた。

いちどきにこれほど多くの艦を失ったのは、小沢自身も参陣《さんじん》した海南島沖海戦以来だ。

いや、現代の海戦には不可欠の存在である空母を、四隻も喪失したのは初めてとなる。その意味では、空前の被害を受けたと言っても過言ではない。

小沢にとって、何よりこたえたのは、「赤城」「加賀」の喪失だ。

小沢は少将時代に第一航空戦隊の司令官を務め、両艦を指揮した経験があるためだ。

馴染《なじ》み深い艦の沈没と、見知っている乗員多数の戦死は、我が身を切られるような辛さだった。

「空母の喪失以上に、未帰還機が多数に上ったことが大きな打撃です」

加来止男参謀長が、難しい表情で言った。

米機動部隊との戦闘で、第一機動艦隊は、第一次、第二次の両攻撃隊を合わせ、五一二機を出撃させた。うち、未帰還は三四二機に上っている。

六七パーセントという損耗率は、これまでになかった数字だ。

全般に、零戦よりも彗星、天山の未帰還が多い。

米軍の主力艦戦がF6Fに替わったこと、米艦隊の対空砲火がウェーク沖海戦時よりも格段に強化されたことが、多数の未帰還機を出した原因だ。

他に、艦隊の直衛に当たった零戦九三機のうち、未帰還五〇機との報告が届いている。攻撃隊よりはましだが、損耗率は五四パーセントに達する。

「空母や航空機以上に、搭乗員の戦死が大きな痛手です」

天谷孝久航空甲参謀が言い、航空乙参謀小牧一郎《こまきいちろう》少佐も、いかにも同感、と言わんばかりに頷いた。

「空母も飛行機もまた作れますが、搭乗員は、簡単には養成できません。その搭乗員を数多く失ったとなりますと、機動部隊の再建は非常に困難になったと申し上げざるを得ません」

「甲参謀と同意見です」

加来も、沈んだ表情で言った。

機動部隊の参謀長に任じられる前は、空母「飛龍」の艦長や内地の航空隊司令を務めた経験を持つだけに、搭乗員の大切さを熟知しているのだ。

「ですが、作戦目的は達成しました」

大前敏一首席参謀が、力を込めて言った。

「攻撃隊は空母六隻撃沈、二隻撃破の戦果を上げ、敵機動部隊はマリアナから後退しつつあることが確認されています。損害は確かに甚大でしたが、それに見合うだけの成果は上げたと判断します」

一機艦司令部が攻撃隊の報告を集計した結果、戦果は「敵空母六隻撃沈、二隻撃破」と判断している。

また、第三次空襲の終了後、敵艦隊の上空に飛んだ艦上偵察機「彩雲《さいうん》」は、

「敵針路九〇度」

との報告電を打電した。

敵機動部隊はマリアナ諸島から離れ、東に向かっているのだ。

空母一四隻中、六隻が沈み、二隻が損傷したとなれば、無傷の空母は六隻となる。

戦力が半分以下になった以上、作戦の続行は不可能と見て、撤退したのだろう。

損害は大きかったが、作戦目的を達成した以上、勝ったのは我々なのです——大前は、そう主張したいようだった。

「勝敗の判定については、首席参謀の言う通りだろう。多大な犠牲を払いはしたが、マリアナ諸島を敵から守り抜いた以上、戦略上の勝利を得たのは我々だ。空母や搭乗員の犠牲は、決して無駄ではなかった。この点については、誇ってよいと考える」

小沢は、幕僚全員の顔を見渡した。

負け惜しみで言っているつもりはない。連合艦隊司令部から受けた命令は果たしたのだ。

来寇《らいこう》した敵に大損害を与え、撃退したのだから、日本側の勝利と言える。

小沢は、宣言するように言った。

「一旦、トラックに戻ろう。できる限り早く、一機艦の全艦を内地に帰還させたい。敵の再度の来寇に、備えなくてはならないからな」

第五章　トラック沖の「アイオワ」

1

合衆国海軍第五艦隊がトラック環礁に対する攻撃に踏み切ったのは、七月二六日だった。

ウェーク沖海戦以来、約二年ぶりに行われた機動部隊同士の戦闘――合衆国の公称「サイパン沖海戦」から、二週間余りが経過している。

日本海軍の機動部隊は、トラックを経由して本土に引き上げたが、第五艦隊隷下のTF58は二週間で戦力の補充を完了させ、マーシャル諸島のメジュロ環礁から打って出たのだ。

「ここがトラックか」

VB12隊長マーチン・ベルナップ少佐は、カーチスSB2C〝ヘルダイバー〟のコクピットから、海面を見下ろした

薄紫《うすむらさき》色のベルトを伸ばしたような珊瑚礁の向こうに、緑に覆われた多数の島々が見える。

元々の名は「モエン島」「デュブロン島」「フェフアン島」等だが、日本はトラックを統治下に収めた後、「春島《スプリング・アイランド》」「夏島《サマー・アイランド》」「秋島《オータム・アイランド》」等、独自の名を付けたということだ。

それらの一つ一つに飛行場が設けられ、零戦《ジーク》、彗星《ジュディ》、一式陸攻《ベティ》といった機体が展開している。

VB12に割り当てられた攻撃目標は、エテン島。日本が「竹島《バンブー・アイランド》」と命名した、小さな島の飛行場だ。

島自体の面積は小さいが、飛行場の規模はトラック環礁の中でも有数であり、島一つが丸ごと、巨大な空母のようになっているとのことだった。

「ジークは出て来ないな。艦戦隊の連中が一掃しちまったかな?」

ベルナップはインカムを通じて、偵察員席のジェシー・オーエンス大尉に話しかけた。

TF58はトラック攻撃に当たり、二段階の手順を踏んでいる。

第一次攻撃隊をF6Fのみで編成して、敵戦闘機を掃討《そうとう》し、しかるのちにヘルダイバー、アベンジャー中心の攻撃隊を送り込むのだ。

ベルナップのVB12は、トラックに向かう途中、

「攻撃成功。ジーク一〇〇機以上を撃墜ないし地上撃破せり」

という、「エセックス」戦闘機《VF9》隊長マイク・ゴールディング少佐の通信を受信している。

報告が正しければ、トラックの防空力は大幅に低下したと判断できるが——。

「空戦の結果報告って奴は、当てにならないことが多いですよ。特に、戦闘終了直後は。急降下で離脱した敵機を『墜落』と誤認したり、戦果が重複《ちょうふく》したりすることは珍しくないんですから」

たしなめるような口調で、オーエンスは言った。

口うるさいが、慎重な性格の相棒だ。司令部に入れば、いい参謀になるだろうと思う。

「そうだな。警戒を怠《おこた》るなと、全機に伝えてくれ」

ベルナップは、オーエンスに命じた。

(奴はああ言ったが、トラックにあったジークの半分程度は掃討したはずだ)

ベルナップは、第一次攻撃隊の戦果をそのように見積もっている。

太平洋艦隊は、マーシャル諸島の占領直後から、トラックにおける敵兵力を探っていた。

クェゼリンからトラック上空にPB4Y(コンソリデーテッドB24〝リベレーター〟の海軍仕様機)を飛ばして、情報収集に努めたのだ。

第五艦隊司令部が分析したところ、

「トラックの敵航空兵力は、約四〇〇機。うち半数をジークが占めていると見積もられる」

との結果が得られている。

第一次攻撃隊がジーク一〇〇機以上を掃討したなら、トラックのジークは、半分以下になったと想定される。

何よりも、ジークは以前ほど恐ろしい相手ではな

い。

　第二次攻撃隊にもＦ６Ｆの護衛は付いているし、ヘルダイバーの防御力もドーントレスより高い。

　警戒する必要はあるが、必要以上に恐れることはないはずだ。

（総兵力では、我が軍が優勢だ。合衆国海軍の、回復力のたまものだ）

　腹の底で、ベルナップは呟いた。

　日本政府の公式発表によれば、サイパン沖海戦は、

「合衆国海軍は空母六隻を喪失、二隻を撃破され、マリアナより撤退した」

　ということになっている。

　この発表に、間違いはない。

　ただし、撃沈された六隻の空母は、全てインデペンデンス級の軽空母だ。撃破と報じられたのは、エセックス級の「バンカー・ヒル」と「レキシントン」（南シナ海海戦で沈んだ『レキシントン』の艦名を継いだもの）で、被害は飛行甲板の損傷に留まっている。

　日本軍の機動部隊は、サイパン沖海戦における攻撃目標を第五八・三、四《TG58・3、4》任務群に絞り込んだため、各任務群の直衛機と対空砲火だけでは一〇〇機以上の彗星《ジュディ》、天山《ジル》を防ぎ切れなかったのだ。

　日本機が、エセックス級よりもインデペンデンス級を狙った理由は分からない。

　対空砲火が少なく、与しやすいと思ったのか。軽空母の方が確実に撃沈できると思ったのか。乱戦の中で、正規空母と軽空母を誤認したのか。

　とはいえ、ＴＦ58も被害を軽視できず、作戦行動を中止して、メジュロに引き上げざるを得なかった。

　合衆国海軍が底力《そこぢから》を発揮したのは、そこからだ。

　サイパン沖海戦で多数の艦上機を失った空母に、メジュロで待機していた護衛空母から艦上機とクルーを補充したのだ。

　護衛空母は、商船をベースに大量建造された小型、低速、軽装備の空母で、輸送船団の護衛や航空機の輸送を主な任務とするが、前線部隊が艦上機とクル

ーを消耗したときの補充をも担《にな》っている。

サイパン沖海戦から生還したエセックス級空母四隻、インデペンデンス級軽空母二隻の艦上機は、前線での補充によって、フル編成に近い状態に戻った。

これら六隻に、真珠湾から派遣されたエセックス級空母の八番艦「ワスプ」（ウェーク沖海戦で沈んだ『ワスプ』の艦名を継いだもの）が加わり、TF58の空母戦力はエセックス級五隻、インデペンデンス級二隻となった。

艦上機の数は五六五機。トラック環礁の基地航空兵力に対し、一・四倍の戦力差となる。

数の上では、圧倒的に優勢とまではいかないが、艦上機の性能、特にジークに対するF6Fの優位を考慮すれば、トラックの制空権を奪取し得るというのが、TF58司令部の考えだった。

考えを巡らしている間に、第二次攻撃隊は、礁湖の上空に進入している。

ベルナップが率いるVB12は、ベルナップ自身の機体も含め、ヘルダイバー二四機。

右方には、VB9のヘルダイバー二四機と、新たに加わった「ワスプ」爆撃機隊《VB18》のヘルダイバー二四機が展開している。彼らは、デュブロン島の敵飛行場と水上機基地を叩くことになっている。

他に、TG58・1より出撃したヘルダイバー群が、モエン島にある二つの敵飛行場を叩くべく、北寄りの空域を飛んでいた。

「前方にジーク！」

「任せろ！」

二つの叫び声が、レシーバーに響いた。

前者はVB12の第四小隊長リチャード・マーシー大尉、後者は「サラトガ」戦闘機隊《VF12》を率いるクリス・ドーソン少佐だった。

ヘルダイバー群の前上方に展開していたF6Fが速力を上げ、ジークの前上方から押し被さるように突進する。

ジークの数は一五、六機。VF12のF6Fは一二機。数の上ではやや不利だが、F6Fクルーはものともしない。

ジークの頭上から、一二・七ミリ弾の雨が降り注ぎ、ごく短時間のうちに、ジーク二機が火だるまに変わる。

残るジークは機体を横転させ、急降下によって逃れようとするが、F6Fは逃さない。次々と機体を横転させ、坂道を駆け下りるような勢いで、ジークの後を追ってゆく。

新たなジークの出現はない。

TG58・2から出撃した七二機のヘルダイバーは、敵機の迎撃を受けることなく、各々の攻撃目標に接近してゆく。

「あいつか」

目標――エテン島の飛行場を見て、ベルナップは呟いた。

一見、空母のように見えるが、そうでないことはすぐに分かる。

島の北半分を滑走路が占めており、南側に駐機場や付帯設備が並んでいる。

事前情報にあった通り、小さな島を丸ごと飛行場に仕立てた代物《しろもの》だ。

「『ジェイク1』より『チーム・ヘミングウェイ』。目標発見。今より攻撃する。目標は打ち合わせ通りだ」

ベルナップは、VB12の全機に指示を送った。

ヘルダイバー二四機中、半数の一二機はベルナップが率いて地上建造物を狙い、残る半数は次席指揮官のリチャード・マーシー大尉が指揮して、滑走路を攻撃するのだ。

護衛空母からの補充組は、ほとんどを滑走路攻撃に回している。滑走路の方が攻撃が容易であり、未熟なクルーでも損害を与えられると判断したのだ。

「島の北側に複数の艦艇あり」

「目標は飛行場だ。制空権を取れば、艦艇はゆっくり叩ける」

オーエンスの報告を受け、ベルナップは返答した。

報告された通り、エテン島とデュブロン島の間に複数の艦艇が見えるが、見たところ駆潜艇、哨戒艇といった小物クラスのようだ。

優先順位は、飛行場より遥かに低い。

「アオバ・タイプやフルタカ・タイプではないから、ですか？」

笑いを含んだ声で、オーエンスが聞いた。

開戦時から、一貫して組んでいる相棒だ。ベルナップが日本の防空艦を付け狙っていることは、誰よりも知っている。

「アオバ・タイプやフルタカ・タイプがここにいたら、とっくに対空射撃を始めているさ。ろくに撃って来ない以上、奴らはここにはいないってことだ」

「了解。命令遵守で行きましょう」

やり取りを交わしている間に、VB12はエテン島を見下ろす位置に来ている。

対空砲陣地が応戦を開始したのだろう、地上の複数箇所に発射炎が閃き、空中に爆煙が湧き出すが、ヘルダイバーからは遠く、弾片が届くこともない。

防空艦と飛行場の守備隊では、対空射撃の腕にかなりの差があるようだ。

「『ヘミングウェイ』、全機突撃《オール・アタック》！」

ごく簡潔《かんけつ》に、ベルナップは命じた。

同時に操縦桿を左に倒し、基地の付帯設備目がけて急降下を開始した。

「地獄に降下する者《ヘルダイバー》」という、物騒《ぶっそう》な名前の機体だが、本来の役目は異なる。自身が地獄に飛び込むのではなく、敵を地獄に突き落とすのだ。

ベルナップが狙いを定めた目標――飛行場の指揮所とおぼしき灰色の建造物が、照準器の白い環の中で拡大する。

静止目標だが、空母などより遥かに小さい。投弾は、ぎりぎりまで待つ必要がありそうだ。

第二中隊が一足先に投弾を開始したのだろう、滑走路上で続けざまに閃光が走り、爆炎と共に、大量の土砂が舞い上がり始めた。

日本軍は工業力不足のためか、滑走路を舗装《ほそう》していない。本土ではどうか知らないが、前線基地の滑走路は、地面を踏み固めただけだ。

一〇〇〇ポンド爆弾は、地面を深々と抉り、弾片が混じった大量の土砂を噴き上げてゆく。

「六〇〇〇（フィート）……五〇〇〇……四〇〇〇……」

高度計の数値を読み上げるオーエンスの声が、レシーバーに響く。

数字が小さくなるにつれ、目標が拡大する。

「二〇〇〇！」

の報告と同時に、ベルナップは投下レバーを引いた。

後方から動作音が届き、機体が軽くなった。

爆弾槽に抱えて来た一〇〇〇ポンド爆弾が、目標へと落下していったのだ。

ベルナップは、操縦桿を手前に引いた。

強烈なGがかかり、体重が急増したように感じられた。操縦桿を引く腕に、土嚢《どのう》をくりつけたようだった。

機首が引き起こされ、機体が水平に戻る。

褐色の爆煙が立ちこめる滑走路が目の前に来るが、ほどなく機体が上昇に転じ、滑走路が見えなくなる。

「ジーク！」

「『リナルディ2』被弾！」

悲鳴じみた叫び声が、不意に飛び込んだ。

「リナルディ」は、第六小隊の呼び出し符丁だ。

「『キャサリン1』より『ジェイク1』。ジークは引き起こし時を狙っています！」

「奴らも馬鹿じゃないな」

マーシーの報告を受け、ベルナップは舌打ちした。

ジークは、一万フィートの高度で待ち構えていた機体だけではなかった。

降下して来たヘルダイバー、ドーントレスを墜とすべく、低空で待機していたジークがいたのだ。

引き起こしの動作をかけるとき、急降下爆撃機クルーはろくに身動きができなくなる。そこを狙われたら、ひとたまりもない。

ジークは、急降下爆撃機の最大の弱点を衝いて来たのだ。

「今、行くぞ!」

VF12のドーソン大尉が呼びかけ、F6Fが低空に急行する。

低空でも、ジークとF6Fの戦闘が始まり、難を逃れたヘルダイバーが離脱にかかる。

「まずいな、こいつは」

上空からエテン島を見下ろして、ベルナップは舌打ちした。

飛行場は複数箇所から黒煙を上げているが、滑走路、地上建造物とも、完全に使用不能に追い込んだとは言えない。空母に喩《たと》えるなら、小破かせいぜい中破といったところだ。

護衛空母からの補充組が半数近くを占めていたためか、攻撃の終盤、ジークの攻撃で混乱が生じたためか。

ベルナップは、オーエンスに命じた。

「司令部に報告してくれ。『エテン島への攻撃終了。効果不充分。再攻撃の要有りと認む』と」

2

炸裂音が、夜の大気を震わせた。

この日の月齢は六。半月より、やや小さい。月が西の水平線に近づいていることもあって、光量は乏しい。

それでも微弱な光は、水面に上がる飛沫を、おぼろげに照らし出していた。

炸裂音は、なおも連続する。

飛沫は、トラック環礁の内側から外側へ、あるいは水道の中心から東西の縁へと向かってゆく。

トラック環礁の南部に位置する小田島《おだじま》水道は、約七〇〇メートルの幅を持つため、敷設《ふせつ》した機雷《きらい》の数も多い。

日没前から、トラック在泊の掃海艇が総出《そうで》で作業に当たっているが、未《いま》だに「掃海完了」の報告が来ない。

元々は、敵潜水艦の侵入を防ぐために敷設した機雷だが、今は在泊艦船の脱出を阻む最大の障害物となっていた。

一九時二四分（現地時間二〇時二四分）、水道の出口付近で、信号灯の光が点滅した。

「『掃海艇一九号』より信号。『掃海完了』」

練習巡洋艦「鹿島《かしま》」の艦橋に、信号員が報告を上げた。

「二三駆、二九駆、三〇駆に信号。『敵潜ノ所在ヲ確認セヨ』」

「鹿島」艦長梶原季義《かじわらすえよし》大佐は、即座に下令した。

第二三駆逐隊の「三日月《みかづき》」「菊月《きくづき》」「夕月《ゆうづき》」、第二九駆逐隊の「追風《おいて》」「朝凪《あさなぎ》」「夕凪《ゆうなぎ》」、第三〇駆逐隊の「睦月《むつき》」「皐月《さつき》」「望月《もちづき》」が水道を通過し、環礁の外に出る。

駆逐艦が水道を通過するとき、梶原は一瞬ひやりとした。

吃水の浅い駆逐艦が、小田島水道の中にある点礁《てんしょう》に引っかかる危険はないが、掃海艇が見逃した機雷の存在を懸念したのだ。

だが、駆逐艦の艦首に触雷の飛沫が上がることはなかった。

九隻の駆逐艦は、各駆逐隊毎に分かれ、五ノットの低速で、敵潜水艦の探知を開始した。

開戦後、トラック環礁への出入りは北水道のみを使うものと決定され、他の水道は全て機雷で封鎖されている。

環礁南部の水道が長く使用されていないことは、米側も知っているはずだ。

それでも、敵潜水艦がいないとは断言できない。

掃海作業時の爆発音を聞きつけ、潜水艦が集まって来た可能性も考えられる。

低速の上に、防御力は皆無と言っていい艦船三五隻――輸送船二四隻、給油艦一一隻を引き連れて、脱出しなければならないのだ。

「艦長より通信、友軍からの入電はないか?」

「ありません。四艦隊司令部も、各戦隊も、沈黙しています」

梶原の問いに、通信長戸倉次郎《とくらじろう》少佐は返答した。

「今のところは何もなし、か」

梶原は呟き、艦の正面を見つめた。

九隻の駆逐艦は、水道の出口付近を行きつ戻りつしながら、海中の敵を探っている。

今にも、駆逐艦の艦腹に魚雷命中の水柱が奔騰するのではないかと思うと、気が気ではない。

そうなれば、脱出を命じられた四九隻は、トラックに閉じ込められ、明日以降の航空攻撃で撃沈されるのを待つばかりとなる。

「環礁内で、座《ざ》して沈められるのを待つよりは、一パーセントでも生き延びられる可能性に懸けた方がよい。それは分かっているが――」

この日――七月二六日一三時（現地時間一四時）、横須賀の連合艦隊司令部より第四艦隊司令部を通じて、トラックの在泊艦船に一通の命令電が届いた。

「『トラック』在泊ノ全艦船ハ可及的速ヤカニ泊地ヨリ避退セヨ」

という内容だ。

この日の早朝より始まったトラック環礁への空襲では、基地航空隊が奮戦し、トラックの制空権を辛うじて確保した。

春島第一、第二飛行場、夏島飛行場は使用不能となったが、冬島《ふゆしま》、楓島《かえでじま》の飛行場は健在であり、竹島飛行場も損害を受けたものの、まだ使用が可能だった。

ただ、トラックの守りに就いていた第一一、一二航空艦隊、約四〇〇機のうち、全戦力の四割に当たる一六二機が、敵機との戦いで失われている。

兵力が激減した基地航空隊が、明日以降も敵の攻撃を支えられるかとなると、甚《はなは》だ心許《こころもと》ない。

基地航空隊が壊滅し、トラックの制空権が奪取されれば、敵の矛先は在泊艦船に向けられる。

その前に、全艦船を避退させたいというのが、連合艦隊司令部の意向だった。

問題は、水上部隊の攻撃が予想されることだ。

空襲の合間を縫《ぬ》って発進した六一航戦の索敵機が、「敵艦隊見ユ。位置、『北水道』ヨリノ方位七五度、二三〇浬。敵ハ戦艦二、巡洋艦四、駆逐艦多数。敵針路二七〇度。〇九五三《マルキュウゴサン》（現地時間一〇時五三分）」との報告電を送っている。

米艦隊は、在泊艦船の脱出を予想しており、戦艦を含む水上部隊を繰り出したのだ。

第四艦隊司令長官小林仁《こばやしまさし》中将は、各戦隊の司令官と主だった艦の艦長、駆逐隊の司令を夏島の司令部に招集し、緊急の作戦会議を開いた。

トラックからの避退といっても、容易ではない。

戦闘艦艇だけなら、足の速さと身軽さを活かして、早期の脱出が可能だが、在泊艦船の中には、低速の輸送船や給油艦もある。

これらを、残してゆくわけにはいかない。

そこで提案されたのが、囮《おとり》作戦だ。

在泊艦船のうち、比較的戦闘力が高く、かつ足の速い艦が北水道より脱出し、敵の注意を引きつける。

その間に、戦闘力の低い艦が、輸送船や給油艦を連れて、環礁の南側より脱出するのだ。

北水道と、南部の水道の間には、約三五浬の距離があるため、敵艦隊には気づかれ難い。

仮に、敵艦隊が低速艦の脱出に気づいたとしても、北水道沖から環礁の南側に移動するには、環礁の外を大きく回り込まねばならない。

航程は約六〇浬であり、最大戦速でも二時間はかかる。

その間に、低速艦は闇の彼方《かなた》に脱出している。

協議の結果、環礁の南部から脱出するのは、輸送船と給油艦三五隻、及び「鹿島」と第一九戦隊の特務艦「沖島《おきしま》」「常盤《ときわ》」「津軽《つがる》」、第七潜水戦隊の潜水母艦「迅鯨《じんげい》」、第二三、二九、三〇駆逐隊の駆逐艦九隻と決定され、「鹿島」の梶原艦長に指揮権が委ねられた。

他に、七潜戦隷下の呂《ろ》号潜水艦九隻がトラックに在泊していたが、これらは脱出作戦の援護に当たることとなった。

通過する水道は、小田島水道が選ばれた。

トラック南部には、皿島《さらしま》、花島《はなしま》、小田島、南《みなみ》の四水道があるが、皿島水道、花島水道は幅が狭い上、水深の浅い点礁があり、通行しにくい。

南水道には点礁がないが、潮流が速く、低速の輸送船や給油艦は操船が難しい。

小田島水道は、幅が七〇〇メートルと広い上に、潮流も比較的緩《ゆる》やかで、航行しやすい。

点礁が存在するが、深さは最も浅い場所で一〇メートル程度であるため、中小型艦であれば、接触せずに通れる。輸送船、給油艦も空荷《からに》で抜ければ、座礁の心配はない。

これらの諸条件から、小田島水道が最適と判断されたのだ。

その小田島水道の出口では、九隻の駆逐艦が、敵潜の所在を探っている。

いずれも大正年間に竣工した旧式艦だが、一部の艦は、昭和一五年に制式化された零式水中聴音機《ちょうおんき》を装備している。

各艦の水測員は、全神経を耳に集中し、僅かな音の変化も聞き逃すまいとしているはずだ。

二一時一八分、信号員が報告を上げた。

「『三日月』より信号。『水道西側ニ敵潜ナシ』」

続いて、二九駆の司令駆逐艦「追風」と三〇駆の司令駆逐艦「睦月」からも、

「水道南側ニ敵潜ナシ」

「水道東側ニ敵潜ナシ」

との報告が上がった。

「よし、全艦に信号。『前進半速』」

梶原は、即座に下令した。

真っ先に、輸送船が動き出す。

機雷が取り除かれ、安全になった小田島水道に進入し、外海へと抜けてゆく。

「鹿島」を含め、駆逐艦を除いた戦闘艦艇は、礁湖に留まっている。

これらは、輸送船、給油艦の後に、出港する予定だった。

(長官、参謀長……)

夏島の司令部に残っている、小林仁司令長官以下の第四艦隊司令部幕僚に、梶原は胸中で呼びかけた。

この「鹿島」は、本来第四艦隊の旗艦を務めていた艦だ。

少尉候補生の遠洋航海用の艦として建造されたが、通信設備が充実しているところから第四艦隊の旗艦に任ぜられ、トラックに常駐していた。

だが今、「鹿島」は中将旗を降ろし、脱出部隊の指揮を執っている。

連合艦隊司令部の避退命令は、「トラック在泊の全艦船」であって、第四艦隊司令部や根拠地隊には及んでいない。

全艦船を避退させた以上、長官以下の残留した将兵には、脱出の道はない。

陸軍は、トラックの守備兵力として、第三八師団、第五二師団と独立混成第五一旅団を駐留させており、海軍の第四一警備隊、第四二警備隊もいるが、広大なトラックの守備兵力としてはいささか心許ない。

米軍の大規模な地上部隊が来襲すれば、陥落は必至だ。

「司令部も旗艦に乗って、避退されては?」

梶原は作戦会議の終了後、そう勧めたが、小林は、

「四艦隊の司令部は、いわばトラックという巨大な軍艦の艦長だ。艦長が、艦を捨てて逃げ出すわけにはゆかぬよ」

と、笑って謝絶《しゃぜつ》している。

残された人々の運命を考えると、暗然《あんぜん》とせざるを得ないが、今の梶原は「鹿島」の艦長であると同時に、トラックから脱出する四九隻の責任者だ。

全艦を内地に連れ帰る責務が、梶原の肩にかかっていた。

「鹿島」の左舷側には、小田島水道と脱出した艦船がぼんやりと見え、右舷側には星明かりを背にした島々の稜線《りょうせん》がおぼろげに見えている。

再び、トラックを見る日が来るかどうかは、判然としなかった。

「輸送船、給油艦、全て水道を抜けました」

艦橋見張員《みはりいん》が報告したときだった。

不意に、艦の右舷側——トラックの島々の向こう側に、白光が走った。

光は、急速に数を増やしてゆく。

遠雷を思わせる砲声も伝わって来た。

「始まったな」

梶原は唸り声を発した。

囮部隊が、敵の水上部隊と遭遇したのだ。

3

最初の発射炎が閃いたのは、囮部隊の全艦が北水道を通過した直後だった。

海上の二箇所で、前後して閃いた白光が、周囲の闇を吹き払い、星明かりをかき消した。

光の中に一瞬、艦影がくっきりと浮かび上がった。

「発砲せる敵は戦艦。新型と認む。本艦よりの方位九〇度、一六〇《ヒトロクマル》（一万六〇〇〇メートル）！」

第六戦隊旗艦「加古」の艦橋に、射撃指揮所からの報告が飛び込んだ。

砲術長矢吹潤三《やぶきじゅんぞう》少佐は、光の中に浮かび上がった艦影から、敵の艦橋が塔状であることを見抜き、新鋭戦艦であると判断したのだ。

「夜間に、一六〇《ヒトロクマル》で発砲か」

囮部隊の総指揮を執る高間完第六戦隊司令官が、

驚いたような声を上げた。

　夜間の砲戦距離としては、常識外れの遠距離だ。

「電探照準射撃です」

　桃園幹夫首席参謀は推測を述べた。

　米海軍は既に電探照準射撃を実用化しており、夜間であっても、昼戦《ちゅうせん》並みの遠距離から射弾を放って来る。

　新鋭戦艦であれば、電探も最新のものを装備しているはずだ。

　距離一万六〇〇〇から発射したところを見ると、敵は射撃精度に相当な自信を持っているに違いない。

　敵弾の飛翔音が聞こえ始める。

　過去の海戦で聞いたものとは違う。海南島沖海戦やルソン島沖海戦で、さんざん聞かされた音よりも大きく、鋭さを感じさせる。

　桃園が両目を大きく見開いたとき、敵弾が落下した。

「加古」の正面に、複数の水柱が同時に奔騰し、先に環礁の外に出た軽巡や駆逐艦の姿を隠した。

　弾着位置は遠いが、爆圧は伝わって来る。艦首が僅かに持ち上げられ、艦橋が後方に仰《の》け反る。

　数秒後、もう一隻の敵艦から発射された巨弾が落下する。

　今度は、第六戦隊の僚艦「衣笠」の左舷付近に落下し、艦橋どころか、マストをも大きく超える水柱を奔騰させた。

「全艦、針路九〇度。環礁に沿って、時計回りに進む」

「時計回りですか、司令官？」

　高間の下令に、「加古」艦長小野田捨次郎《おのだすてじろう》大佐が驚いた声で聞き返した。

　指示通りに進めば、トラックの南側に回り込むことになる。

　脱出部隊のところに、敵を誘導することになるのでは、と危惧したようだ。

「時計回りだ。私に考えがある」

落ち着いた声で、高間は答えた。

「加古」から、囮部隊の全艦に命令電が飛ぶ。

その間にも、敵戦艦二隻は第二射を放っている。敵弾の飛翔音が「加古」の頭上を通過し、後方から炸裂音が伝わる。

「後部見張りより艦橋。敵弾は環礁に命中！」

状況が、即座に伝えられる。

敵弾は北水道付近を直撃し、珊瑚を粉砕したようだ。水道の幅が、少し広がったかもしれない。

敵二番艦の射弾は、第一射同様、「衣笠」の近くに落下している。

弾着位置は、第一射のそれより遠いようだ。

「電探照準射撃といえども、砲戦距離一六〇《ヒトロクマル》では、射撃精度は確保できぬようだな」

「油断は禁物です」

小野田艦長の呟きを受け、桃園は言った。

射撃精度が多少低くとも、被弾確率はゼロではない。四〇センチ砲弾が命中すれば、基準排水量が一万トンに満たぬ防巡など、一瞬で消し飛びかねない。

「『山雲《やまぐも》』より入電。『我ニ続カレタシ』」

通信参謀市川春之少佐が報告を上げた。

最初に環礁の外に出て、対潜警戒に当たっていた第一〇駆逐隊の司令駆逐艦「山雲」が、囮部隊の全艦を誘導するのだ。

敵戦艦二隻の巨弾は、続けて飛来する。

第三射弾は大きく外れたが、第四射弾は一発が「加古」の左舷至近に落下し、艦橋のすぐ脇に、夜目にも白い海水の壁を噴き上げた。

真下から突き上げる爆圧を受け、基準排水量八七〇〇トンの艦体が上下に揺れ動き、きしむような音が伝わった。

「衣笠」も至近弾一発を受け、艦体が動揺している。

二番艦の位置にある「古鷹」は、今のところ見逃されていた。

「防巡が何度も水上砲戦に駆り出されるとは、何の因果《いんが》だ！」

「便利使いされてるのさ。手頃で、使いやすいからな」

航海長海老原幸雄《えびはらゆきお》中佐の叫び声に、小野田艦長が笑って応えた。

（艦長の言う通りかもしれん）

桃園は苦笑した。

日米両軍を合わせ、二七隻もの空母が激突した空前の機動部隊決戦――大本営の公称「マリアナ沖海戦」の終了後、第六戦隊はトラック環礁への残留を命じられた。

「敵機動部隊が後退した現在、トラックに対するマーシャル諸島からの長距離爆撃が想定される。六戦隊の防巡は、南シナ海でB17の一個小隊を全滅させた実績があり、重爆の迎撃に適している」

というのが、その理由だ。

このため六戦隊は、被弾損傷した「青葉」のみを内地に帰還させ、「加古」を新たな旗艦に定めて、トラックに残留した。

連合艦隊司令部の予想に反し、重爆撃機によるマーシャルからトラックへの長距離爆撃はなかった。

代わりに飛来したのは、索敵機だ。

二日に一度の割合で、四機程度がトラックの上空に飛来し、偵察写真を撮影して引き上げてゆく。

六戦隊も迎撃戦に参加したが、敵の索敵機は一万メートル前後の高高度から侵入して来ることが多く、防巡の長一〇センチ砲でも有効弾を得るのは容易ではなかった。

六戦隊は、防巡の本領を充分発揮できないまま、トラックで日を送り、敵機動部隊による大規模攻撃の日を迎えたのだ。

六戦隊は、春島の西側に位置する春島錨地で対空戦闘に従事したが、敵機は飛行場に攻撃を集中し、在泊艦船には目もくれなかった。

「制空権を握ってしまいさえすれば、在泊艦船など好きなように料理できる」

そんな意志を感じさせる動きだった。

結局六戦隊は、本来の任務である防空戦闘にはほとんど貢献することなく、在泊艦船を脱出させるための囮役を務めることになったのだ。

六戦隊がトラックに残った名目《めいもく》は、防空戦闘への協力だったが、実際には小野田艦長が言ったように、便利使いされているのだろう、と思う。

六戦隊は対空戦闘だけではなく、水上砲戦でも実績を上げてきた。

海南島沖、ルソン島沖、ウェーク沖の三大海戦で、長一〇センチ砲を振るって米艦隊と渡り合い、勝利に貢献して来たのだ。

「六戦隊なら、対空戦闘と水上砲戦の両方に対応できる」

古賀峯一連合艦隊司令長官には、そんな考えがあったのかもしれない。

囮部隊の各艦は、先頭艦「山雲」の後方に続いている。

二、三番艦の位置には一〇駆の「朝雲《あさぐも》」「満潮《みちしお》」が付き、その後ろに第一五駆逐隊の「黒潮《くろしお》」「早潮《はやしお》」「夏潮《なつしお》」、第一六駆逐隊の「陽炎《かげろう》」「不知火《しらぬい》」、第一七駆逐隊の「浜風《はまかぜ》」「磯風《いそかぜ》」「雪風《ゆきかぜ》」「谷風《たにかぜ》」が占位する。

駆逐艦の後方に、第一八戦隊の軽巡「天龍《てんりゅう》」「龍田《たつた》」が付き従い、第六戦隊は「衣笠」「古鷹」「加古」の順で最後尾に付く。

巡洋艦、駆逐艦合計一七隻が、囮部隊の陣容だ。

砲の口径は、最も大きいものでも一四センチ。戦艦二隻を擁する敵艦隊と、まともに戦える編成ではないが、勝利は元より目指していない。

南水道から脱出した、輸送船や給油艦中心の部隊が安全な海面に脱出するまで、時間を稼ぐことが任務だ。

「全艦、最大戦速！」

「加古」が回頭を終えたところで、高間が大音声で下令した。

機関の鼓動《こどう》が高まり、囮部隊の各艦が白波を蹴立てながら速力を上げた。

4

「加古」と「衣笠」に巨弾を浴びせたのは、合衆国海軍の最新鋭戦艦「アイオワ」と姉妹艦の「ニュージャージー」だった。

全長二七〇・四メートル、最大幅三三メートル、基準排水量四万八五〇〇トン。

合衆国海軍の戦艦の中では、最も大きく、重い。長さだけなら、日本海軍の大和型をも上回る。

艦全体の形状は、サウスダコタ級よりもノースカロライナ級に近い。

特筆すべきは、三連装三基の主砲と速度性能だ。

主砲の口径は四〇センチだが、砲身長が五〇口径と長く、命中時の装甲貫徹力を増している。

最高速度の三三ノットは、エセックス級の高速空母に匹敵する。これは、日本海軍の金剛型高速戦艦を凌駕することを意識して、設計・建造されたためだ。

第五四任務部隊《TF54》旗艦「アイオワ」の対水上レーダーは、日本艦隊の動きを映し出している。

敵の針路は九〇度。駆逐艦と思われる小型艦を前方に展開させ、中型艦を後方に置いている。

TF54から逃れようとする動きだった。

「『プレーヤー』より命令。全艦針路一三五度。変針後は最大戦速」

「『キング』『クイーン』は砲撃続行」

「アイオワ」の戦闘情報室《CIC》に詰めているTF54司令官ウィリス・A・リー少将は、落ち着いた声で二つの命令を発した。

CICの外から、砲声と振動が伝わってくる。

「キング」「クイーン」こと「アイオワ」「ニュージャージー」が、長砲身四〇センチ砲を、敵艦目がけて発射したのだ。

敵を射界に収めているのは、前部の第一、第二砲塔に限られるため、発射門数は六門となる。

全主砲の三分の二であっても、四〇センチ砲の発射に伴う反動は、鋼鉄製の巨体を身震《みぶる》いさせるほど強烈だった。

「敵は、環礁の外周に沿って遁走するようです」

情報ボードに敵の動きを描き込んでいた作戦参謀アラン・フォークナー少佐が、日本艦隊の狙いを見抜いた。

「なかなか頭のいい逃げ方だな」

トラック環礁の地図と日本艦隊の逃走ルートを思い描きながら、リーは言った。敵を褒《ほ》めることが滅《め》多《た》にないリーには、珍しい一言だった。

日本艦隊が環礁に沿って逃げるとなれば、TF54は外側から回り込んで追跡することになる。

結果、日本艦隊の方が短いルートを行くことになり、TF54を引き離せる計算になる。

「司令官、駆逐艦を先行させては？」

参謀長ジョージ・ハリス大佐が具申した。

TF54隷下の駆逐艦二〇隻は、いずれも最新鋭のフレッチャー級であり、最大三七・八ノットを発揮できる。

日本艦隊は三三ノット前後と見られるから、距離を詰めることは可能だ。

「よかろう。『ポーン』突撃せよ」

リーが下令したとき、「アイオワ」の舵《かじ》が利き始め、艦首が大きく左に振られた。

北からトラック環礁に突入する形で、まっすぐ南下していた部隊が、南東方向に変針したのだ。

全長二七〇・四メートルの長大な艦体が、日本艦隊を追って艦首を振ってゆく。

「『ニュージャージー』取舵《とりかじ》。続いて第四群、『ボイシ』より順次取舵」

「第五群、増速します」

対水上レーダーを担当するラリー・シャノン大尉が、僚艦の動きを報告する。

駆逐艦部隊が先行し、二隻の最新鋭戦艦と四隻の軽巡洋艦が続く形だ。

「逃がさんぞ、ジャップ」

敵愾心《てきがいしん》を込めて、リーは呟いた。

相手は、巡洋艦以下の艦しかいない弱小の部隊だ。取り逃がしたら、合衆国海軍の恥《はじ》だ。

リーの闘志が乗り移ったように、「アイオワ」「ニュージャージー」の主砲が咆哮を上げる。

前部六門の五〇口径四〇センチ主砲が火を噴き、「アイオワ」の巨体に、急制動をかけたような衝撃が走る。

やがて、シャノンが弾んだ声で報告した。

「命中です。命中しました。敵影一、レーダーより消滅！」

被弾したのは、第一八戦隊の軽巡洋艦「龍田」だった。

第六戦隊の先頭をゆく「衣笠」の前方で、真っ白な閃光が走ったかと思うと、摩天楼《まてんろう》を思わせる巨大な火柱がそそり立ち、無数の火の粉に変わって、八方に飛び散った。

海面に落雷したかと思わされるほどの大音響が、最後尾に位置する「加古」にまで伝わった。

「た、『龍田』轟沈！」

見張員が、声を震わせながら報告を上げた。まだ、若い声だ。「加古」に配属されて、間もないのかもしれない。

「何故、『龍田』が……」

信じられない——と言いたげな声を上げた高間完司令官に、桃園幹夫首席参謀は推測を述べた。

「『衣笠』を狙った砲弾が逸れ、『龍田』を直撃したと考えられます」

第六戦隊の各艦は、「龍田」の右舷側を次々と通過する。

「加古」が通過したときには、海上に噴き上げる炎も、火災煙も、海面下に吸い込まれるような格好で消えかかっていた。

白い水蒸気も見えるが、それも収まりつつある。

「龍田」の艦体――というより、敵戦艦の巨弾に打ち砕かれた残骸は、ほとんどが海面下に没しているのだ。

「龍田」が完全に沈み、燃えさかる炎が消し止められるのは、時間の問題と思われた。

桃園は、「龍田」に黙礼《もくれい》した。

「龍田」は、帝国海軍の巡洋艦では最古参《さいこさん》だ。艦齢は二五年に達し、艦体は老朽化が進んでいる。

大きさも、全長一四二・七メートル、最大幅一二・三メートル、基準排水量三二三〇トンと、駆逐艦を僅かに上回る程度だ。

その艦が、戦艦の四〇センチ砲弾を喰らえばどうなるかは、容易に想像がつく。

敵弾は、一撃で艦底部までを刺し貫き、機関を粉砕したか、弾火薬庫か発射管を直撃して、誘爆を引き起こしたのだろう。

そのような老朽艦にも、三二七名の乗員が命を預けていた。

巨弾直撃の衝撃に叩きのめされ、炎に焼かれ、海面下に引きずり込まれてゆく人々の運命を思うと、暗然としないではいられない。

それはまた、「加古」と六戦隊司令部を襲う運命かもしれなかった。

敵の巨弾は繰り返し降って来る。

後方から敵弾の飛翔音が迫り、夜の大気が激しく鳴動する。

その音が極大に達した直後、飛翔音が消え、奔騰する水柱と共に、爆圧が艦底部を突き上げる。基準排水量八七〇〇トンの艦体が、空中に浮いたと錯覚するほどだ。

六戦隊の先頭に位置する「衣笠」の周囲にも、繰り返し水柱が奔騰している。

「龍田」は、本来の目標ではなかった。今度こそ、仕留めてやる――そんな意志の存在を感じさせた。

「加古」も、「衣笠」も、「龍田」の倍以上の排水量を持ち、防御装甲も「龍田」のそれより充実している。

その装甲鈑も、戦艦の巨弾の前では無力だ。

直径四〇センチ、重量一トンの巨弾は、「加古」や「衣笠」の防御甲鈑など薄紙《うすがみ》のように貫通し、艦を串刺《くしざ》しにするであろう。

「砲術より艦橋。左後方より敵駆逐艦多数。速力は三八ノットと推定！」

不意に、射撃指揮所の矢吹砲術長から報告が上げられた。

敵の指揮官は、戦艦の遠距離砲撃が空振りを繰り返しているため、駆逐艦を先行させたのだ。

「目標、左後方の敵駆逐艦。各艦、個別に砲撃始め！」

高間が、力のこもった声で命じた。「龍田」の仇《かたき》だ――そんな声が、言外《げんがい》に感じられた。

「艦長より砲術。目標、敵駆逐艦一番艦。砲撃始め！」

小野田艦長が射撃指揮所に下令するや、後部から砲声が伝わった。

後部三基の長一〇センチ高角砲のうち、敵駆逐艦を射界に収めている四、六番が砲撃を開始したのだ。

前方に発射炎が閃き、「古鷹」「衣笠」の艦影が、瞬間的に浮かび上がる。

第一八戦隊の「天龍」と一二隻の駆逐艦は、六戦隊の防巡に射界を遮られるためか、沈黙を保っていた。

敵駆逐艦も、砲撃を開始する。

「加古」の周囲に弾着の飛沫が上がり、炸裂音が左右から、あるいは後方から届く。

その合間を縫うようにして、戦艦の巨弾が轟音を上げて飛来する。

一発が艦尾付近に落下して、蹴り上げられるような爆圧が襲い、「加古」が大きく前にのめる。

高間司令官や小野田艦長らも大きくよろめき、桃園は壁に身体を預けて転倒を防ぐ。

艦が逆立《さかだ》ちになり、沈没するのではないかと思われるほどの衝撃だ。

「艦長より機関長、推進軸に異常はないか？」

「異常ありません！」

「操舵室、舵は無事か？」

「異常ありません！」

小野田と、航海長海老原幸雄中佐の問いに、即座に応答が返される。

「後部見張りより艦橋。右後方より爆音！」

「敵艦上空に吊光弾投下！」

二つの報告が、連続して上げられた。

数秒後、今度は射撃指揮所から朗報が届いた。

「敵一番艦に命中。敵艦、落伍します！」

「よし！」

高間が笑顔を浮かべ、小野田艦長と頷き合った。

昼間の空襲を生き延びた水上機が、トラックより応援に駆けつけ、吊光弾を投下したのだ。

格好の照明を得た防巡三隻は、敵の先頭に位置する駆逐艦に砲火を集中し、叩きのめしたのだった。

「艦長より砲術。目標、敵二番艦！」

小野田が、即座に目標の変更を命じる。

「加古」の長一〇センチ砲は、しばしの沈黙の後、砲撃を再開し、後部から砲声が伝わり始める。

砲声とは異なる炸裂音が届き、

「敵二番艦に命中。火災発生！」

後部見張員が、歓声混じりの報告を上げる。

戦艦の巨弾を繰り返し撃ち込まれるという危機に陥りながらも、「駆逐艦殺し」は健在だ。

第六戦隊の三隻は、吊光弾が投下された直後から俄然《がぜん》命中率を上げ、敵駆逐艦を一隻ずつ順繰りに叩きのめしている。

「目標、敵三番艦！」

「目標を三番艦に変更します！」

小野田艦長の命令に、即座に復唱が返される。

「加古」の後部に新たな砲声が轟き始め、三隻目の敵駆逐艦に、一〇センチ砲弾を叩き込んでゆく。

「首席参謀、現在位置は？」

砲声の合間を縫って、高間が桃園に聞いた。

「寅島《とらじま》水道沖を通過したところです。先頭の『山雲』は、間もなく北東《ほくとう》水道沖にさしかかると推定されます」

桃園は即答した。

第六戦隊には航海参謀がいないため、桃園は部隊の現在位置を把握するよう努めていたのだ。

高間は、唇の左端を僅かに吊り上げた。

いたずらを企《たくら》む悪童《あくどう》のような表情で下令した。

「全艦に打電。『〈北東水道〉沖通過後、発光信号ニテ左舷側ニ艦名ヲ送レ』」


隊列の前方に位置する第一〇三《DDG103》駆逐隊のフレッチャー級駆逐艦が、一隻ずつ被弾、落伍してゆく光景は、後続する第一〇四《DDG104》駆逐隊の司令駆逐艦「ハント」の艦橋からも、はっきりと視認できた。

既に、司令駆逐艦の「ヘイゼルウッド」と二番艦「オーウェン」は、火災を起こして落伍し、現在は三番艦「ブラッドフォード」に射弾が集中している。

敵の最後尾に位置している三隻――アオバ・タイプ、フルタカ・タイプに属する防空巡洋艦は、一〇センチ砲の速射性能を活かし、四秒置きに射弾を放って来るのだ。

各駆逐艦も、一二・七センチ単装両用砲で応戦しているが、前方に指向可能な砲は、前部の一、二番砲と後部の三番砲、合計三基に限られるためか、なかなか命中弾を得られない。

繰り返し撃ち込む射弾は、海面に激突して飛沫を上げるばかりだ。

最初に投下された吊光弾の光が消え、しばし駆逐艦群の周囲が闇に包まれる。

数秒後、二発目の吊光弾が投下され、再び青白い光が、「ブラッドフォード」と四、五番艦の「カウエル」「フランクス」を照らし出す。

「『ポーン21』より『25』、ジャップの水上機を撃て！」

　DDG104司令トーマス・セントジョン大佐は、指揮下にある五隻の駆逐艦に下令した。

　日本海軍は、レーダー照準射撃を実用化していない。吊光弾の投下を阻止できれば、これ以上の被害は食い止められる。

「艦長より砲術。目標、前方上空の敵機。射撃開始！」

「ハント」艦長ジャック・ウィルキンス中佐が、射撃指揮所に下令する。

　一拍置いて、「ハント」の一、二、三番両用砲が砲声を轟かせ、左前方に向かって射弾を撃ち上げ始めた。

「『マーシャル』『マクダーマット』射撃開始」

「『ホープウェル』『ヒーリー』射撃開始」

「第一〇五《DDG105》駆逐隊も射撃開始しました」

　後部見張員が、僚艦の動きを報告する。

　続けざまに閃く爆発光が、前上方の闇を吹き払い、炸裂音が殷々《いんいん》とこだまする。

　一発が敵機を捉えたのか、一際巨大な爆炎が湧き出し、炎の中に、航空機の破片らしきものがちらりと見える。

「一機撃墜！」

　砲術長モーリス・デュファルジュ大尉が報告し、「ハント」の艦橋に歓声が上がる。

「見たか、ジャップ。レーダー射撃の威力を！」

　ウィルキンスが、右手の拳を突き上げて叫ぶ。

「喜ぶのは早い。ジャップの水上機を一掃しろ！」

　一機撃墜ぐらいで浮かれるな――その意を込めて、セントジョンは命じた。

「ハント」以下の五隻がなおも一二・七センチ両用砲を撃ち、後続するDDG105のフレッチャー級駆逐艦も、敵機に射弾を浴びせる。

　新たな爆発光は、前方の海面に閃いた。

「『ブラッドフォード』被弾！」

射撃指揮所からの報告を受け、セントジョンは前方に双眼鏡を向けた。

ＤＤＧ１０３の三番艦は、艦の前部を激しく燃え立たせながらも取舵を切り、隊列から離れる。

舵を故障したわけではなく、艦長が戦闘不能と判断したようだ。

火災炎によって、後続艦を照らし出してしまうことを恐れたのかもしれない。

「『カウエル』の周囲に弾着！」

また、新たな悲報が飛び込む。

日本艦隊は「ブラッドフォード」の落伍を見て、すぐさま新目標への砲撃を開始したのだ。

後続する駆逐艦は、対空射撃を継続する。

「カウエル」の頭上に多数の爆発光が閃き、一際巨大な火焔が空中に湧き出す。

被弾した日本軍の水上機が、炎と黒煙を引きずりながら、駆逐艦群の面前を横切りつつ墜落する。

闇の中に潜んでいた敵を、電波の目と両用砲弾が探し当て、引きずり出した格好だ。姿がさらけ出されたときには、既に敵は致命傷を負っている。

二機の被弾・墜落を目撃したにも関わらず、日本機はひるまない。

「カウエル」の頭上に新たな吊光弾が投下され、青白い光が「カウエル」と「フランクス」、更には「ハント」までも浮かび上がらせる。

「ハント」以下の五隻は、構わず対空射撃を続ける。

一二・七センチ両用砲だけではなく、四〇ミリ連装機銃一基、二〇ミリ単装機銃六基までもが射撃に加わる。

今やＤＤＧ１０４のフレッチャー級五隻は、全ての砲と機銃を動員し、頭上の水上機目がけて、無数の射弾を放っていた。

砲声と機銃の連射音は絶え間なく響き、怒りの咆哮のように夜の大気を震わせる。

多数の発射炎は、艦の姿を浮かび上がらせ、敵に位置を教えることになるが、今は敵機を墜とすことが最優先だ。

ほどなく、二機の水上機が続けて火を噴き、海面に激突して飛沫を上げた。

「敵影、対空レーダーより消滅！」

「対空射撃止め！」

レーダーマンの報告を受けたセントジョンがDDG104の全艦に命じ、五隻の駆逐艦は射撃を一旦中止する。

この間に、「カウエル」と「フランクス」が被弾し、後方に落伍している。

「ハント」は、駆逐艦部隊の先頭に立ったのだ。

「『ポーン21』より『25』、目標を敵艦に変更！」

「目標、最後尾の敵巡洋艦。砲撃始め！」

セントジョンの命令を受け、ウィルキンスが射撃指揮所に下令した。
一、二、三番両用砲が火を噴き、砲声が艦橋を包む。三発の一二・七センチ砲弾が、闇を裂いて飛翔し、敵艦の後方に弾着の飛沫を上げる。
後続艦も、順次砲撃を開始し、「ハント」の頭上に、一二・七センチ砲弾の飛翔音が響く。

「逃がさんぞ、ジャップ」

セントジョンは、日本艦隊に呼びかけた。

DDG103は全艦が落伍したが、こちらにはまだ三個駆逐隊、一五隻が残っている。

その一五隻は、三七・八ノットの最高速度を活かして、日本艦隊との距離をじりじりと詰めている。

彼我の距離が短くなれば、両用砲の命中率が上がるだけではなく、雷撃を敢行することも可能になる。

フレッチャー級駆逐艦の水雷兵装は、五連装発射管二基。

残存する一五隻が雷撃を敢行すれば、一五〇本の魚雷が日本艦隊に殺到するのだ。

「艦長、現在位置は？」

「トラックの北東《ノースイースト》水道沖を通過しました」

「敵との距離は？」

「八〇〇〇ヤード（約七二〇〇メートル）」

「五〇〇〇ヤード（約四五〇〇メートル）まで詰める」

ウィルキンスの答を受け、セントジョンは言った。

遠距離からの雷撃では、命中は望めない。

三七・八ノットで疾駆《しっく》する艦の動きに身を委ねながら、セントジョンはそのときを待ったが――。

「『マクダーマット』被雷！」

「何だと？　どういうことだ⁉」

唐突に飛び込んだ悲報に、セントジョンは文字通り飛び上がった。

その耳に、炸裂音が伝わった。

DDG103の各艦を見舞《みま》った小口径砲弾の炸裂音ではない。遥かに大量の炸薬を持つ武器――魚雷が、駆逐艦の艦底部を抉り取った音だった。

被雷は「マクダーマット」だけではない。

後続するDDG105、106に所属する「クラックストン」「ウィリアム・D・ポーター」「ステンベル」の艦腹にも、次々と魚雷命中の水柱がそそり立っている。

「ハント」の艦橋からは、被雷の瞬間を目視できないが、炸裂音ははっきり伝わり、対水上レーダーは、僚艦の行き足《あし》が止まる様を捉えている。

「被雷、四隻です！」

「いったい、どこから……」

レーダーマンの報告を受け、セントジョンは呆然と呟いた。

日本艦隊の雷撃ではないことは、はっきりしている。彼我の相対位置から見て、雷撃は不可能だ。

「魚雷は、全て左舷側に命中しています」

「潜水艦か！」

セントジョンは、魚雷を放って来たものの正体を悟った。

日本艦隊がトラック環礁の東側に回り込んだ理由が分かった。

彼らはトラックに在泊していた潜水艦を、環礁の東側海面に待機させ、TF54を誘い込んだのだ。

トラックは「太平洋のジブラルタル」とも呼ばれた日本海軍の重要な根拠地であり、地の利は彼らの側にある。

ＴＦ54は、罠の中に踏み込んでしまったのだ。

「健在な艦をまとめろ！」

セントジョンは、大音声で怒鳴った。

駆逐艦は「ハント」も含め、まだ一一隻が健在だ。

小癪《こしゃく》な真似をしてくれた日本艦隊に、たっぷり礼をしてくれる。

その耳に、新たな報告が飛び込んだ。

「日本艦隊、左一斉回頭！　我が隊の左前方より向かって来ます！」

5

高間完第六戦隊司令官は、㈣部隊全艦が一斉回頭を終えると同時に、矢継ぎ早に命令を発していた。

「部隊針路三〇度！」

「全艦、左砲雷戦。砲撃目標、左反航の敵駆逐艦。雷撃目標、左反航の敵戦艦！」

小野田捨次郎「加古」艦長が、即座に命令を実行に移す。

「航海、面舵一杯、針路三〇度」

「艦長より砲術、左砲戦。高角砲目標、左反航の敵駆逐艦！」

「艦長より水雷、左魚雷戦。目標、左反航の敵戦艦！」

「面舵一杯。針路三〇度！」

海老原幸雄航海長が、操舵室に指示を伝える。

前甲板では、「加古」の長一〇センチ高角砲三基のうち、左舷側に指向可能な一、二番高角砲が左に旋回している。

「遠ざかりつつの戦闘ですか？」

砲術参謀の穴水豊少佐が訝《いぶか》しげに聞いた。

三〇度は、敵艦隊を迂回する針路になる。

反撃に転じた以上は、肉薄しての砲雷戦を仕掛けるのでは、と考えていたようだ。

「目的は、敵の撃滅ではなく牽制だ。そのためには、距離を置く必要がある」

桃園は穴水に言った。

こちらには、巡洋艦以下の艦しかいない。巡洋艦も、一〇センチ砲装備の防巡と一四センチ砲装備の旧式軽巡だ。

そのような部隊で、新鋭戦艦二隻を含む艦隊に肉薄するなど、自殺行為でしかない。

闇雲《やみくも》に突撃するばかりが戦いではない――と、穴水に説いた。

「首席参謀の言葉に間違いはないが、司令官としては、多少の助平《すけべ》心もある」

高間がニヤリと笑った。

あわよくば大物食いを、と高間は考えているのだ。

舵が利き始めたのだろう、「加古」の艦首が右に振られる。

一斉回頭の直前まで、「加古」の後方から絶え間なく飛来していた一二・七センチ両用砲弾が飛んで来る様子はない。

敵駆逐艦は、被雷に伴う混乱からまだ立ち直っていない様子だった。

（これほど、うまく嵌《は》まるとは）

内心で、桃園は舌を巻いている。

トラックに在泊していた第七潜水戦隊の呂号潜水艦七隻を、環礁の東側に潜ませ、その射線上に敵を誘い込む。

この策を考えついたのは、高間司令官自身だ。

四部隊の各艦は潜水艦の射線上を通過するとき、「我、『山雲』」「我、『加古』」等、自艦の艦名を発光信号で送り、味方撃ちの危険を避けた。

トラックから飛来した水上機が、敵の頭上から吊光弾を投下したのも、六戦隊のためではなく、七隻の潜水艦に目標の位置を知らせるためだ。

思いつきの作戦案が成功するだろうか、と桃園は半信半疑だったが、高間が仕掛けた罠は、見事に効果を発揮した。

七隻の呂号潜水艦が発射した、合計二八本の九六式五三センチ魚雷は、敵駆逐艦の隊列を左から襲い、四隻に命中したのだ。

魚雷命中の確認後、囮部隊が左一斉回頭をかけ、針路を三〇度に取ったのは、自らを楯《たて》として呂号を守るためでもあった。

七隻の呂号には、第二撃を望みたいところだが、潜水艦の魚雷は、巡洋艦や駆逐艦と異なり、次発装塡に一時間程度を必要とする。

敵駆逐艦四隻を仕留め、隊列を混乱させてくれただけでも大きな功績だ。それ以上を望むのは、贅沢《ぜいたく》というものだ。

(先代の司令官とは違うな)

してやったり、と言いたげな高間の顔を見て、桃園は腹の底で呟いた。

先代の第六戦隊司令官だった五藤存知少将と現司令官の高間には共通点が多い。

二人とも水雷戦の専門家であり、江田島卒業後は、ひたすら現場で腕を磨いてきた。

中央での栄進には関心を示さず、「海の武人《もののふ》」としての大成を目指したのだ。

ただ、五藤は小細工《こざいく》を弄《ろう》して、敵に罠をかけるよりも、正攻法の戦いを好む指揮官だった。

同じ「海の武人」とはいっても、高間は機略《きりゃく》によって敵を翻弄《ほんろう》する、軍師のような資質を持つ人物なのかもしれない。

桃園が二人の上官を頭の中で比較している間にも、戦闘は再開されている。

矢吹潤三砲術長が「撃ち方始め！」を下令したのだろう、「加古」の前甲板に発射炎が閃き、長一〇センチ砲の砲声が艦橋を包む。

「『古鷹』『衣笠』撃ち方始めました」

「『天龍』撃ち方始めました」

後部見張員が、僚艦の動きを報告する。

敵駆逐艦の隊列の中で、続けざまに爆発光が閃く。

最初の炸裂音が伝わるよりも早く、「加古」の長一〇センチ砲は、第二射、第三射、第四射と、連続して射弾を浴びせる。

「加古」だけではない。開戦以来、常に六戦隊の第二小隊として行動を共にしている「古鷹」「衣笠」も、旧式艦ながら囮部隊の中では最も口径の大きな砲を持つ「天龍」も、一二隻の駆逐艦も、敵駆逐艦の隊列に、連続斉射を撃ち込んでいる。

無傷の艦であれ、潜水艦の魚雷を受けて火災を起こしている艦であれ、おかまいなしだ。

「手当たり次第」という言葉通りの猛射を浴びせている。

敵駆逐艦も、反撃の射弾を放つ。

敵弾の飛翔音が響き、「加古」の前方や左舷側海面に弾着の飛沫が上がる。

弾着位置は遠く、海水がふりかかることも、弾片が艦体に命中することもない。敵弾は海面に落下し、飛沫を上げるばかりだ。

隊列が混乱していることに加え、囮部隊からの猛射を浴び、まともな照準を望めないのかもしれない。

「『天龍』被弾！　駆逐艦も、二隻が被弾した模様！」

後部見張員が報告を上げる。

敵も、全艦が混乱しているわけではないようだ。艦長以下の指揮官が沈着さを保ち、的確な砲撃を行う艦もある。

それでも、日本側で被弾・損傷した艦は、「天龍」と駆逐艦二隻に留まった。

距離が開くにつれ、敵駆逐艦の砲撃は、次第に散発的になってゆく。

「敵が環礁の南側に回ることは、なさそうですね」

小野田が高間に言ったとき、突然左舷前方にめくるめく閃光が走った。

光の中に、敵の艦影が瞬間的に浮かび上がる。

先に、「龍田」を轟沈させた新鋭戦艦だけではない。

その後方に、巡洋艦らしき複数の艦影が見える。

隊列の後方に位置する巡洋艦は、砲撃を連続する。

第一射の六秒後、第二射の発射炎が閃き、更にその六秒後には第三射を放っている。

「砲術より艦長。戦艦の後方に軽巡四隻。ブルックリン級と認む！」

矢吹砲術長が、敵の艦型を見抜いて報告する。

ブルックリン級は軽巡に属する艦だが、砲火力は重巡に引けを取らない。

四七口径一五・二センチ三連装砲塔五基を装備し、一度に一五発もの一五・二センチ砲弾を叩き付けて来る。

その一五・二センチ砲は、六秒に一発という速射性能を誇る。

防巡や駆逐艦にとっては、戦艦と同等の脅威だ。

「部隊針路四五度！」

「航海、針路四五度！」

敵弾の飛翔音が拡大する中、高間が下令し、小野田が海老原航海長に指示する。

「面舵一五度。針路四五度！」

海老原が操舵室に命令を伝えたとき、多数の敵弾が、大気を震わせながら落下した。

第一射弾は、「加古」の左舷側海面にまとまって落下し、多数の水柱を噴き上げる。

太さ、高さ共、戦艦の巨弾とは比較にならないが、数が多い。海そのものが牙を剝《む》きだしたようにも見える。

「『古鷹』の周囲にも弾着！」

「『衣笠』『天龍』の周囲に弾着。戦艦の主砲弾らしい！」

後部見張員が報告を上げたときには、敵の第二射弾が殺到している。

今度は全弾が、「加古」の正面に落下する。

噴き上げた多数の水柱の中に、「加古」の艦体が乗り入れ、鋭い艦首が海水の柱を突き崩す。

艦首艦底部からは、爆圧が伝わって来る。

戦艦の巨弾には遠く及ばないものの、小さな衝撃が数秒に亘って続く。一発で相手をノックアウトできるストレートと、ジャブの連打の違いだ。

第三射弾、第四射弾と、敵弾の落下が連続する。直撃弾はないものの、弾着位置は一射毎に近づいている。いつ、直撃弾を受けてもおかしくない。

「加古」と同じように連続斉射を受けている「古鷹」、敵戦艦の射撃目標となっている「衣笠」「天龍」のことも気になるが、今は「加古」の動きに身を委ねるだけだ。

第五射弾が落下し、右前方に多数の水柱が奔騰した直後、「加古」の艦首が右に振られた。

沸き返る海面が左に流れ、正面から左前方へと移動する。

第六射弾が続けて落下するが、弾着位置は「加古」の左正横《せいおう》だ。

「『古鷹』『衣笠』面舵！」

後部見張員の報告に、巨大な炸裂音が重なった。

戦闘が始まった直後に聞かされた音と、同じものだった。

「『天龍』轟沈！」

恐慌《きょうこう》状態に駆られたような震え声で、艦橋に報告が届く。

「天龍」は、回頭が間に合わなかった。

舵が利き始める前に、敵戦艦の巨弾が直撃し、「龍田」の後を追ったのだ。

数秒後、敵弾の飛来が唐突に止んだ。

「どうした？」

小野田が不審そうな声を上げた。

「天龍」の撃沈だけで、敵が満足したとも思えぬが、と言いたげだった。

「砲術より艦橋。敵艦隊、取舵。針路四五度！」

「司令官、はっきりしました。敵は我が艦隊をとことん追い詰め、殲滅するつもりです」

矢吹砲術長の報告を受け、桃園は高間に言った。

「海南島沖の失敗は繰り返さぬ、ということか」

高間は、ニヤリと笑った。

開戦二日目の海南島沖海戦は、数字の上では日本軍の敗北だったが、米軍は勝ったとは考えていないはずだ。

戦艦、巡戦合計一二隻という圧倒的な戦力を持ちながら、戦艦を二隻しか擁していなかった南方部隊を殲滅できず、艦艇の多くを取り逃がしてしまったのだ。

新鋭戦艦二隻を擁する部隊が、防巡以下の艦艇しか持たない囮部隊を取り逃がしたのでは、海南島沖海戦に次ぐ恥さらしになる。

敵の指揮官が、そのように考えたとしても不思議はない。

「艦長、敵の位置、分かるか？」

「砲術、敵の位置報せ」

高間の問いを受け、小野田が射撃指揮所に命じた。

「敵一番艦は、本艦の左一四〇度。距離一三〇《ヒトサンマル》（一万三〇〇〇メートル）！」

矢吹が、即座に応答を返す。

長一〇センチ砲では、射程距離ぎりぎりだ。反撃しても命中は望めないし、命中しても、たいした打撃は与えられない。

だが、高間が考えていたのは、砲による反撃ではなかった。

意を決したような声で、高間は下令した。

「魚雷発射始め！」

TF54の先頭に立つ旗艦「アイオワ」は、直進に戻ると同時に、日本艦隊の一番艦を目標に、砲撃を再開していた。

最後尾に位置する艦が、最も距離が近く、照準も付けやすいが、対水上レーダーが表示する反射波は、隊列の後方に位置する艦が駆逐艦であることを示している。

アイオワ級戦艦が装備する五〇口径四〇センチ砲は、従来の戦艦が装備していた四五口径四〇センチ砲に比べて射程が長く、破壊力も大きい。そのような砲で駆逐艦を撃つのは、熊《くま》撃ち用の大口径ライフルでウサギやネズミを撃つ行為に等しい。

せめて、巡洋艦を狙うのが得策だ。

「撃《ファイア》て！」

艦長ジョン・L・マクルーア大佐の号令一下、前部二基、六門の主砲が火を噴く。

発射の瞬間、急制動をかけたような衝撃が艦を刺し貫き、艦が僅かに後方に仰け反ったような錯覚《さっかく》を覚える。

「『ニュージャージー』砲撃再開」

「『フィラデルフィア』『ボイシ』砲撃再開」

「『フェニックス』『ホノルル』砲撃再開」

後部の予備射撃指揮所が、僚艦の動きを報告する。

「ニュージャージー」は敵の二番艦、四隻のブルックリン級軽巡は、後続する駆逐艦が目標だ。

二隻の最新鋭戦艦は、六発ずつの巨弾を遁走する巡洋艦に放ち、四隻のブルックリン級軽巡は、右前方に指向可能な第一、第二砲塔から、六発ずつの一五・二センチ砲弾を、六秒置きに放っている。

先に直撃弾を得たのは、ブルックリン級だった。

「敵駆逐艦一隻、速力二〇ノット以下に低下」

「更に敵駆逐艦一隻、停止」

「アイオワ」のCICに、SG対水上レーダーを担当するラリー・シャノン大尉が報告する。

若干の間を置いて、

「『フィラデルフィア』より報告。『敵駆逐艦一隻に命中弾多数。速力大幅に低下』」

「『ホノルル』より報告。『敵駆逐艦一隻、大火災。航行不能と判断』」

といった報告が、通信室から上げられる。

CICからは、直接艦外を見ることはできない。レーダーと密に張り巡らされた通信網が敵情を報せ、中央の情報ボードに反映される。

「敵からの反撃は？」

「応戦は散発的です。被弾した艦はありません」

司令官ウィリス・A・リー少将の問いに、参謀長ジョージ・ハリス大佐が答えた。

「この距離では撃てぬようだな」

リーは微笑した。

レーダーマンは、敵一番艦との距離を一万四〇〇〇ヤードと報告している。

優れた暗視《あんし》視力を持つ日本軍の夜戦見張員も、TF54を視認できないのだろう。

敵の発砲は、発射炎を目標にしていると考えられるが、それでは命中は望めない。

TF54は、日本軍の視界の外から、一方的に砲撃を浴びせられるのだ。

「これが新しい海戦のやり方だ、ジャップ」

リーが日本艦隊に呼びかけたとき、

「司令官、砲術長から、敵巡洋艦の反撃は小口径砲弾に限定されているとの報告が届いています」

射撃指揮所と電話で連絡を取っていた作戦参謀アラン・フォークナー少佐が報告した。

「主砲が故障し、対空火器のみで応戦しているのだろうか？」

「アオバ・タイプかフルタカ・タイプかもしれぬ」

推測を述べたハリスに、リーが言った。

アオバ・タイプ、フルタカ・タイプの名前は、リーの幕僚全員が知っている。

基準排水量七〇〇〇トン程度の小さな艦体に、一万トン級の重巡に匹敵する強力な兵装を装備した艦として、列国の海軍関係者を瞠目《どうもく》させた艦だ。

米日開戦の少し前、合衆国のアトランタ級と同様の防空巡洋艦に改装されたと聞いている。

対空戦闘には強いが、水上砲戦には向かない艦だ。

日本軍は、そのような艦を、TF54の迎撃に繰り出して来たのか。

「連合艦隊《コンバインド・フリート》の主力は、先のサイパン沖海戦終了後、日本本土に引き上げております。トラック防衛に回せる戦闘艦艇は、少ないと考えられます」

「貴官の言う通りかもしれぬな」

情報参謀マイケル・リチャーズ少佐の意見を受け、リーは頷いた。

この間にも、四隻のブルックリン級軽巡は、新たな戦果を上げている。

「『フェニックス』より報告。『敵駆逐艦一隻、轟沈』」

「『ボイシ』より報告。『敵駆逐艦一隻、速力大幅に低下。目標を切り替え、砲撃続行』」

「駆逐艦はもういい。射撃目標を一、二、三番艦に変更するよう、巡洋艦に伝えろ」

「よろしいのですか？　雷撃が懸念されますが」

「雷撃が可能な状況ではあるまい」

リーはかぶりを振った。

日本艦隊はＴＦ54を視認できず、散発的にしか砲撃できない。砲撃もできない状況で、魚雷を放って来るとは考え難い、とリーは述べた。

「アオバ・タイプ、フルタカ・タイプは、我が軍の艦上機を多数撃墜している。奴らをここで始末しておけば、今後の戦いで、艦上機とクルーの損害を減らせる」

「分かりました。巡洋艦に、目標の変更を伝えます」

ハリスが命令を復唱し、「アイオワ」の通信室に、リーの指示を伝えた。

後続する軽巡が、一旦射撃を中止する。若干の間を置いて、

「巡洋艦、砲撃再開しました！」

艦後部の予備射撃指揮所から、報告が上げられた。

「戦艦も合わせ、六隻で砲火を集中すれば――」

リーが呟いたとき、出し抜けに艦の前部から突き上げるような衝撃が襲いかかった。

合衆国の軍艦中、最大の重量を持つ艦体が、後方に仰け反ったように感じられた。

「まさか――」

「魚雷です、司令官。ジャップは、魚雷を発射していたんです！」

ハリスが叫んだ。

「奴らは、どうやって照準を……」

「我が隊が変針し、追跡に移った時点で、既に魚雷を発射していたと考えられます。被雷のタイミングから見て、他には考えられません」

「奴らは、我が方の動きを読んでいたのか」

リーには、自身の旗艦に起きたことが信じられなかった。

ＴＦ54はレーダーによって、日本艦隊の動きを完全に把握していた。敵の動きは、手に取るように分かっていた。

だが、日本艦隊はＴＦ54より一枚上手だった。ＴＦ54の動きを予測し、針路前方に魚雷を放っていたのだ。

「アイオワ」の艦内では、既に被雷への対処が始まっている。

マクルーア艦長が血相を変え、

「機関停止！」

「艦首艦底部に急行せよ。浸水拡大を、何としても食い止めろ！」

と、機関室とダメージ・コントロール・チームに命じている。

艦首に被雷した以上、一秒でも早く艦を停止させねば、艦内隔壁《かくへき》が水圧に破られ、浸水が拡大する。

この「アイオワ」は、合衆国海軍最新鋭にして最強の戦艦だ。巡洋艦以下の艦しかいない弱小の艦隊に撃沈されるなど、許されるものではない。

「全艦に命令。面舵一杯。針路一三五度！」

リーは、大声で下令した。

敵が雷撃を敢行したことが判明した以上、速やかに回避行動を取らねばならない。

「全艦、回頭急げ。魚雷が来る！」

今一度、リーは大声で命じた。焦慮《しょうりょ》の余り、声がわなないていた。

――リーは知らなかったが、姉妹艦の「ニュージャージー」と四隻のブルックリン級軽巡の艦長は、このとき既に「面舵一杯！」を命じている。

「アイオワ」の右舷艦首に水柱が奔騰し、速力が急減したところから、日本艦隊が魚雷を発射していたことを悟ったのだ。

だが、「ニュージャージー」は四万八五〇〇トンの基準排水量を持つことに加え、縦横比が八・二対一と大きいため、舵が利き始めるまでに一分以上を要する。

ブルックリン級も基準排水量が一万トンに達するため、すぐには舵が利かない。

雷速四八ノットに調整された九三式六一センチ魚雷は、航跡をほとんど残すことなく、海面下から、各艦の間近に迫っていた。

まず「フェニックス」の二番煙突直下に、一本が命中した。

魚雷は水線下をぶち抜き、三番缶室の右脇で、四九二キロの炸薬を爆発させた。

爆発の瞬間、缶室の側壁が轟音と共にぶち破られ、大量の海水が、急流の勢いで奔入《ほんにゅう》した。

缶室に詰めていた機関科員たちは、瞬く間に海水に押し流され、呑み込まれた。全力運転中の缶に叩きつけられ、絶叫した者もいたが、声はすぐに轟々と渦巻く海水の中に消えた。

全力運転を行っていたバブコック&ウィルコックス重油専焼缶二基を呑み込んだ海水が一挙に沸騰《ふっとう》し、水蒸気爆発が発生した。

爆発エネルギーの大部分は、三番缶室と、前方の一番機械室、後方の四番缶室を隔てる艦内隔壁に向かい、これを大きく膨らませ、弾けさせた。

大量の海水と水蒸気が、一番機械室、四番缶室にも突入し、四番缶室で、二度目の水蒸気爆発が起こった。

缶室の半分を破壊された上、艦の中央部に大量の海水を飲み込んだ「フェニックス」は、完全に推進力を失い、右舷側に傾斜した状態で停止した。

どす黒い火災煙と高温の水蒸気が、艦の中央部から前後に広がりつつある様は、戦闘・航行不能となった軽巡の姿を、覆い隠そうとしているようだった。

「フェニックス」に続いて、ブルックリン級四隻の最後尾に位置する「ホノルル」の右舷艦尾に、被雷の水柱が突き上がった。

右舷側の推進軸二基が、金属的な叫喚《きょうかん》を発して折れ飛び、回転しているのは、左舷側の推進軸のみとなった。

「ホノルル」は、一瞬で制御を失い、艦は速力を大幅に落としながら、勝手に右舷側へと回頭し始めた。

艦尾の破孔からは、奔入した海水が艦内を侵し始めている。

艦長が「両舷停止！」を命じ、艦はほどなく動きを止めたが、艦尾は水面下に大きく沈み込み、周囲では海水が激しく泡立っている。

ダメージ・コントロール・チームの隊員たちは、隔壁を補強し、浸水の拡大を食い止めようと試みていたが、艦尾周辺の隔壁は、艦の内側に向けて膨らみつつあった。

囮部隊への砲撃は、すぐには止んだわけではなかった。

「敵一番艦に魚雷命中！」

の報告が、「加古」水雷長高梨誠治《たかなしせいじ》大尉より上げられたときには、艦橋内に歓声が上がったが、そのときには、魚雷の命中前に放たれた敵弾が、「加古」に迫っていたのだ。

弾着の瞬間、「加古」の左右両舷に巨大な水柱が奔騰し、しばし周囲の視界を塞《ふさ》いだ。

真下からの爆圧と共に、後部から衝撃と金属的な破壊音が伝わり、「加古」の艦体は激しく振動した。

（当たった……！）

桃園幹夫首席参謀は、背筋に冷たいものが走るのを感じた。

改装前は重巡に類別されていた「加古」だが、艦体は帝国海軍の重巡の中で最も小さく、防御力も乏しい。

「加古」が、第六戦隊司令部を乗せたまま、木っ端微塵に爆砕され、「龍田」や「天龍」の後を追うことを想像した。

その予想に反し、「加古」は無事だった。

艦橋にも、前部の長一〇センチ砲三基にも、傷一つない。直撃弾を受けたと思ったのは、錯覚だったのか。

「砲術より艦橋。先の直撃弾は不発。六番高角砲を持って行かれましたが、他の被害はないようです」

応急指揮官を務める副長よりも先に、矢吹砲術長が報告した。

「敵五番艦に魚雷命中。行き足止まりました！」

「敵六番艦に魚雷命中。速力、大幅に低下！」

高梨水雷長の歓声混じりの報告が、前後して届く。

このときには、「加古」「古鷹」「衣笠」の周囲に、ひっきりなしに上がっていた弾着の飛沫も終息している。

雷撃の成功により、敵艦隊が恐慌状態に陥ったのは間違いなかった。

「助かった……！」

高間司令官が天を振り仰ぎ、大きく息を吐き出しながら言った。

戦闘開始以来、米新鋭戦艦の巨弾、敵軽巡の連続射撃、敵駆逐艦の砲撃と、大中小の砲弾を繰り返し浴びたのだ。

戦艦の巨弾を受けて轟沈するか、多数の中小口径砲弾を浴びて、なぶり殺しになってもおかしくなかった。

それを、高角砲一基の損傷だけで切り抜けたのだ。信じ難いほどの強運《きょううん》だった。

「首席参謀、戦果拡大を図らなくてよろしいですか？」

穴水砲術参謀が、質問の形で具申した。

六戦隊各艦は、左舷側の発射管を使用したが、右舷側の発射管には、魚雷四本が残っている。

残存する駆逐艦は、いずれも次発装填装置と予備魚雷を持ち、再度の雷撃が可能だ。

敵に二度目の雷撃を敢行し、残る三隻も叩いてはどうか、と考えたのだろう。

桃園はかぶりを振った。

「牽制の任務は充分に果たした。現海域から、速やかに離脱すべきだろう」

「敵は混乱のさなかにあります。敵の新鋭戦艦を仕留める好機など、二度と巡って来ないかもしれません。この機を逃がすべきではないと考えますが」

「敵戦艦一隻は、まだ健在だ。下手に手を出せば、大火傷《おおやけど》を負う。無理押しをして、損害を増やすべきではない」

「首席参謀の言う通りだろう。戦果を拡大したい気持ちはあるが、ここまでが限界という気がする」

高間が微笑した。

助平心は、充分に満たされた。これ以上、欲を搔《か》くべきではない、と言いたげだった。

「それに、ＧＦ司令部の命令は『トラックからの避退』だ。敵艦隊に仕掛けたのも、任務を果たすための一環だ。目的を達成した以上、不必要な危険を冒すべきではない。戦果の拡大よりも、艦隊の保全を第一に考えたい」

「……分かりました」

穴水は、一礼して引き下がった。

司令官が決断した以上、参謀が異議を唱えても仕方がない、と考えたようだった。

「それよりも、沈没艦の乗員を救助したい」

高間は、全員の顔を見渡して言った。

敵艦隊との戦闘で、四部隊は六隻の艦を戦列から失った。

軽巡「龍田」「天龍」と、駆逐艦「満潮」「夏潮」「不知火」「浜風」だ。

戦艦の巨弾を受け、瞬時に爆沈した「龍田」「天龍」と、轟沈が報告された「夏潮」の乗員は絶望と考えられるが、「満潮」「不知火」「浜風」の三隻は、火災を起こしたまま漂流を続けている。

この三隻であれば、生存者を救助できる可能性がある。

ただし、四部隊の動きを見た敵艦隊が、攻撃して来る可能性はあるが――。

「我が軍は、戦艦一隻、巡洋艦二隻、駆逐艦九隻を撃沈破しています。敵もまた、消火活動や乗員の救助に追われ、我が方を攻撃して来る余裕はないと推測されます。沈没艦の乗員救助は、充分可能と考えます」

桃園は、考えるところを述べた。高間は、満足げに頷いた。

「沈没艦の乗員救助に向かう。全艦に、その旨を伝えてくれ」

6

「アイオワ」の対水上レーダーが捉えた日本艦隊の動きは、ウィリス・A・リー司令官に、即座に報告された。

「敵艦隊は、溺者《できしゃ》救助に向かうものと推測されます。叩きますか？」

「必要ない。それより、こちらも溺者救助を行う」

ジョージ・ハリス参謀長の具申を受け、リーは即座に命じた。

敵の雷撃によって大きな被害を受けたとはいえ、TF54には、まだ戦艦「ニュージャージー」とブルックリン級軽巡二隻、駆逐艦一一隻が健在だ。日本艦隊を叩く力は残っている。

だが、軽巡「フェニックス」と「ホノルル」は航行不能となり、駆逐艦は半数近い九隻を撃沈破された。リーの旗艦「アイオワ」も、艦首に被雷し、速力が低下している。

敵の撃滅よりも、生存者の救助を優先すべきだとリーは判断した。

「トラックの至近です。救助が長引けば、夜明け後に空襲を受ける危険が増大します」

「救助は一時間。その間に、一人でも多く助ける」

アラン・フォークナー作戦参謀の注意喚起に、リーはきっぱりと応えた。

「アイオワ」から、健在な各艦に指示が飛び、残存する一一隻の駆逐艦が、被雷した艦へと向かう。

その間、「アイオワ」は被雷箇所周辺の防水措置に当たる。

隔壁の補強さえ完了すれば、二四、五ノットの発揮は可能なはずだ。

夜が明ければ、ＴＦ58がトラックに対する航空攻撃を開始するから、日本軍の基地航空部隊には、ＴＦ54を攻撃する余裕はなくなる。

「アイオワ」を持ち帰ることは、充分可能だとリーは考えていたが――。

「対空レーダーに反応。敵味方不明機、方位二六五度、一七浬！」

対空レーダーを担当するピーター・ベントレー大尉が、切迫《せっぱく》した声で叫んだ。

「機数は？」

「五機……一〇機……いや三〇機以上！」

ジョン・Ｌ・マクルーア艦長の問いに、ベントレーは返答した。

「全艦、対空戦闘！　駆逐艦は溺者救助を中止し、旗艦を援護せよ！」

リーは、血相を変えて叫んだ。

「夜が明ければ」などという考えは甘かった。

トラックの日本軍航空部隊は、夜明けを待つことなく、航空攻撃に踏み切ったのだ。

「トラックのジャップが、まだ力を残していたとは……！」

ハリス参謀長が、忌々しげに叫んだ。

マーク・ミッチャー中将のＴＦ58は、作戦目的を制空権の確保に置き、最も有力な春島《モエン》、夏島《デュブロン》の敵飛行場を使用不能に陥れ、竹島《エテン》の飛行場にも大きな損害を与えた。

冬島《ウマン》、楓島《パレム》の飛行場は残っていたが、他の飛行場に比べれば規模は小さく、問題にならないと考えられた。

だが、トラックの敵航空部隊は健在だった。

残存する飛行場に戦力を結集し、反撃のときをうかがっていたのだ。

「TF58は、何をやってやがったんだ！」

「友軍を罵《ののし》っても始まらぬ。今は、艦隊を守ることだ」

たしなめるような口調で、リーは言った。

参謀長が激した分、指揮官の自分は、かえって冷静さを取り戻したように思えた。

「『ニュージャージー』射撃開始」

「『フィラデルフィア』『ボイシ』射撃開始」

僚艦の動きが、CICに伝えられる
健在な戦艦一隻、軽巡二隻が、対空戦闘を開始したのだ。

「艦長より砲術。目標、二六五度より接近する敵機。両用砲、機銃、射撃開始！」

マクルーアも、射撃指揮所に指示を送る。

浸水によって傾斜した状態では、射撃精度の低下は免れないが、今は応戦する以外にない。

CICの外から、砲声が伝わり始める。

「アイオワ」の一二・七センチ両用砲が、射撃を開始したのだ。

四〇ミリ四連装機銃、二〇ミリ単装機銃も、射撃に踏み切ったと思われた。

CICからは、直接艦外を見ることはできない。

来襲する敵機の影も、対空火器の発射炎や火箭も、鋼鉄製の壁を隔てた外界の存在だ。

「敵二機撃墜！」

「敵四機、『ボイシ』に向かう！」

「『ニュージャージー』射撃続行！」

艦橋から報告がもたらされる度、フォークナーが情報ボードに戦況を描き込んでゆく。

「本艦上空に吊光弾！」

「一式陸攻《ベティ》八機、右七五度！」

二つの報告が、艦橋から届いた。

　最初に発見された敵機は方位二六五度、すなわちトラック環礁が位置する方角からＴＦ54を襲って来たが、敵機の中には、ＴＦ54の東側に回り込んだものがあったようだ。

「対空砲火で切り抜けます！」

「うむ！」

　マクルーアの言葉に、リーは頷いた。

　右方から来る敵に艦首を正対《せいたい》させようとすれば、艦首付近の水圧が増大し、浸水拡大の恐れがある。

　回避ではなく、より積極的に対処する。多数を装備する両用砲と機銃で、ベティを投雷前に墜とす。

　マクルーアは、そのように考えたのだ。

　ＣＩＣの外から、両用砲の砲声が伝わる。

　姉妹艦「ニュージャージー」も、二隻の軽巡も、敵機に猛射を浴びせているはずだ。

「ベティ一機……いや、二機撃墜！」

「当然の結果だ」

　艦橋から届いた報告を聞き、リーはほくそ笑んだ。

「アイオワ」は、米海軍で最強の主砲火力を持つ戦艦だが、対空兵装も充実している。

　特に中・近距離用の防御火器である四〇ミリ四連装機銃、二〇ミリ単装機銃の装備数は、合衆国の戦艦中随一《ずいいち》だ。鈍重《どんじゅう》な双発の中型爆撃機など、近寄らせるものではない。

「残りも叩き墜とせ！」

　マクルーアが叫んだ直後、

「『フィラデルフィア』被弾！　火災発生！」

「ベティ六機、投雷！　距離二〇〇〇ヤード！」

　二つの悲報が飛び込んだ。

「機関長、両舷後進全速！」

　マクルーアが、咄嗟に機関長トーマス・ヒコック中佐に命じた。

　後進であれば、被雷箇所にかかる水圧の急増と浸水の拡大は避けられると、マクルーアは判断したようだ。

「航空雷撃としては、かなり遠いな」

「本艦の対空砲火は突破できぬと見て、遠距離で投雷したのでしょう」

リーの呟きに、ハリス参謀長が応えた。

「アイオワ」は、後進を始めている。

戦艦の後ずさりなど、見栄《みば》えがいいとは言えない姿だが、格好にこだわっている場合ではない。今は、魚雷を回避することが先決だ。

「ベティ一機、『ボイシ』に体当たり！」

新たな悲報が、CICに届く。

これでTF54に所属する四隻の軽巡は、全て損傷したことになる。

「本艦は大丈夫だ。距離二〇〇〇ヤードでの雷撃など、当たりはせん」

リーは、はっきりした口調で言った。CICにいる全員に聞かせるつもりだったが、自身に言い聞かせるためでもあった。

二分近くが経過したとき、

「艦橋よりCIC。右正横より雷跡！」

悲鳴じみた声で、報告が飛び込んだ。

リーは、先の自身の言葉が希望的観測に過ぎなかったことを悟った。

「全員、衝撃に備えろ。魚雷が来る！」

リーは、大音声で叫んだ。

数秒後、水線下を抉り取られる衝撃が二度、CICの後方から伝わった。

被雷のたび、鋼鉄製の巨体は激しく震え、金属的な叫喚が、CICにまで伝わった。

「アイオワ」は、単に大きく、重いだけではない。水中防御にも配慮され、バルジ外鈑《がいはん》から主要部区画まで、四層の隔壁を設けている。

その「アイオワ」にとっても、通算三本の被雷は、耐え難い打撃だった。

「両舷停止！」

「ダメージ・コントロール・チームは左舷艦底部に急行せよ！」

マクルーアが続けざまに二つの命令を発し、「アイオワ」がゆっくりとその場に停止する。

右舷側に合計三本の魚雷を受けたためだろう、傾斜が増している。

「司令官、将旗を他艦に移して下さい。状況は予断を許しません。最悪の事態になる前に、旗艦を変更すべきです」

「移乗は、安全な海域に脱してからだ」

マクルーアの具申に、リーはかぶりを振った。

意地を張ったわけではない。再度の空襲や敵艦隊の再攻撃を考慮した結果だ。

他艦への移乗中に攻撃を受ければ、「アイオワ」ばかりか、その艦まで危険にさらすことになる。

――だが、一時間半ほどが経過したとき、リーはマクルーアの具申が正しかったことを悟った。

「駆逐艦、本艦の右舷側海面に向かいます！」

レーダーマンのラリー・シャノン大尉が、緊張した声で報告した。

護衛のため、「アイオワ」の近くに戻っていた駆逐艦群が、艦から離れつつあるのだ。

「レーダーが捉えているのは味方の動きだけか？」

「敵影はありません」

マクルーアの問いにシャノンが答えた直後、

「右七五度より魚雷航走音！」

今度は、水測室から報告が上げられた。

「潜水艦か！」

リーは、一瞬で状況を悟った。

味方駆逐艦が、トラックの北東水道付近で潜水艦の雷撃を受けてから、約二時間が経過している。

潜水艦の魚雷は次発装填に時間を要するが、二時間もあれば、再攻撃の準備を整えられる。

日本軍の潜水艦は、待ち伏せ攻撃によって四隻の駆逐艦を仕留めた後、被雷して身動きが取れない「アイオワ」に止めを刺すべく、再攻撃をかけて来たのだ。

「前進全速。面舵一杯！」

マクルーアが、航海長に下令した。

　これ以上新たな魚雷を受ければ、「アイオワ」といえども保《も》たない。被雷箇所付近の水圧増大と浸水拡大の懸念はあるが、魚雷をかわす方が先だと、マクルーアは判断したのだろう。

　艦底部からの鼓動が高まり、「アイオワ」の巨体が動き始める。

　八基の重油専焼缶が、二一万二〇〇〇馬力の出力を発揮し、右舷水線下の三箇所に破孔を穿たれた艦体を、じりじりと前進させる。

「魚雷航走音、右九五度！　一〇〇度！」

　ソナーマンが、秒単位で変化する魚雷との相対位置を報告する。

「アイオワ」の前進に伴い、魚雷は艦尾をかすめる方向に向かっている。

（間に合え。間に合ってくれ！）

　リーが祈ったとき、

「右一一五度。駄目だ、当たります！」

　ほとんど絶叫と化したソナーマンの声が、ＣＩＣに飛び込んだ。

　数秒後、先のベティによる雷撃よりも遥かに強烈な衝撃が続けざまに襲い、「アイオワ」の巨体は激しく振動した。

　魚雷命中のたび、右舷艦底部が突き上げられ、艦体は左舷側へと仰け反った。海神《ネプチューン》の巨大な三叉槍《トライデント》が、繰り返し艦底部を突いているかのようだった。

「両舷停止！」

　最後の被雷が終わり、振動が収まった直後、マクルーアが下令した。

「アイオワ」の艦体は、右前方に大きく傾いている。

　艦長の判断が、最悪の形で裏目《うらめ》に出た。回避を図ったため、艦首からの浸水が拡大し、魚雷もかわせなかったのだ。

「司令官、傾斜の復旧は不可能と判断します。総員退艦を命じます！」

　宣言するように言ったマクルーアの顔からは、血の気が完全に引いている。

人間の顔は、ここまで白くなるものかと思わされるほどだった。

「分かった。止むを得ぬようだ」

リーは、即座に承諾した。

複数の魚雷が「アイオワ」の右舷側に次々と命中した時点で、リーも「アイオワ」を救えないと直感していたのだ。

マクルーアが艦内放送用のマイクを取ろうとしたとき、ＣＩＣの全ての照明と計器類の灯《あか》りが消え、闇が室内を包んだ。

リーは「アイオワ」と共に、自身の命運《めいうん》が尽きたことを悟った。

7

七月二七日の夜が明けてから間もなく、トラック環礁の主だった島々に、空襲警報が鳴り渡り始めた。

昨日の空襲では、辛うじて難を逃れた冬島、楓島の飛行場と、被害は受けたものの、今なお健在な竹島の飛行場から、零戦が次々と発進する。

使用不能になっている春島第一、第二飛行場、夏島飛行場、各島の海岸に設けられている防御陣地では、対空砲陣地に要員が取り付き、砲身に目一杯仰角をかけている。

主だった艦船の避退後も残留している駆潜艇、掃海艇といった小型艦艇も、泊地で対空戦闘の準備を整える。

夏島の半地下式防空壕に移動した第四艦隊司令部では、司令長官の小林仁中将、参謀長の鍋島俊作《なべしましゅんさく》少将といった幕僚が、戦況を睨んでいた。

「参謀長、各飛行場から報告が届きました。迎撃に上がった零戦は、竹島より一八機、冬島より二三機、楓島より二六機、合計六七機であります」

航空参謀の河村富良夫《かわむらとらお》中佐が、各飛行場から届けられた報告を集計し、鍋島に伝えた。

「それが、現在出せる全力か？」

「稼働《かどう》全機です」

鍋島の問いに、河村はいかにも申し訳なさそうな声で答えた。

昨日のトラック空襲では、第一一、一二航空艦隊が出せる限りの零戦を出撃させ、迎撃に当たった。

延べ出撃機数は、二七五機と報告されている。

ところが、今日は最初の迎撃戦闘であるにも関わらず、昨日の四分の一以下の機数を出撃させるだけで精一杯なのだ。

米機動部隊は、二年前とは比較にならないほど強化された。

機動部隊と連携しての戦いならともかく、基地航空隊だけでは勝算はない。

そのことを思い知らされる数字だった。

「航空参謀の責任ではない。機動部隊の支援も、内地からの増援もない状況では、如何ともし難い」

なるようにしかならぬ――そんな諦観《ていかん》を込めて、小林はかぶりを振った。

四月にマーシャル諸島が米軍の手に落ちてから、このようなときが来ることは予想していた。

連合艦隊が、トラックに基地航空隊と機動部隊を集結させたときには、勝利を期待したが、結果として、機動部隊と基地航空隊を各個撃破される形になってしまった。

トラックを持ち堪えることは、できそうにない。

第四艦隊や、第三八、五二両師団、独立混成第五一旅団の将兵に貧乏《びんぼう》くじを引かせてしまうことは心苦しいが、止むを得ない。

「最後に、大戦果を上げることはできました。この点につきましては、大いに誇ってよいと考えます」

「うむ！」

首席参謀井上憲一《いのうえけんいち》中佐の一言を受け、小林は大きく頷いた。

昨夜、在泊艦船の避退に伴ってトラック近海で生起した海戦で、日本軍は思いがけない勝利を収めた。

北水道より脱出した㈣部隊と第七潜水戦隊が、戦艦二隻を含む敵艦隊に果敢に応戦し、巡洋艦二隻、駆逐艦四隻撃沈、戦艦一隻、駆逐艦三隻撃破の戦果を上げたのだ。

㈣部隊が避退した後、今度は一一航艦、一二航艦が敵艦隊に夜間攻撃を加え、戦艦一隻に魚雷二本を命中させた。

更に、第七潜水戦隊が敵艦隊に再度の攻撃を敢行し、敵戦艦を雷撃した。

潜水艦は魚雷発射後、駆逐艦の反撃を受けたため、正確な命中雷数は判明していないが、この日の夜明け直後、一二航艦隷下の水上機が、北東水道の沖で、沈みつつある戦艦を発見している。

水上部隊と潜水艦、基地航空隊が協力して、戦艦一隻の撃沈に成功したのだ。

トラックからの反撃は、それだけに留まらない。

夜明け後、一一航艦、一二航艦が避退する敵艦隊に追撃をかけ、「巡洋艦二隻撃沈」を報告した。

四艦隊司令部では、各隊からの報告を集計し、

「戦艦一隻、巡洋艦四隻、駆逐艦四隻撃沈、駆逐艦三隻撃破」

との戦果を、連合艦隊司令部に打電している。

四艦隊司令部が作戦の指揮を執ったわけではなく、各隊が独立して動いた結果ではあるが、味方の損害を戦果が大きく上回ることは間違いない。

大本営が「トラック沖海戦」の公称を定めるであろう戦いで、日本軍は勝利を収めたのだ。

「避退した艦船は無事かな？」

小林は、ふと思いついて鍋島に聞いた。

「㈣部隊、脱出部隊共に、パラオに向かっているとのことです。脱出部隊は、敵とは一切交戦することなく、安全な海域に離脱したそうです」

「ならば、我々の任務は、御国《おくに》への最後の御奉公《ほうこう》に身を捧げることだけだな」

小林は、幕僚たちに頷いて見せた。

トラック環礁も、陸海軍の守備隊も、運命は旦夕《たんせき》

に迫っている。

トラックは、もはや陥落を免れない。

だが、その前に、敵に一泡《ひとあわ》吹かせることができた。

「太平洋のジブラルタル」「日本の真珠湾」というトラックの別称が決して誇張ではないことを、敵にはっきり見せつけたのだ。

そのことに、小林は深い満足感を覚えていた。

残存する飛行場への攻撃が始まったのだろう、遠方から炸裂音が伝わり始めた。

第六章　指揮官の責務

1

「合衆国軍にとって、本当に必要なのはマリアナ諸島だ」

陸軍戦略航空軍司令官ヘンリー・アーノルド大将が、無遠慮な口調で言った。

統合参謀本部の会議室にはアーノルドの他、議長のウィリアム・レーヒ大将、陸軍参謀総長のジョージ・マーシャル大将、海軍作戦本部長のアーネスト・キング大将が参集している。

アメリカ合衆国の陸海軍のトップであると共に、軍事面から大統領を補佐する面々だ。

戦略航空軍は陸軍の下部組織だが、アーノルドは枢軸国に対する戦略爆撃を指導する立場にあることから、マーシャルやキングと同格の存在と認められ、メンバーの一員になっていた。

「トラック環礁などは、航空攻撃による無力化だけで充分だった。遅くとも八月末までにマリアナを陥としていれば、銀色のサンタクロースが日本人の頭の上から、素敵なクリスマス・プレゼントを届けることができたのだ」

七月二六日より開始されたトラック環礁に対する航空攻撃は、七月三〇日まで継続され、同地の飛行場を破壊し尽くし、海岸の防御陣地をも粉砕した。

トラックから脱出した日本艦隊と、リー提督のTF54が交戦し、思いがけない損害を受けるといった齟齬《そご》はあったものの、トラック周辺の制空権、制海権は確保した。

八月一日には、ホーランド・スミス中将が率いる第五水陸両用軍団、総勢約六万七〇〇〇名が、環礁内の各島に上陸を開始した。

トラックを守る日本軍の地上部隊は、二万に満たないと推定されている。

合衆国軍は、容易くトラックを制圧するものと考えられていたが、日本軍の抵抗は激しく、第五水陸両用軍団は意外な苦戦を強いられた。

　モエン島、エテン島など、完全に制圧した島もある一方、デュブロン島、環礁西部のトル島など、頑強な抵抗を続けている島もある。

　今日は八月二一日。

　トラック上陸から三週間が経過したが、合衆国軍は未だにトラックの完全占領には至っていなかった。

「戦略航空軍の都合だけで、全てが動いているわけではない。トラックの攻略は、統合参謀本部の決定であり、大統領閣下も承認されたことだ」

　反発を露《あら》わにしたキングに、アーノルドは反論した。

「世界情勢を考えれば、日本を一日も早く屈服させ、枢軸国を切り崩す必要があったはずだ。戦略爆撃は、そのための最も有効な手段となり得ると、私は確信している。日本本土攻撃が遅れれば、戦争もそれだけ長期化する」

「トラックは戦略航空軍の後方支援基地として有用なのだ、ミスター・アーノルド」

　レーヒが言った。

「マリアナ諸島に多数のB29を展開させるとなれば、膨大《ぼうだい》な量の補給物資が要《い》る。安全な後方に、その集積所が必要なのだ。かといって、太平洋艦隊が前線基地として使用しているメジュロでは、マリアナから遠い。トラックは、メジュロよりも遥かにマリアナに近く、後方支援基地として最適なのだ。多少時間がかかり、犠牲を払っても、攻略する価値がある。日本を屈服させるためには、トラック攻略が不可欠なのだと理解して貰いたい」

「トラックのことは、それぐらいにしてはいかがかな？　我々が集まっているのは、今後の戦略について話し合うためであって、トラック攻略の是非を蒸し返すためではない」

　マーシャルが言い、レーヒが後を引き取った。

「私もミスター・マーシャルに同感だ。陸海軍のトップが集まった以上、議論は実りあるものとしなければ」

「戦略航空軍の要望は、ただ一つです。トラック攻略後は、マリアナ諸島を最優先で、一日も早く攻略していただきたい」

あらたまった口調で、アーノルドが言った。

統合参謀本部で対日戦略が話し合われたとき、アーノルドはマリアナ攻略を誰よりも強く主張しながら、反対意見に押し切られている。

今度は妥協はせぬ、と言いたげだった。

「貴官の――いや、戦略航空軍の主張は理解するが、必ずしも希望に添えるとは限らない。マッカーサーが、フィリピンに帰りたがっている」

マーシャルが言った。

開戦時の在フィリピン軍総司令官ダグラス・マッカーサー大将は、フィリピンから脱出した後、南西太平洋軍総司令官に任じられ、ビスマルク諸島、ニューギニア方面における陸軍作戦の総指揮を執っている。

フィリピンに帰り、同地を自身の手で奪還することは、マッカーサーの悲願だ。

「馬鹿な！」

吐き捨てるように、アーノルドは言った。

「マリアナを攻略すれば、東京《トーキョー》、大阪《オーサカ》、名古屋《ナゴヤ》といった日本の要地を直接叩ける。幹《みき》を直接切り倒せるのに、枝葉《えだは》を払って何の意味があるか」

「フィリピンの奪還は政治上の要請でもある。ルーズベルト大統領も、フィリピン奪回には、強い関心を示しておられるのだ」

レーヒが言い、マーシャルも、いかにも同感、と言わんばかりに頷いた。

「フィリピンは、合衆国の領土だ。政府は、いずれかの地を独立させるつもりではいたが、今のところは合衆国の領土なのだ。同地に居住している合衆国国民も、大勢いる。彼らをいつまでも日本軍の占領下に置くことは、許されることではない」

アーノルドは反論した。

「軍事が政治の延長であることは、私も理解している。しかし、政治が必要以上に軍事面に介入すれば、重大な戦略上の過《あやま》ちに繋《つな》がる。場合によっては、政治家自身の首を絞めることにもなる」

「それは、三年前のフィリピン遠征を指しての主張か？」

キングの問いに、アーノルドは小馬鹿にしたように鼻を鳴らした。

「言われるまでもない」

大統領選挙を一一月に控えた今になって、三年前のフィリピン遠征が問題になっている。

ルーズベルト現大統領の対立候補で、現ニューヨーク州知事のトーマス・E・デューイは、選挙演説の中で、

「太平洋艦隊のフィリピン遠征は、ルーズベルト大統領直々《じきじき》の命令によるものだった。作戦本部が、フィリピンでは太平洋艦隊に対する充分な後方支援が行えないこと、太平洋艦隊の戦力が日本海軍と戦うには必ずしも充分とは言えないことを理由に反対したにも関わらず、大統領は強引に押し切ったのだ。私はそのことを、当時の関係者から聞いている」

「南シナ海における太平洋艦隊の敗北と壊滅的な損害は、ルーズベルト大統領に全ての責任がある。にも関わらず、大統領は本件に関する責任の一切を海軍に押しつけ、自らは責任から逃れている。このような人物が、合衆国全軍の最高司令官に相応《ふさわ》しいのかどうか、四期も大統領を務めさせるべきなのか。有権者は慎重に考え、判断していただきたい」

等の発言を行い、ルーズベルトを激しく攻撃した。

デューイの言う「当時の関係者」は、明らかにされていない。

キングは、開戦時の海軍作戦本部長ハロルド・スターク海軍大将を指しているのだろうと推測していたが、確証は得られていない。

ルーズベルトの反論は、「事実無根《むこん》である」との主張に留まっているが、デューイの攻撃が選挙戦に

微妙な影響を及ぼしているのは確かだ。

フィリピン遠征による戦死者を多く出した州や市では、ルーズベルトの支持率が低下し、デューイの支持率が上昇する傾向にある。

デューイの主張が正しく、かつルーズベルトが選挙で敗北するようなことがあれば、フィリピン遠征の強引な推進が、ルーズベルト自身の首を絞める結果となる。

ルーズベルトがフィリピン奪回を強行させる挙《きょ》に出れば、三年前と同じ過ちを犯《おか》すことになるのでは、というのが、アーノルドの主張だった。

「次期作戦の目標がマリアナになるにせよ、フィリピンになるにせよ、大統領選には間に合うまい。サイパン沖、トラック攻略と連戦したことで、太平洋艦隊の主力には、大規模な整備と修理が必要だ。トラック環礁の基地化にも、相応の時間がかかる。それらを勘案《かんあん》すれば、次期作戦の開始は一一月だ。作戦の成否が選挙結果に影響する可能性はない」

「選挙結果への影響がないのであれば、マリアナ攻略を優先すべきだ」

キングの言葉を受け、アーノルドはなおも主張した。

マリアナを手に入れさえすれば、戦略爆撃だけで日本を屈服させて見せる、と豪語した。

「戦略爆撃の意義と効果については、我々も認めている。ただ、次期作戦目標の決定については、予断を許さないのだ」

レーヒが言った。

議論はなおも続き、ワシントンは日没を迎えたが、マリアナとフィリピンの優先順位について、結論が出されることはなかった。

2

「GFを統《す》べて貰えぬだろうか？」

連合艦隊司令長官古賀峯一大将は、思い詰めたような表情で言った。

横須賀に停泊している旗艦「山城」の長官公室だ。連合艦隊の幕僚全員を収容できる広さを持つ部屋だが、今は古賀と、第一機動艦隊司令長官小沢治三郎中将しかいない。

古賀の顔には、憔悴《しょうすい》の色が目立つ。

山本の後任として、連合艦隊司令長官に就任した直後は、血色もよかったが、今では、身体全体が暗い影に包まれているようだ。

四月のマーシャル陥落以降に続いた凶報《きょうほう》が、古賀の身体から生気《せいき》を奪ったのかもしれない。

「私に、GFの長官になれとおっしゃるのですか？」

小沢の問いに、古賀は頷いた。

「君が承諾してくれるなら、私が海軍大臣と軍令部総長に推薦する。お二人とも、諸手《もろて》を挙げて賛成されると睨んでいる」

「私に、GF長官の資格があるとは思えません」

小沢は頭を左右に振り、自嘲的な笑みを浮かべた。

「序列のことなら、気にする必要はない。先任順位が上の者でも、君が長官なら納得する。納得しない者がいたら、私が説得する」

「私は敗軍の将です。マリアナ敗北の責任は、私にあります。貴重な艦と航空機を失い、大勢の部下を死なせてしまいました」

「マリアナ沖海戦は、敗北ではない。一機艦は、損害に見合うだけの大戦果を上げている」

「戦略的には敗北です。米軍の侵攻を食い止められず、GF主力は長期に亘って、行動不能に陥ったのですから。マリアナ沖海戦の結果が、トラック失陥《しっかん》の原因となったことは明らかです」

九月四日、第三八師団司令部より発せられた、

「此《コレ》ヨリ最後ノ突撃ヲ敢行ス」

との報告電を最後に、トラックからの通信は完全に途絶した。

上陸して来た米軍に対し、第四艦隊隷下の地上部

隊も、陸軍の第三八、五二師団、独立混成第五一旅団も必死に戦い、一ヶ月余りに亘る抗戦を繰り広げたが、孤立し、補給も増援もない環礁では、勝敗は目に見えていたのだ。

大本営はトラックの失陥を認め、

「『トラック』ノ守備隊ハ最後ノ一兵マデ戦ヒ敵ニ甚大ナル損害ヲ与ヘタリ」

と、国民に向けて発表した。

本来であれば、小沢の第一機動艦隊が救援に向かうべきであったろう。

だが、一機艦はマリアナ沖海戦が終わって内地に帰還した直後であり、すぐには動けない。

空母四隻に加えて、艦上機の六割以上を喪失した状態では、どうすることもできなかったのだ。

結果として、一機艦はトラックを見殺《みごろ》しにしたことになる。

その責任者に、連合艦隊の司令長官となる資格はない、と小沢は固辞《こじ》した。

「一機艦が弱体化する原因を作ったのは、GF司令部であり、軍令部だ」

古賀は、申し訳なさそうな声で言った。

七月九日に、マリアナ諸島が米機動部隊の大規模攻撃を受けたとき、連合艦隊司令部も、軍令部も、恐慌状態に陥った。

マリアナ諸島が陥落し、米軍の新型重爆撃機B29が進出して来れば、日本本土の過半が空襲圏に入る。

本土が直接敵機に脅かされるようになれば、戦争の帰趨《きすう》は決まったも同然だ。

吉田善吾総長を始めとする軍令部の幹部は、

「マリアナ死守のため、一機艦を同地に急行させるべきだ」

と主張したが、古賀は必ずしも軍令部に同調したわけではなかった。

トラック環礁に機動部隊と基地航空隊を集結させ、米軍を迎え撃つというのが、連合艦隊の作戦構想であり、軍令部も同意している。

今になって、それを覆すべきではない、と考えたのだ。

古賀は、一機艦司令部より届いた、

「『マリアナ』空襲ハ陽動ノ可能性大。御再考アラレタシ」

との意見具申の電文を軍令部に転電し、吉田総長に翻意を求めた。

だが吉田は強硬であり、一機艦のマリアナ派遣を強く求めた。

古賀はやむなく軍令部の要求を容れ、一機艦にマリアナ救援を命じたのだ。

古賀の前任者だった山本は、自己主張が強い人物で、軍令部に対して連合艦隊独自の立場を貫こうとすることが多かった。

開戦劈頭に予定していた真珠湾攻撃は、その最たるものであり、軍令部の反対を押し切って決定したものだ。

一方、古賀は軍令部との協調路線を取っている。

「戦争をしているときに、海軍内部で揉めるべきではない。連合艦隊として主張すべきことは主張するが、軍令部とは密接な協力態勢を取っていきたい」

連合艦隊司令長官に就任したときの挨拶《あいさつ》で、古賀はそのように述べている。

その信念故に、自分は軍令部の要求を拒否できなかったのだ――と、古賀は無念そうに語った。

「私が腰砕《こしくだ》けになったために、君や一機艦の将兵に苦労をかけてしまった。君にも、戦死した将兵にも、申し訳なかったと思っている」

頭を下げた古賀に、小沢は言った。

「私にも、機動部隊の力だけで米軍に勝てる、という驕《おご》りがあったのかもしれません」

「頼んだ件については、どうかね？　私に代わって、GF長官を引き受けて貰えるか？　今の時期、GF長官の任に就くのは、火中《かちゅう》の栗《くり》を拾うようなものだと承知している。自分の失敗の後始末《あとしまつ》を、君に押しつけるようなものだと。しかし、今の状況下で、君以外にGFの指揮を託せる人物を、私は他に知らぬのだ」

「……誰かが、やらなくてはならないことでしょうな」

慎重に言葉を選びながら、小沢は言った。

「私は、マリアナ沖海戦で敗北を喫しました。四隻もの空母と艦上機の六割を失い、トラック失陥の原因を作りました。この責任は取らねばなりませんが、長官が言われる通り、GF長官の任を引き受けるのが、最良の責任の取り方なのかもしれません」

「やってくれるかね？」

古賀は、喜色《きしょく》を浮かべた。

「お引き受けいたします。――海軍大臣と軍令部総長の御承諾をいただければ、ですが」

小沢は、気負った様子を見せずに答えた。

連合艦隊司令長官の地位そのものに、執着は感じていない。

ただ、海軍に奉公した身である以上、義務は果たさねばなるまい、との思いがあった。


【第五巻に続く】

ご感想・ご意見は
下記中央公論新社住所、または
e-mail：cnovels@chuko.co.jpまで
お送りください。

C★NOVELS

荒海《あらうみ》の槍騎兵《そうきへい》4
──試練《しれん》の機動部隊《きどうぶたい》

2021年2月25日　初版発行

著　者　横山信義《よこやまのぶよし》
発行者　松田陽三
発行所　中央公論新社
〒100-8152　東京都千代田区大手町1-7-1
電話　販売 03-5299-1730　編集 03-5299-1930
URL http://www.chuko.co.jp/

DTP　平面惑星
印　刷　三晃印刷（本文）
大熊整美堂（カバー・表紙）
製　本　小泉製本

Published by CHUOKORON-SHINSHA, INC.
Printed in Japan　ISBN978-4-12-501428-9 C0293

蒼洋の城塞 2
豪州本土強襲

横山信義

ＭＯ作戦完遂の大戦果を上げた日本軍。これを受け山本五十六はＭＩ作戦中止を決定。標的をガダルカナルとソロモン諸島に変更するが……。鉄壁の護りを誇る皇国を描くシリーズ第二弾。

ISBN978-4-12-501404-3 C0293　980円

カバーイラスト　高荷義之

蒼洋の城塞 3
英国艦隊参陣

横山信義

ポート・モレスビーを攻略した日本に対し、ついに英国が参戦を決定。「キング・ジョージ五世」と「大和」。巨大戦艦同士の決戦が幕を開ける！

ISBN978-4-12-501408-1 C0293　980円

カバーイラスト　高荷義之

蒼洋の城塞 4
ソロモンの堅陣

横山信義

珊瑚海に現れた米国の四隻の新型空母。空では、敵機の背後を取るはずが逆に距離を詰められていく零戦機。珊瑚海にて四たび激突する日米艦隊。戦いは新たな局面へ――

ISBN978-4-12-501410-4 C0293　980円

カバーイラスト　高荷義之

蒼洋の城塞 5
マーシャル機動戦

横山信義

新型戦闘機の登場によって零戦は苦戦を強いられ、米軍はその国力に物を言わせて艦隊を増強。日本はこのまま米国の巨大な物量に押し切られてしまうのか⁉

ISBN978-4-12-501415-9 C0293　980円

カバーイラスト　高荷義之

蒼洋の城塞 6
城塞燃ゆ

横山信義

敵機は「大和」「武蔵」だけを狙ってきた。この二戦艦さえ仕留めれば艦隊戦に勝利する。米軍はそれを熟知するがゆえに、大攻勢をかけてくる。大和型×アイオワ級の最終決戦の行方は？

ISBN978-4-12-501418-0 C0293　980円
カバーイラスト　高荷義之

旭日、遥かなり 1

横山信義

来るべき日米決戦を前に、真珠湾攻撃の図上演習を実施した日本海軍。だが、結果は日本の大敗に終わってしまう——。奇襲を諦めた日本が取った戦略とは⁉　著者渾身の戦記巨篇。

ISBN978-4-12-501367-1 C0293　900円
カバーイラスト　高荷義之

旭日、遥かなり 2

横山信義

ウェーク島沖にて連合艦隊の空母「蒼龍」「飛龍」が、米巨大空母「サラトガ」と激突！　史上初の空母戦の行方は——。真珠湾攻撃が無かった世界を描く、待望のシリーズ第二巻。

ISBN978-4-12-501369-5 C0293　900円
カバーイラスト　高荷義之

旭日、遥かなり 3

横山信義

中部太平洋をめぐる海戦に、決着の時が迫る。「ノース・カロライナ」をはじめ巨大戦艦が勢揃いする米国を相手に、「大和」不参加の連合艦隊はどう挑むのか！

ISBN978-4-12-501373-2 C0293　900円
カバーイラスト　高荷義之

表示価格には税を含みません

旭日、遥かなり４

横山信義

日本軍はマーシャル沖海戦に勝利し、南方作戦を完了した。さらに戦艦「大和」の慣熟訓練も終了。連合艦隊長官・山本五十六は、強大な戦力を背景に米国との早期講和を図るが……。

ISBN978-4-12-501375-6 C0293　900円

カバーイラスト　高荷義之

旭日、遥かなり５

横山信義

連合艦隊は米国に奪われたギルバート諸島の奪回作戦を始動。メジュロ環礁沖に進撃する「大和」「武蔵」の前に、米新鋭戦艦「サウス・ダコタ」「インディアナ」が立ちはだかる！

ISBN978-4-12-501380-0 C0293　900円

カバーイラスト　高荷義之

旭日、遥かなり６

横山信義

米軍新型戦闘機Ｆ６Ｆ“ヘルキャット”がマーシャル諸島を蹂躙。空中における零戦優位の時代が終わる中、日本軍が取った奇策とは？

ISBN978-4-12-501381-7 C0293　900円

カバーイラスト　高荷義之

旭日、遥かなり７

横山信義

米・英の大編隊が日本の最重要拠点となったトラック環礁に来襲。皇国の命運は、旧式戦艦である「伊勢」「山城」の二隻に託された――。最終決戦、ついに開幕！

ISBN978-4-12-501383-1 C0293　900円

カバーイラスト　高荷義之

旭日、遥かなり８

横山信義

「伊勢」「山城」の轟沈と引き替えに、トラック環礁の防衛に成功した日本軍。太平洋の覇権を賭け、「大和」「武蔵」と米英の最強戦艦が激突する。シリーズ堂々完結！

ISBN978-4-12-501385-5 C0293　900円

カバーイラスト　高荷義之

不屈の海１
「大和」撃沈指令

横山信義

公試中の「大和」に米攻撃部隊が奇襲！　さらに真珠湾に向かう一航艦も敵に捕捉されていた――。絶体絶命の中、日本軍が取った作戦は？

ISBN978-4-12-501388-6 C0293　900円

カバーイラスト　高荷義之

不屈の海２
グアム沖空母決戦

横山信義

南方作戦を完了した日本軍は、米機動部隊の撃滅を目標に定める。グアム沖にて、史上初の空母決戦が幕を開ける！　シリーズ第二弾。

ISBN978-4-12-501390-9 C0293　900円

カバーイラスト　高荷義之

不屈の海３
ビスマルク海夜襲

横山信義

米軍は豪州領ビスマルク諸島に布陣。B17によりトラック諸島を爆撃する。連合艦隊は水上砲戦部隊による基地攻撃を敢行するが……。

ISBN978-4-12-501391-6 C0293　900円

カバーイラスト　高荷義之

表示価格には税を含みません

不屈の海 4
ソロモン沖の激突

横山信義

補給線寸断を狙う日本軍と防衛にあたる米軍。ソロモン島沖にて、巨大空母四隻、さらに新型戦闘機をも投入した一大決戦が幕を開ける！　横山信義C★NOVELS100冊刊行記念作品。

ISBN978-4-12-501395-4 C0293　900円

カバーイラスト　高荷義之

不屈の海 5
ニューギニア沖海戦

横山信義

新鋭戦闘機「剣風」を量産し、反撃の機会を狙う日本軍。しかし米国は戦略方針を転換。フィリピンの占領を狙い、ニューギニア島を猛攻し……。戦局はいよいよ佳境へ。

ISBN978-4-12-501397-8 C0293　900円

カバーイラスト　高荷義之

不屈の海 6
復活の「大和」

横山信義

日米決戦を前に、ついに戦艦「大和」が復活を遂げる。皇国の存亡を懸けた最終決戦の時、日本軍の仕掛ける乾坤一擲の秘策とは？　シリーズ堂々完結。

ISBN978-4-12-501400-5 C0293　900円

カバーイラスト　高荷義之

サイレント・コア　ガイドブック

大石英司著　安田忠幸画

大石英司C★ＮＯＶＥＬＳ１００冊突破記念として、《サイレント・コア》シリーズを徹底解析する１冊が登場。キャラクターや装備、武器紹介や、書き下ろしイラスト＆小説も満載です！

ISBN978-4-12-501319-0 C0293　1000円

カバーイラスト　安田忠幸

東シナ海開戦 1

香港陥落

大石英司

香港陥落後、中国の目は台湾に向けられた。そして事態は、台湾領・東沙島に五星紅旗を掲げたボートが侵入したことで動きはじめる！　大石英司の新シリーズ、不穏にスタート⁉

ISBN978-4-12-501420-3 C0293　1000円

カバーイラスト　安田忠幸

東シナ海開戦 2

戦狼外交

大石英司

東沙島への奇襲上陸を行った中国軍はこの島を占領するも、残る台湾軍に手を焼いていた。またこの時、上海へ向かい航海中の豪華客船内に凶悪なウイルスが持ち込まれ……⁉

ISBN978-4-12-501424-1 C0293　1000円

カバーイラスト　安田忠幸

東シナ海開戦 3

パンデミック

大石英司

《サイレント・コア》水野一曹は、東沙島からの脱出作戦の途中、海上に取り残される。一方、その場を離れたそうりゅう型潜水艦“おうりゅう”は台湾の潜水艦を見守るが、前方には中国のフリゲイトが……。

ISBN978-4-12-501425-8 C0293　1000円

カバーイラスト　安田忠幸

オルタナ日本　上

地球滅亡の危機

大石英司

中曽根内閣が憲法制定を成し遂げ、自衛隊は国軍へ昇格し、また日銀がバブル経済を軟着陸させ好景気のまま日本は発展する。だが、謎の感染症と「シンク」と呼ばれる現象で滅亡の危機が迫り？

ISBN978-4-12-501416-6 C0293　1000円

カバーイラスト　安田忠幸

表示価格には税を含みません

オルタナ日本　下
日本存亡を賭けて

大石英司

シンクという物理現象と未知の感染症が地球を蝕む。だがその中、中国軍が、日本の誇る国際リニアコライダー「響」の占領を目論んで攻めてきた。土門康平陸軍中将らはそれを排除できるのか？

ISBN978-4-12-501417-3 C0293　1000円

カバーイラスト　安田忠幸

覇権交代 1
韓国参戦

大石英司

ホノルルの平和を回復し、香港での独立運動を画策したアメリカに、中国はまた違うカードを切った。それは、韓国の参戦だ。泥沼化する米中の対立に、日本はどう舵を切るのか？

ISBN978-4-12-501393-0 C0293　900円

カバーイラスト　安田忠幸

覇権交代 2
孤立する日米

大石英司

韓国の離反がアメリカの威信を傷つけ激怒させた。また韓国から襲来した玄武ミサイルで大きな犠牲が出た日本も、内外の対応を迫られる。両者は因縁の地・海南島で再度ぶつかることになり？

ISBN978-4-12-501394-7 C0293　900円

カバーイラスト　安田忠幸

覇権交代 3
ハイブリッド戦争

大石英司

米中の戦いは海南島に移動しながら続けられ、自衛隊は最悪の事態に追い込まれた。〈サイレント・コア〉姜三佐はシェル・ショックに陥り、この場の運命は若い指揮官・原田に委ねられる──。

ISBN978-4-12-501398-5 C0293　900円

カバーイラスト　安田忠幸

覇権交代 4
マラッカ海峡封鎖

大石英司

「キルゾーン」から無事離脱を果たしたサイレント・コアだが、海南島にはまた新たな強敵が現れる。因縁の林剛大佐率いる中国軍の精鋭たちだ。戦場には更なる混乱が⁉

ISBN978-4-12-501401-2 C0293　900円

カバーイラスト　安田忠幸

覇権交代 5
李舜臣の亡霊

大石英司

海南島の加來空軍基地で奇襲攻撃を受けた米軍が壊滅状態に陥り、海口攻略はしばらくお預けに。一方、韓国では日本の掃海艇が攻撃されるなど、緊迫が続き——？

ISBN978-4-12-501403-6 C0293　980円

カバーイラスト　安田忠幸

覇権交代 6
民主の女神

大石英司

ついに陸将補に昇進し浮かれる土門の前にサプライズで現れたのは、なんとハワイで別れたはずの《潰し屋》デレク・キング陸軍中将。陵水基地へ戻る予定を変更し海口攻略を命じられるが……。

ISBN978-4-12-501406-7 C0293　980円

カバーイラスト　安田忠幸

覇権交代 7
ゲーム・チェンジャー

大石英司

“ゴースト”と名付けられた謎の戦闘機は、中国が開発した無人ステルス戦闘機“暗剣”だと判明した。未だにこの機体を墜とせない日米軍に、反撃手段はあるのか⁉

ISBN978-4-12-501407-4 C0293　980円

カバーイラスト　安田忠幸

表示価格には税を含みません

覇権交代８
香港ジレンマ

大石英司

これまでに無い兵器や情報を駆使する新時代の戦争は最終局面を迎えた。各国がそれぞれの思惑で動く中、中国軍の最後の反撃が水陸機動団長となった土門に迫る⁉　シリーズ完結。

ISBN978-4-12-501411-1 C0293　980円

カバーイラスト　安田忠幸

消滅世界　上

大石英司

長野で起こった住民消失事件。現場に派遣されたサイレント・コアの土門康平一佐は、ひとりの少女を保護するが、彼女はこの世界にはもういない人物からのメッセージを所持していて？

ISBN978-4-12-501387-9 C0293　900円

カバーイラスト　安田忠幸

消滅世界　下

大石英司

長野での住民消失事件を解決したサイレント・コアの土門だが、気づくと記憶喪失になっていた。更に他のメンバーも、各地にちりぢりになり「違う」生活を営んでいるようで？

ISBN978-4-12-501389-3 C0293　900円

カバーイラスト　安田忠幸

覇者の戦塵1945
硫黄島航空戦線

谷甲州

厚木基地に集められた複座式零戦と二機の飛龍。硫黄島上空にて異形の航空隊が織りなす、Ｐ６１“ブラックウィドウ”撃滅の秘策とは？

ISBN978-4-12-501399-2 C0293　900円

カバーイラスト　佐藤道明

覇者の戦塵1944

本土防空戦

前哨

谷甲州

サイパン島での日本守備隊の頑強な抵抗により、米軍の攻撃目標は硫黄島へと移る。本土では空襲に備えた戦闘訓練中、敵偵察機が出現。夜間戦闘機・極光は追跡を開始するが……⁉

ISBN978-4-12-501350-3 C0293　900円

カバーイラスト　佐藤道明

覇者の戦塵1945

戦略爆撃阻止

谷甲州

艦上偵察機「彩雲改」が敵信を傍受。本土戦略爆撃を狙う米艦隊の偵察に踏み切るが、そこに新たな敵影が……。戦局はいよいよ佳境へ。

ISBN978-4-12-501376-3 C0293　900円

カバーイラスト　佐藤道明

表示価格には税を含みません